花
笙
STORY

让好故事发生

ENDLESS JOURNEY

张冀 深蓝 原著
赵明羲 改编

中信出版集团 | 北京

图书在版编目（CIP）数据

三大队 / 张冀，深蓝原著；赵明羲改编 . -- 北京：中信出版社，2024.5（2024.11重印）
ISBN 978-7-5217-6333-1

I.①三… II.①张…②深…③赵… III.①推理小说－中国－当代 IV.①I247.5

中国国家版本馆CIP数据核字（2024）第017976号

三大队

原著： 张冀　深蓝
改编： 赵明羲
出版发行：中信出版集团股份有限公司
　　　　　（北京市朝阳区东三环北路27号嘉铭中心　邮编　100020）
承印者： 嘉业印刷（天津）有限公司

开本：787mm×1092mm 1/16　　印张：17　　字数：235千字
版次：2024年5月第1版　　　　　印次：2024年11月第2次印刷
书号：ISBN 978-7-5217-6333-1
定价：59.90元

版权所有·侵权必究
如有印刷、装订问题，本公司负责调换。
服务热线：400-600-8099
投稿邮箱：author@citicpub.com

目 录

第一章　案发　　　　　　　　*001*

第二章　抓捕　　　　　　　　*027*

第三章　号子　　　　　　　　*045*

第四章　出狱　　　　　　　　*067*

第五章　集合　　　　　　　　*090*

第六章　排查　　　　　　　　*112*

第七章　阿凯　　　　　　　　*144*

第八章　新年　　　　　　　　*172*

第九章　我执　　　　　　　　*202*

第十章　落网　　　　　　　　*233*

尾　声　　　　　　　　　　　*264*

第一章　案发

空调外机藏在楼体的阴影中，冷凝水有节奏地缓缓滴落。

滴答滴答，滴答滴答。

滴答，滴答。

滴，答。

……是生命消逝的声音。

这天是 2002 年 9 月 21 日，凌晨。已经几天没下雨了，广东省台平市却像泡在水中。副热带高压从一个地理名词变成了心理名词，砸得所有人都喘不过气来。每个黑洞洞的居民楼窗口里都住着辗转反侧难以入眠的人。

这样的天气，最容易发生罪恶。

泅湿的路面映出红蓝闪烁，几辆警车绕过铁门紧闭的门面房，急匆匆地拐向 31 栋居民楼。

这些警车隶属于市局刑侦支队三大队。队长程兵下了车，拉开楼外的警戒线走入现场。他忍不住打了个哈欠，把刚被从床上叫起的困意和躁闷轻轻地吐了出去。

进楼前，在职业本能的驱使下，他扫视着周遭的环境。单元楼墙体上整齐排列着空调外机，冷凝水滴砸在他的脸上。

刑警蔡彬脚步急促地从楼上下来，站在程兵面前："程队。"

程兵点点头，帮蔡彬理了理衣领。两个人沉甸甸的警服，湿搭在额前的刘海，甚至是无处不在的潮热空气，仿佛每一个都能拧出水来。

"死者是个女孩，平时住校，今天身体不舒服在家休息，她父母从亲戚家打牌回来后报案，报案时间凌晨12点17分。据现场情况初步推断，可能是入室偷盗引发的强奸杀人……"

听着蔡彬汇报的同时，程兵跟着他进入昏暗的楼道。

楼道狭窄逼仄，似乎吸纳了整个夏夜的闷热。灯泡被私搭电线胡乱地吊起，离头顶只有几寸远。潮气洇湿古旧的墙体，程兵迈上台阶，仿佛一下子拥有了好几个影子。程兵抬头扫了一眼楼道的排风扇，过度丰沛的水汽令老化的机械过载短路，扇叶的命运在逐渐消弭的电机声中走向终结。闪烁的警灯顺着扇叶缝隙漏进来，程兵的面庞阴晴不定。

蔡彬顿了顿，继续讲道："女孩才十四岁，上个月刚拿了省奥数比赛第三名。"

程兵停下，和蔡彬对视了一眼，才继续往前走。半封闭结构的楼梯转角嵌着老式木框窗，玻璃反射中，程兵的表情逐渐严峻。

"凶器呢？"

"一个铜质奖杯，受害人的，头部有四处明显伤口，凶器上没指纹。"

转过拐角，气压变得更低，几位民警聚在楼道尽头，围在一起抽烟解乏。为了不影响其他居民休息，他们关于案情的讨论轻声细语。每个人说话的声音都很像程兵，带着几分常年被茶叶和尼古丁浸泡的粗粝。

看到程兵来了，民警们像自动门一样朝两边散开，让出一条路。大家微微欠身，陆续叫着："程队。"

"警戒线撤了，免得天亮后引起围观，留两个人轮班守现场。"程兵重新安排了他们的工作。刚刚对周边环境的那一眼打量，此刻起了作用：居民楼附近只有一个出入口，周围都是门面房围起来的，确实不需要占用太多警力。他最后说："其他人回去待命，都轻点儿，别扰民。"

民警们听从指挥，陆续撤离现场，但没有人脸上露出放松的表情。女孩所遭遇的一切让大家的心情都很沉重，就案发现场可推测，女孩生前经历了非人的待遇——这扇随处可见的民居防盗门后面,到底发生了怎样的滔天罪恶?

民警们陆续撤走,程兵的心却更紧了。他朝防盗门里面看了看,眼神示意蔡彬。蔡彬心领神会,从兜里翻出一堆塑料袋递给程兵。塑料袋上还印着市局隔壁超市的商标。这就是他们的"鞋套"了。

程兵微瞪了他一眼。蔡彬一耸肩,无奈地解释道:"装备科嫌我们用得太多,说供应不上了,我就去超市买了点这个,用起来都差不多。"

程兵接过两个,套在鞋上之前,还细心地抹去了潮气残留在塑料袋上形成的水珠。程兵刚戴上手套,恰巧马振坤从屋里走了出来。马振坤摘掉手套,难掩心中怒火,汗水将他的短袖衬衫浸湿了一大片,他用脏乎乎的手帕不断擦拭着额头如豆的汗珠。他也是程兵三大队的弟兄。

只不过,他是个暴脾气。"这天真他娘的闷!"马振坤做了个手势,示意程队进屋,"程队,屋里不乱,但抽屉都被翻过了,铁丝开的锁。搜索财物目的明确。"

程兵一脚迈进屋里,眼前正如马振坤所言,所有柜门、抽屉都是打开的状态。

这是一套二十世纪九十年代结构再常见不过的两居室,客厅餐厅难分彼此,主次卧相邻。小小的电视、小小的冰箱、小小的空调……客厅内的一切家具和装潢风格都显现出被长时间使用的痕迹。然而,这个特性却并没有蔓延到次卧。打眼一看,次卧连门都是新换的,门旁新打的展示柜也采用了最新潮的样式。

显然,这家父母把最好的都留给了孩子。接着,程兵在客厅和卧室的连接处看到了一双脚。他的视线越过展示柜上一家三口的合影,再次聚焦在那两只毫无生气的脚上。

旁边,蹲在那里的是身着白大褂的法医和他斜扫在地面上的背影,再旁边，则是两只因用力踢蹬而鞋底向上的拖鞋。

程兵的太阳穴突突跳起来，他强压着心中的怒火，按了按太阳穴，继续听客厅里的同事汇报。客厅里站着另一位三大队的警官，皮肤黝黑的廖健。他是从农村考到警校，然后才干的警察，一路算下来也有十几年了。

廖健说道："凶手应该是摸底一段时间了，进门先剪断了电话线，抽了菜刀藏在沙发下面。综合看，是惯犯。"

蔡彬和他讨论起来："摸底，爬空调，剪电话线……像'麻雀'！"

廖健反驳道："'麻雀'他们不敢强奸杀人。更像是'新人'。"

"应该是从外面进来的，很可能有案底。"蔡彬说道。

"麻雀"是本市公安机关对采用这类方式溜门撬锁的惯偷的统称。他们很多人都有案底，已经被处理过多次了，但屡教不改，其中有一部分甚至是三大队的"老熟人"。

程兵点点头，表示同意。长期一起办案，三大队的兄弟们早已形成了深厚的默契，破案的思路往往在三言两句的讨论中就能碰到一起。

程兵站到尸体旁边，迅速环顾了下屋内的环境，接着将目光落在了尸体上，死者衣衫不整，死状惨烈，脑组织流了一地，四周都是血迹。

看上去，女孩就像一朵含苞的花被恶意折断，丢进了泔水桶，或是一片本应落在冰面上的洁白雪花掉进了煤渣堆。扭曲的四肢无声诉说着她的不甘，大面积外渗的黏液混杂着鲜血，似乎在痛骂着凶手的残暴。

不忍再看，程兵把目光聚焦到血泊中那座奖杯。那本是对女孩勤奋学习的肯定，此刻却变成了加害者施暴的利器。一把人生起跑的发令枪，一夜之间，成了人生的休止符。

从警多年，粉碎的主骨、散落的尸块、腐败的肌肉组织……程兵见过太多太多。但即便他已经"久经沙场"，面对眼前的场面，他还是无法做到处乱不惊。

此案必破。程兵在心里恶狠狠地对自己说。

技术侦查组的民警和法医还在女孩尸体旁有条不紊地进行着采集和拍

摄工作。程兵过来后，本就不大的空间显得更加局促。但大家都是老手，摩肩接踵之间也没有给现场留下新痕迹。除了小徐。

这个小年轻二十二岁上下，大刺刺地蹲在法医旁边，一不小心碰到了展示柜，上面的相框差点掉下来，还好被程兵眼疾手快给扶住了。

小徐甚至都没觉察到。他眉头紧锁，故作老成地在笔录纸上做着笔录。

法医一边拍摄尸体的细节，一边语速极快地分析起来："头部伤口有两处较深，应该是流血过多身亡，尸斑明显，死亡时间初步估计应该是……"

闪光灯闪烁，像是在给他的分析打下标点符号。或者说，他就像是照片的实时翻译。法医把镜头对准了尸斑，尸体上淤积褪色，他又摁了摁尸斑的位置，刚要说出关于死亡时间的推测，小徐就插了话。

"尸体处于坠积期，成色明显，死亡时间至少是四个小时前。"他的语气透着坚定，甚至还有某种炫耀的成分在。

法医顿了顿，继续拍摄，程兵注意到他暗自翻了一个大大的白眼。

马振坤粗声大嗓地说："小徐啊，你会尸检？"

"学校里学过一点……"

"一点啊？"马振坤前半句话还带着肯定，后半句就幻化出一张大手，把小徐揪了起来，"那就别在这儿碍事！"

小徐悻悻地站到一旁，程兵补上了他的位置。

再次检查手套戴好之后，他蹲下，轻轻把手放在尸体的胳膊处，弯曲了几下，很顺畅，尸僵还未形成。

程兵冷静地做出判断："死亡时间两小时内。"

这个时间跟小徐预估的少了一半。这时间差决定了凶手目前到底是仍在本市，还是已经仓皇出逃。

小徐先是一脸错愕，又探询着看向法医，眼神中带着一闪而过的不服。

法医点点头，示意程兵说的完全正确。

"死亡时间大概十一点左右。死者阴道撕裂，从里面提取到了男性分泌物。"

第一章 案发

廖健拍了拍小徐的肩膀说道："这种湿热天气，尸斑半小时就会出现了，学着点！"

小徐恍然大悟。在真相面前，他是谦虚的，马上埋头在笔记本上记录下要点。

程兵盯着血泊中的奖杯和地上的抓痕，他的耳边似乎响起了凶手的淫笑声、女孩的惨叫声、撞击与反抗的混杂声……他晃了晃头，甩掉涌来的声音，望向屋顶的方向，接着问："空调装在哪里？"

一个雄浑的声音突然从主卧方向传来："程队，在主卧。我查过了。"

程兵马上站起来，用笔直的身体敬了个礼："师父，你怎么来了？"

一张双鬓斑白、沟壑纵横的脸出现在主卧门口。这是老张，他是那种扔进人堆里也找不出来的老刑警。明明才五十八岁，看着却比一些六十五岁的老人还苍老、憔悴。

程兵入警时，就是老张带着他。他一直尊称老张为师父。公安系统里不乏这样的"镇局之宝"。他们因个人或家庭原因，一直奋战在基层的最前线，不少领导层都是他们手把手带起来的，所以对他们尊敬有加。这种人往往看现场眼光独到，讲案情鞭辟入里，燃尽了一生的能量推动着公安系统的进步。

程兵看着老张布满血丝的双眼，刚想劝他赶紧回去休息，就被老张用话堵住了嘴："十年都没出这种案子了，站好最后一班岗嘛！"

接着，他示意程兵跟他走进主卧，附在程兵耳边说："我刚接到了领导的电话，上面压力很大，组织上希望尽快破案。他让我私下问你，透个底，几天？"

程兵很快地回答："再说。"线索没整理完，还远远不到下军令状的火候。

主卧的陈设布景没什么特别的，写满了"工薪阶层"四个字，连被褥都是本市最大的批发市场售卖的同款。与主卧连接着的小阳台的窗户敞开，程兵透过窗户向外张望。

"空调外机有脚印，是两个人。"老张沉声说道，"整个现场没发现有价值的指纹，作案时肯定戴了手套。地板上有抓痕，受害人有过比较激烈的反抗，歹徒应该是在这个过程中下的狠手。"

程兵点点头，他跟师父的思路完全一致。

他回过身，看到书桌玻璃下压了一张照片，是张穿着校服的女孩与父母的合影。女孩笑得灿烂无比，不止程兵，每个看到这张照片的人，都会被这笑容感染，这个笑容展示着女孩原本生活在充满爱的世界里，与她死时的面部表情形成了鲜明对比。

或许女孩在生前从没想过这世界上有恶魔，有这么丧心病狂的人。想到这些，程兵眉头紧锁，心里暗自骂着作案凶手。

殓尸人员正在将女孩的遗体装进尸袋。

程兵和老张一起回到客厅，他凝视着尸体，思忖片刻，眉毛一挑，示意殓尸人员停一下。他朝法医说："看看死者身上有没有指纹。"

一旁的小徐再次脱口而出："戴手套哪来的指纹？"

除了小徐，在场所有人的眼神都亮了起来，像是昏暗的房间里骤然开了灯。他们听懂了程兵所言为何，兴奋地动了起来。

"你哪儿那么多废话！"马振坤吼了小徐一句，小徐像霜打的秧子，蔫头耷脑地站在一旁。不过，这孩子打心里热爱着警察这份工作。他看着程兵和法医配合着用技术手段在尸体上采集指纹，经验老到，技术熟练，小徐不由得由衷地佩服起这位支队长来。

终于，法医长长地呼了一口气。"确认了，纽扣上的确有指纹，两个人的。"他的语气转而沉重，"实施强奸的时候，手套摘下来了。"

现场只剩下粗重的呼吸声，所有人都停止了动作。直到马振坤愤怒地咒骂了一句脏话。虽然难听，但反映了在场每个人的心情。

接着，程兵迅速安排好后续所有工作。

"蔡彬，你去探探麻雀那边的口风，是从哪儿窜过来什么冤家了吗？"

"是。"

"小徐去查查各空调维修公司，最近有没有外地进来的新人名单，再去查一下死者的社会关系。"

"是！程队！"

"老廖、老马，你们去摸排下未来几天有没有人拉账出货。"

"好！"

程兵转向老张，有些心疼地说："师父，对比指纹这种细活儿只能交给你了……"

老张懂自己的大弟子在想什么，他嘴上说"交给他们我也不放心"，实际上是变相安慰程兵，别太在意给自己分配工作这件事。

走廊里传来一片嘈杂。

还是要面对这一步，程兵心里想着，主动走出这间两居室，来到楼道走廊。死者家属就等在这里。天热成这样，死者父母的衣服上却没有一点汗渍。程兵能想象到，此刻两个人的心中必然寒凉无比。

女孩的父亲低着头一言不发，脚下四周都是烟头，手上的烟已经烧到手指了，但他完全没有察觉。直到有民警提醒，他才慌乱地把烟头扔到地上，踩了一下，不过马上又点起下一根……

两名女警正在陪伴受害人的母亲。女孩母亲已经瘫倒在地，双目涣散，泪水早就流尽了，只剩下抽搐、干呕和咳嗽。

这是一种悲恸至极的声音，程兵在从警生涯中并不是第一次听到，但他还是犹豫了一下，然后走上前说："我理解你们的心情，但你们待在这儿也没用，先去宾馆休息吧，一有消息会马上通知你们的。"

受害者的父母闻言都抬头看向程兵。

生无可恋、绝望，还有些许的不信任……怎么形容这种复杂的眼神都可以，他们似乎在用眼神指责程兵，在抗诉老天对他们的不公。

程兵看了看他们的眼神，心中有些许无奈，但马上又坚定地转身抛给身旁的老张一句话："转告领导，五天——给我们五天时间，我们一定破案！"

这话，程兵像是有意说给孩子的父母听的，也是说给三大队听的。一方面他是希望能取得女孩父母的信任，让他们宽宽心；另一方面，他也是真的想尽快抓到凶手，制止罪恶蔓延。

听到这话，三大队的每个成员都吓了一跳。前半句刚吐出来时，老张就想要开口阻止他，但程兵很快补上了后半句，没有逗留，说完转身就离开了，只留下了一句把警徽大檐帽拴在悬崖边的诺言。

坐上警车离开31栋，程兵摇下车窗，重新呼吸到湿热的空气，这才想起来擤擤鼻涕。这种湿度和温度，尸体腐败得快，气味扩散得也快，刚才屋里的味道一定不好闻，可就连小徐的眉头也没皱一下。习惯了跟这世界最黑暗的一面打交道，他们不止心肠变得钢筋铁骨起来，就连生理上也完全适应了。

确认好的人证、物证随着警车一起送回局里，三大队众人来到这家紧邻公安局的路边夜宵摊。案情再紧，饭要吃、觉要睡，不过，这也是冲刺前最后的清闲了。

这个时间，暗红的塑料棚下很多警察在此吃夜宵。这老板外号铜锤，白天基本不营业，就等凌晨开到这时候，局里都戏称这夜宵摊是他们的"编外食堂"。

程兵带着三大队的兄弟们走进摊位，瞬间成为其余人的焦点。其他同事跟烤串的炭火一样热情，纷纷起身跟程兵打招呼。有几个会来事的小警察直接端着自己的酒杯和烤串去找其他人拼桌，给三大队让了一张大桌子出来，程兵怎么制止都没有用。

一声一声的"程队"让这凌晨的街边显得热闹非凡，程兵简单地点头致意。那些面带稚气的年轻警察盯着程兵看，眼神充满崇敬。

小徐明显感到来自同辈们的羡慕，不由自主地挺直腰板，虚荣心获得极大满足。

不过，只有一张桌子旁边的警察没站起来，也没打招呼。

坐到"主桌"之前，程兵瞟了眼那张桌子的方向，本想过去说点什么，最后还是没有成行。

"呦，程队来了！"铜锤老板热情地上前招待，不用他们点菜，直接就上了几道凉菜和一箱啤酒。

三大队几个兄弟坐下，大筷子夹凉菜，风暴般送入口中。

精神高度紧张地忙活了半个晚上，大家都饿坏了。

啤酒没有杯子和开瓶器配套，大家都是用牙咬开瓶盖，瓶口几乎直接插进喉咙，咕噜咕噜就能灌下去半瓶。小徐放下空瓶，满足地打了个酒嗝。起码在喝酒这件事上，他融入三大队还是比较快的。

他看向程兵刚刚视线的方向，小声对身旁的蔡彬说："二大队那边气场有点怪啊……"

没错，刚刚唯一没站起来那桌，正在喝啤酒撸串的，就是二大队队长杨剑涛和他的兄弟们。杨剑涛身穿笔挺制服，气质儒雅，与程兵形成鲜明对比。

蔡彬也不在乎影响，用正常音量说着："这几年大案都是我们的。这次又没轮上，他们当然不服。"

廖健也参与进讨论："杨剑涛好歹是从省厅下来的，面子上挂不住。"

马振坤快言快语，嗓门很大："省厅下来的怎么了，也得跟程队学习，业务能跟程队比吗？"

小徐又启开一瓶酒，极其认可地跟马振坤碰了一下："我和同学们在警校的目标就是当三大队程队的兵，就为这个，我请了全班三次客。"

程兵摆摆手，示意大家换个话题："行了，快吃吧。等一下把他们的账一起结了。"

众人点点头。

马振坤低头直接从烟盒里叼出一根烟，拍遍了全身的兜也没找到打火机。他指着廖健："你是不是又拿我火机了？"

廖健讪讪笑着，从兜里摸出好几个打火机，放在手心里等马振坤选，就像超市柜台一样。马振坤气恼地随便取了一个，刚把烟点上，廖健也很自然地从马振坤的烟盒里取了一支。

马振坤伸手打了他一下："怎么又抽我的？"

廖健自然而然地说："我的抽完了。"

马振坤笑骂道："你的？大哥，你买过烟吗？"

桌上一阵哄笑。廖健也跟着笑了，他没说话，嬉皮笑脸地点上烟。

老板刚送来一份烤豆腐，众人的筷子迅速围上来，小徐却仔细地将烤豆腐上洒的香菜挑出来，再夹到碗里。感受到马振坤瞪他的眼神，小徐解释道："不吃香菜，受不了那味儿。"

马振坤一副恨铁不成钢的表情，摇了摇头："现在的年轻人啊……"

小徐没接话，吃了口豆腐，转向程兵："程队，五天破案，会不会太短了？"

程兵不动声色地说："咱们其实只有三天，过了三天，就不好办了。"

"这个我懂，72小时黄金时间，犯罪现场的痕迹最清晰，罪犯活动的活跃度，排查人员的记忆最完整，警校都教过。"小徐喉咙动了一下，把食物送进胃里，"但也没必要说五天吧，时间越多越好啊！"

蔡彬饶有兴致地问小徐："警校教没教过你，要没破案怎么办？"

"扣工资，停奖金呗。"小徐喝了一口酒顺顺食，"还娶不到老婆！"

桌上又是一阵哄笑。

程兵正色道："'9·21'这种大案，全局上下都扛着压力，五天是最后期限了，要是拿不下，我就走人，为后面接手的队伍多争取点时间。"

接着，他又说："听说警犬大队缺个教官，我驯狗去。"后面这句话说得和前面那句一样正经。

小徐直摆手："不可能！谁都知道咱们三大队就没有破不了的案，我来这儿就是要跟着您破大案的！"这句话让桌上的所有对话都停了下来，众人用一种讳莫如深的眼神盯着小徐看。那眼神里藏着的是时光。

作为桌上最"过来"的过来人,老张有感而发:"小徐,你干久了就明白了,人年轻的时候都想着办大案,好像不办大案警察就白当了一样。可你知道这大案背后,有多少家庭多少人改变了人生啊,到了我这个岁数,最怕的就是碰上大案。"

桌上再无人说话,连动筷子的都少了。老张的话让大家陷入了沉思。这些年来,大家在警局待了这么长日子,都见过血雨腥风的大案。大案背后往往伴随着幸福的家庭支离破碎,伴随着残忍的凶手和恶劣的作案手段,伴随着大量警力的投入,伴随着长年累月辛苦的奔波,伴随着太多太多……

程兵一仰头,把酒瓶里最后一点酒喝干。

夜静人散,下雨了。

这雨一直下到第二天上午,还没有停下来的意思。不过,这对拯救这座城市的闷热完全没有帮助,一夜的细雨绵绵,下不透的雨水彻底把这座城市变成了蒸笼。黏腻的乌云像一条巨大的章鱼箍在城市上空,没有人能逃得掉这个夏天。

台平市不大,道路却很宽,汽车保有量不太多。像"堵车"这样的词,往往只出现在大城市的新闻里。不过今天,所有学校门口原本宽阔的马路都被车辆堵得水泄不通。除了保安外,街边还站着值勤的民警。家长们围在学校门口,人群拥挤不堪。一排又一排红色的刹车灯被雨水晕染开,看得人心浮气躁,被堵死的出租车内正放着本地新闻:

"'9·21'入室盗窃杀人案,犯罪嫌疑人手段残忍,性质恶劣,案发后第一时间,市委领导做出重要批示,组织公安机关成立'9·21'专案组全力侦破此案……"

两位执勤的民警在维护着校门口的秩序,一名焦躁的家长向民警抱怨:"有时间在这里装样子,干吗不去抓凶手,你们知道每天来接孩子耽误我多少事吗?"

　　家长们大都举着伞,而民警们多数穿着雨衣,长时间站在雨中,里外还是被雨水浇透了。

　　家长们虽然嘴上抱怨着,但等到校门大开,学生们鱼贯而出时,他们还是一拥而上,生怕自己的孩子落了单。走出校门的学生们其实感受不到家长的担忧和自己会有什么危险。男生们还是三五成群,结伴而行,一路嬉笑,有的甚至嘲笑着那些需要被家长接走的女生。而女生们根本无法自己走出校园,一定会被自己的家长堵在门口接走,民警看到偶有几个没有家长来接的女生,就会来到她们身边,询问状况后分别送回家。

　　校门口对面的一排门面中,有一个挂着"空调维修"的牌子。小徐从牌子下走出来,皱着眉看着眼前的一切,在手上已经被雨水打湿的本子上画了一道叉。

　　相关的新闻不止通过车载广播传播,火车站候车大厅的大屏幕电视里也在滚动播放着专题新闻:"为维护社会治安,让人民群众安居乐业,市公安局、城市管理行政执法局、各街道社区居委会联动,将在全市范围内开展一场大规模的联合活动……"

　　新闻结束,围观的旅客们正要离开,就被几位进入大厅的民警拦住,要求他们配合出示身份证,进行查验。候车大厅一角,蔡彬把两个"麻雀"拉到安静处,指着电视询问着他们什么,"麻雀"们纷纷摇头……

　　整座城市都透着一种紧迫感,"山雨欲来风满楼"已经形容不了,因为——雨,已经来了。

　　小徐和蔡彬各处走访,马振坤和廖健也没闲着。

　　在本市有名的三不管地带,招待所、发廊、网吧、饭店和杂货铺鳞次栉比,天一阴,霓虹灯招牌参差不齐地亮着,整条街弥漫着城乡接合部特有的黏腻、嘈杂的气氛,却也充满着烟火气。

　　马振坤走到一个家电维修店铺的临街柜台前。守柜台的老板身材瘦得像一根竹竿儿,他在柜台下面摆弄着什么,头都没抬:"要买还是要卖啊?"

听到对面久久没有回复,他疑惑地抬起头,看到金刚怒目似的马振坤之后浑身哆嗦了一下,椅子都坐不住了,起身就要跑,不过,廖健已经在唯一的出口处把他堵住了。

竹竿儿战战兢兢:"两位大哥,有事儿?"

廖健一只手搭在他的肩膀上防止他开溜,同时问:"这两天有人找你拉账吗?"拉账,是本地惯偷的黑话,意思就是销赃。

竹竿儿连连摆手,身子都快缩到地底下了:"没,我早不做那种生意了,真的。"

马振坤严肃地说:"有任何风声第一时间通知我们,案子大,严重性你很清楚……"

"放心,糊弄谁我也不敢糊弄马哥!"竹竿儿在胸口画了个十字做保证。等两位警官走出维修部,他瘫在了椅子上。

马振坤刚想奔赴下一家,就看到几个初中生迎面过来,他一眼就看到了廖健的儿子廖晓波——两个人长得太像了。

廖健伸手就要敲头:"你怎么还不回家?一天到晚瞎跑什么!"

廖晓波被他爸的气场逼得后退了两步,直接凑到马振坤身边寻求保护,讨好地说:"爸,马叔,我这就回家。"

马振坤疼爱地揉了揉廖晓波的头发:"晓波,又长高了。"

廖晓波看了看马振坤,眼珠子一转:"爸,我午饭钱都没了……"

廖健骂了一句,不情愿地掏兜取钱,全是毛票,加起来就几块钱,还皱皱巴巴的。廖晓波嘟起嘴,很不高兴。

马振坤豪爽地取出一张百元钞票递给廖晓波,廖健一把打向廖晓波伸出来接钱的手:"不许拿!"

廖健和马振坤争起来。马振坤一扭身,强行把钱塞到廖晓波兜里,对廖健道:"我给的,你别管。"

"谢谢马叔!"廖晓波见好就收,撒着欢和同学们一起跑走了。

廖健盯着儿子的背影喊道:"下雨呢,快回家啊!"

廖晓波没回头，边跑边伸出手摆了摆，示意自己听到了。

马振坤笑意盈盈地看着廖晓波和同学们消失在街角。他又叼出一根烟，还是摸不到火，他还是瞪廖健，廖健还是像超市柜台一样摸出了几个五颜六色的打火机……

马振坤笑骂："你那裤兜子是黑洞吗？你这人对别人抠也就算了，对自己儿子也这么抠？"

廖健把马振坤手里用完的火机拿了回来："这怎么是抠呢？节俭，是咱们中华民族的传统美德……"他边说还边得寸进尺，自然而然地伸手拿过了马振坤的烟。

马振坤彻底无语了。

警车随意地停在公安局门口，即便熄了火，过载工作一天的引擎还在散着热，机盖上的雨水被蒸腾出了一层薄薄的水汽。蔡彬和小徐从车里出来，一步一晃，疲累地走进公安局大门。

路过技侦组办公室的时候，两个人透过窗户，看到老张和几名年轻的技侦科民警在伏案工作。成堆的打印纸上，每个指纹旁都有老张亲手标注的乳突线特征。

乳突线，是人体手指掌和脚趾掌皮肤组织的凸凹结构显示在表面的细小凹凸纹路。人们常说的指纹比对，实际上就是在比对乳突线。

老张坐着坐着，突然栽歪了一下，差点被困意击倒。他猛地抽了两口烟，把烟头按进已经满溢的烟灰缸里，接着又灌了两口浓茶，继续工作。

三大队办公室里，桌上的台历已经翻到了9月23日，时钟显示在十一点。看着嘀嗒转动的秒针，蔡彬竟然生出一种想要把它往回掰掰的冲动。

然而，秒针可能会被掰回来，时间却一刻不停。

办公桌上堆放着各种印有指纹的打印纸，以及一张画满标记的城市地图。烟灰缸里什么都有：火腿肠皮、面包碎屑、拆开只被吃了一半的小零食和包装袋——就烟头不在里面,而在一旁的方便面桶里。

廖健和马振坤也回来了,蜷缩在用办公椅临时拼成的"床"上睡觉。

程兵坐在桌前,面前放了一杯浓茶,伏案在笔记本上记录着摸排口供的关键信息。听到蔡彬和小徐回来了,他抬起头,轻轻晃了晃。

蔡彬骂了一句。沮丧,笼罩着整个三大队。

走廊里突然响起噔噔噔的脚步声,程兵眼睛一亮,站起身看向办公室大门。老张疾速冲进来,一个趔趄差点滑到,不过他的手臂一直高高地举着,手中攥着一叠纸:"有结果了!"

马振坤惊得浑身一激灵,身下的"床"被震得分开,整个人直接从椅子上滚了下来,但他顾不得拍身上的灰,直奔老张身旁。

廖健也醒了,所有人都凑了过来。

老张一把划拉走那些食物垃圾,把手中的文件拍在桌面上。铺开的四张纸上,指纹位置上已经被技侦人员做了突出的标记。蔡彬和廖健对着灯光将指纹文件重叠起来一一比对。

吻合度非常高!老张难掩兴奋:"这是去年四川蒲江'7·16'入室盗窃杀人案现场提取到的指纹,和'9·21'案的乳突线达到了八处吻合!"说着又指向其他资料,"还有这两起案子!重庆涪陵'3·12'入室盗窃杀人案和湖南耒阳县'6·15'案,这两个案子都没能在现场提取到指纹,但凶手的作案手法和'9·21'案基本一样,受害人也都是未成年人。"

众人听完老张的话,纷纷变了表情。

马振坤喃喃自语:"干这么长时间警察,还是第一次碰上连环案。"

老张继续说:"四川那边传来资料,作案的是两兄弟,王大勇、王二勇,平常以维修空调做掩护。"

小徐急忙拿出自己的笔记本,兴奋地说:"两个月前,天兴空调刚招聘了一批外地人,其中就有四川来的两兄弟,就叫大勇、二勇!"

程兵接过蔡彬递来的卷宗材料,看到了王大勇和王二勇的登记照片。是两张凶狠冷漠的脸。

"人住哪儿？"

"公司统一安排的宿舍……军山路6栋12号。"

此刻，所有人的目光都聚焦在程兵脸上。而老张却像是一下子没有了重心，他的手在身后胡乱摸了摸，终于碰到了椅子把手。他扶着椅子缓缓坐下。连续几天的熬夜奋战，这位五十八岁老刑警的体力已经逼近了极限。

"师父，你不用去了，在队里待命，另外马上把这个情况向陈局汇报，做并案调查。"说完，程兵的口气马上由柔和变为冷硬，"准备抓捕！大家都检查一下配枪。"

办公室响起一片推拉保险，退出弹夹，检查子弹，重新上膛的声音。

几天的辛苦摸排终于要出结果，有人表情兴奋，有人稍显紧张，还有像程兵这样的，脸上看不到一点波澜。

"军山路6栋12号。"程兵又确定了一次地址，接着高喊一声，"动！"

粗犷的越野车没闪警灯，呼啸着开出公安局大院，只留下激起的水花。

雨依然没停，似乎预示着什么。

车是廖健开的，他往嘴里塞了一块槟榔，大嚼起来，以防打瞌睡。程兵坐在副驾驶，目光如炬，不知道在想些什么。马振坤、蔡彬和小徐则挤在后座。此刻，就像故意安排的一样，收音机里的点播节目刚好响起："听众'小雨点'为自己当警察的父亲点播一首《少年壮志不言愁》。她说父亲工作非常繁忙，自己已经三天没见到他了，她很想他……"

响起的前奏，击中了这一车"猛男"柔软的内心。

蔡彬拍了拍前座："程队，这不会是慧慧给你点的吧？"

廖健撑了他一下："你没听人家说听众叫'小雨点'吗？你以为全世界就咱们几个警察啊？"

这话其实说得人五味杂陈，但是所有人都笑了。

马振坤在手上啐了两下，拍了拍手："这时候听这歌，给劲！"

程兵心里倒是没多想,但他特意等这首歌放完,才关掉收音机,开始用对讲机跟其他车里的同事布置行动安排:"喂,老刘,老曹,军山路私建房多,人员复杂,到了路口,我的车一打双闪,就按计划分开走,到达指定地点后再统一行动。一定一定不要挂警笛!"

最后这句话,程兵重复了三次。

廖健看了看后视镜,后面两辆警车没有开大灯,在黑夜中冷静地跟随着。

对讲机里传来老曹和老刘的"收到",程兵接着说:"尽量不开枪……"

小徐立刻松了口气。但程兵马上又说:"开枪的时候一定别犹豫。"

小徐刚吐出的气,马上又提了起来。

马振坤感受到身旁的小徐似乎在隐隐发抖,便拍了小徐一下:"开过枪没?"

小徐话都要说不利索了:"警……警校的时候开过。"

廖健马上反唇相讥:"老马,你这口气搞得你跟神枪手一样,你自己不也是个歪把子,开枪尽往墙上崩,子弹发出去弹回来,还不是从我这儿擦过去的吗?"

话是开玩笑,车里却没有人笑得出来。

蔡彬淡淡地说:"今天最好一枪不响,平平安安。"

马振坤满不在乎:"那多不解恨。"

程兵给这段对话定了性质:"刚进三大队那会儿,师父教给我一句话,现在送给你们。咱警察干的事儿是保护人民,保护人民的前提是要先保护好自己!明白吗?"

"明白!"小徐也跟着大家情绪激昂地应和着。

这一刻,这一句"明白"就像是给他穿上了一件防弹衣。然而,这世上的事就是不以人的意志,或者说以某个人或者某群人的意志为转移。

正前方就是军山路路口了,廖健开车转弯,一打眼就在氤氲水汽下看到一排排闪烁的警灯。接着,轰然作响的警笛声传进了车上每个人的耳朵。

廖健一盯车牌，语气里难掩沮丧："二大队的车。"

马振坤一砸车座："完蛋！肯定把鸟惊飞了。"

小徐不知道该看谁，最后，他从车内后视镜中看到程兵紧紧皱起了眉头。

从军山路6栋走出来时，小徐从来没觉得警笛声这么刺耳过。为了行动万无一失，所有人连手机都放在了车里，就怕出什么纰漏，没想到，纰漏来自兄弟同事。

本以为可以把两兄弟直接捉拿归案，可等三大队到达现场，根本没见到那两个面容暗沉的罪人，迎接他们的只有黑暗巷道里的新鲜脚印、逼仄走廊里被撞倒的杂物、发霉小屋里还没凉透的灯泡……还有，二大队众人脸上的迷茫。

小徐刚来三大队不久，只是听说过二大队和杨剑涛的一些传闻。这次，他是真的想把这些兄弟同事撕碎了，嚼烂了，咽进肚子里。同时，他也一直在盯着程兵看，颇有些崇拜地想着：遇到这种情况，眼前的这个男人将会如何处理呢？

愤怒和沮丧不是心里暗骂几句就能掩盖的，看到几名年轻的二大队队员正在排查闲散人员的身份证，马振坤再也按捺不住，冲过去揪住一个刑警的衣领大声咆哮："谁让你们擅自行动的？"

年岁大的人干这种事叫不着调，年轻人干才是血气方刚。对方直接推了马振坤一把，二大队的成员顺势直接把马振坤团团围住。

三大队其他兄弟哪能受得了此般屈辱，马上大骂起来。廖健和小徐冲了进去，双方推搡起来，不少人肩膀上的警衔都被拽掉了，一场内部冲突一触即发。蔡彬见状，赶紧将两边分开："都别动手！自己人。"

杨剑涛一直在等程兵出手，但程兵一直看着，没动。他怕局势失控，只能先程兵一步加入战局，把二大队的人全都拉走。

等局势稳定了，程兵走到杨剑涛面前，尽量压着火气："杨队，领导安排二大队配合办案，可你们这主动性和机动性也太强了吧？"

杨剑涛也针尖对麦芒："程队，你这话什么意思？我们是按专案组统一部署来排查的，你们有行动应该提前通知我们一声……"

程兵再也听不下去他说一句话，直接拔高了声调："通知你们？我们三天三夜没睡觉了！没时间，也没义务通知你们。这不是单一案件，很可能是连环案，现在人惊走了，你告诉我——怎、么、办？"

程兵这话说得很重，相当于把过失完全递给了二大队。

所有兄弟都看着，杨剑涛也不可能轻易服软，他甚至直接叫了程兵的大名："程兵，你没资格给我训话，你有火，我还有火呢！我们队也好几天没睡觉了！"

这事儿相当于所有死扣都缠在了一起。

没想到，蔡彬突然跑过来，一句话就把线头解开了："老张那边有情况！"

程兵和杨剑涛都是一愣。

让人没想到的是，刚才大家群情激奋，非得讨个说法不可的时候，没人注意到三大队每个人的手机都在越野车里响了一遍。

大家都错过了大事。

空无一人的公安局里，老张放下和陈局沟通的电话，刚收拾好东西准备回家，电话铃突然刺耳地响起来……

挂了电话，老张穿着便服，披上雨衣，来到了向阳巷口。这是一条暗黑杂乱的小巷，里面违章搭建了几个杂物棚。老张在巷口徘徊了一会儿，看了一下手中的手机，屏幕上的通话记录里显示着数条打给程兵的电话，每一条都是通红的"未接通"。

老张提了提气，缓缓步入小巷。他朝经过的杂物棚瞥了一眼，没看见人，却突然有个陌生的声音传来："找哪个？"

老张循声看去，旁边的杂物棚里站了一个身影。因天色暗沉，雨势渐大，人脸被遮雨的塑料膜挡住，根本看不清长相。

老张眼睛都没转一下，当即回答："兄弟，问一下，前面过去是不是可以到夜来香宾馆？"

那人不做任何回应。

沉默的对峙，无法离开的巷子。水汽中都能品出紧张的味道。

等三大队的越野车骤停在向阳巷口，雨已经变小了。程兵和三大队的兄弟们从车上下来，车门都来不及甩上，所有人以百米冲刺的速度奔进巷子，看到的都是自己人。

几个民警围在杂物棚外，程兵辨别了一下，才看到被泥水包裹着的老张。

老张示意民警扶自己起来，惨笑了一下，有些自责地说："我接到电话，说向阳巷这边有人形迹可疑。我看位置离军山路不远，就过来看看……刚走到那边巷子，就遇到一个人，还没等细问，那人冲出来撞倒我就跑了，要不是被撞了这一下，他跑不了。"

"从身高和体貌上看，像是王二勇。"

程兵的注意力根本不在案情上："师父，你人没事吧？"

老张甩了甩身上的泥水："没事，就摔了一下。"

蔡彬跟现场民警聊了聊情况，过来扶了老张一把。程兵检查了一下现场，转过头来："师父，我放你假，先回家休息几天。"

老张不置可否，所有思绪还沉浸在案情中，他对程兵说："我没事。如果跑的这个是王二勇，那说明他俩拆开了。"

程兵拍了拍自己的胸脯，示意自己也想到了这一点："嗯，他们跑不掉！"

天虽然亮了，但没有一丝阳光照进这座城，乌云仍未散开。

雨毫无征兆地停了。然而，就因为它的毫无征兆，所有人都知道，这不是结束，而是刚刚开始。

天色阴沉如夜，闷热没有丝毫缓解。

程兵撸了一把湿漉漉的头发，拽着领口走到家楼下。不知道他散的是热气，还是单纯的气。突然，他的眼睛被闪了一下。他一仰头，看到左邻右舍都在安装防盗窗，电焊刺得人眼疼，崩出的火花距离用易燃材料建的楼房外墙只有几米远。到处都是安全隐患。

拉开家门，客厅里，一台立式风扇有气无力地旋转着，一个十二岁的小女孩认真地趴在书桌上专注地写作业。她就是蔡彬口中的"慧慧"，程兵的女儿。

在大案中的警官不配回家，甚至不配有家。程兵此次回来，只是把这里当作给养的补充站。没办法，工作性质使然，只能这样。

嘈杂的电焊装修声充斥在耳边，程兵刚将妻子准备好的换洗衣物装进塑料袋，就看到妻子刘舒拿着卷尺在阳台上测量着。

程兵明白妻子在干什么，但还是起了个话头："这是干吗？"

刘舒手上动作没停，回答道："隔壁装了防盗窗，我也联系了安装师傅，明天就来家里装。"

程兵突然说："我们家不装。"

他不说还好，说了这句话，一下子就把刘舒给点着了："为什么？这几天我都睡不好，你整天不在家，我又要上班，没有防盗窗我根本不敢把慧慧一个人放在家里。"

程兵的话也撑了回去："你也是老家属了，怎么胆子小成这样？我是负责这个案子的，别人要是看见连我家都装了防盗窗，就更慌了。有事给我打电话，我24小时都开着机！"

程兵眼神坚定，刘舒却还是有点纠结。

收拾好衣物，程兵朝屋里喊了一句："慧慧，爸爸走了啊。"

慧慧风一般奔出来，蹦到程兵面前，夺过他的手机，将一张自己的大头贴贴在程兵的手机外壳上，说："程队，想我的时候就看看。"

程兵这两天第一次露出了笑容，他抱起女儿。

慧慧是个懂事的孩子，她也希望爸爸能一直陪在她身边，但她还是支持爸爸做自己喜欢的工作，做个英雄。慧慧有时也很想爸爸，但又怕跟妈妈说，妈妈会伤心，所以她想爸爸的时候就去电台点歌，希望爸爸能听见，工作再忙，也可以休息一下。但这是她的秘密，她从来没有跟爸爸提过。

跟程兵一样，老张也难得回家感受一下天伦之乐。刚开门进了屋，疲惫不堪的老张就一屁股坐在饭桌边的椅子上歇气。

老张的老伴姓胡。胡大姐听到声音，从厨房里探出头："回来啦？"

老张点点头，好像连这点力气都懒得用。

胡大姐从厨房里端了碗汤出来，搁在桌上："先喝口汤，败火的，喝完了赶紧睡一觉。"说罢，返身回到厨房。

老张慢吞吞地喝了一口汤，接着又起开一瓶啤酒，灌了一大口，顿觉清爽。他转头望向窗外枝叶葱郁的梧桐，微风穿堂拂过，白色窗帘轻轻掀起，他享受着这难得的一刻清闲。忽然，老张的面部一僵。仅仅几秒钟后，他一下子从椅子上滑落到地上。

程兵一边跑，一边火急火燎地喊着："让一让，让一让，有急事！"

医院里人头攒动，每个人都很急，来来往往的病人和病人家属看着程兵，表情都很冷漠——在医院，谁不急？

这种冷漠竟然让程兵轻松了一些。大白天的，送医院送得很及时，顶尖的医护人员都在上班，师父应该不会有事。

冲到顶层走廊，程兵看着蔡彬迎了上来，气儿都没喘匀，就问："人怎么样？"

蔡彬急燎燎地说："脑出血，进ICU了，医生说哪怕命保住了，也可能变成植物人。肯定是昨晚撞的那下摔坏了，当时看着没事，其实内出血了。"

程兵一时说不出话，三大队的人各个垂头丧气。此时小徐急匆匆地走进来，廖健赶紧跑过去问："怎么样，公伤报了吗？单子都开好了？"

小徐瞧了瞧大家，艰难地说道："说是放假休息期间，不在岗位上，按规定不能报公伤。"

程兵顿时像被什么东西击中了——昨晚放老张假的人正是他！

马振坤一下子就从家属等待的塑料长椅上弹了起来："我找他们说理去，惹急了我把办公室砸了，都别过了！"

"行了！"程兵大声呵斥道，他是一队之长，现在他最不能乱，"现在不是闹的时候。我先去看看师父，你们回局里继续查案。"

换好无菌服后，程兵站在ICU病房外，无言地看着病床上的老张。他头部刚做过介入取栓手术，全身插满管子，完全不省人事。回到走廊，程兵看着胡大姐和老张的女儿颓坐在椅子上。

这个位置上的家属，体会到的只有无助。

看着胡大姐不停用手抹着泪，除了焦虑、悲痛和茫然，程兵从这张脸上读不出更多东西。程兵从手包里取出一本存折递给胡大姐。

"哎，兵啊，这是干什么！"胡大姐赶紧把存折推开。

"师娘，收下。"程兵的声音里有种不容拒绝的威严，"你们现在急等着用钱。我不能陪他了，他要是醒了马上告诉我。"

怕胡大姐再拉扯，程兵直接将存折抛在胡大姐手上，迅速转身，消失在走廊拐角。除了抓住凶手，他还有另一场"仗"要打。

他回到局里，办公室都没进，直接杀向了陈局的办公室。

"老张为什么不能算公伤？"程兵愤愤地质问道。

陈局在长办公桌旁正襟危坐："他在假期期间，还喝了酒……"

听到这句话，程兵心里一沉，他明白，在这事的定性上，"喝酒"起了决定性作用，几乎无法翻盘，不过，他还是强调着事件的真实逻辑，但是在陈局看来，总有种强词夺理、顾左右而言他的嫌疑。

"他是出任务时被嫌犯撞倒摔了一跤，才导致的脑出血！"

陈局露出"你跟我喊什么"的表情。

"向阳巷没有监控，也没人看见老张被撞，当时他人也没事。我怎么帮他？"

程兵恼怒，极力压抑住火气："陈局，他干了一辈子公安，现在成了这个样子，以后治病不知道还要花多少钱，没有公伤我怎么向他的家人交代？规定是规定，但也要讲人情吧。"

陈局的声音更斩钉截铁："程兵，我知道他是你师父，但不管怎么样，制度就是制度，老百姓相信我们公安，不是因为我们身上这身制服，是因为我们有制度。你把我的话好好想想。"

程兵突然话头一转："是不是我把人抓到手，他亲口承认撞倒了老张，就可以报公伤？"

陈局重重叹了一口气："老张的事我会先组织大家捐款，局里会尽力的。'9·21'案是重案要案，你知道现在社会上的舆论压力有多大吗？72小时已经过了，你说的五天破案，给你的时间不多了。"

程兵知道再多说也无意义，一切等破了案再说。他领首领命，径自回到三大队办公室。

他直愣愣地看着面前的一个功绩展示柜。那里面有三大队数年来荣获的奖状、奖杯、荣誉证书，还有一张三大队的合影：老马、老廖、老蔡、小徐……每个人都笑颜灿烂。尤其是老张。

程兵向旁边一瞥，墙边放着个简易的纸箱，上面贴了"捐款箱"三个字。程兵大步走过去，一脚把捐款箱踹得稀烂。三大队的几人注视着地上随风翻卷的纸钞，神情黯然。半晌，程兵蹲下身，慢慢把钞票一张张拾起来，重新塞回了捐款箱。

又一整个白天过去了。此时，三大队里的气压极低，压得人喘不过气来。沉重、压抑，所有人都埋头在自己的线索里。

挂历显示已经到了 25 日。

空调突然开始大颗大颗地滴水，直接砸湿了马振坤的笔记本。马振坤气得直接蹦到桌上，使劲敲打空调壳，但无济于事。

廖健和小徐分别打着电话。

"好的，他家里人一定要控制住，王大勇、二勇一旦联系了就马上告诉我们……还有，这几天，车站售票口和进站口都要有人盯，大厢车和货车也要设卡查……"

"王所长，你说的那个小区在哪儿？你告诉我具体地址，我马上过去查一查。"

蔡彬在用笔记本电脑查阅各类信息。

程兵翻着笔记本，看到本上自己写过的一句话：没有谁能活在真空里。

就在这时，一个小民警走进三大队的办公室，他左右张望，所有人都看向他。他叫道："程队？"

程兵抬起头问道："有事？"

"我们东石门派出所接到报案，说一个夜宵摊上有人喝醉了骚扰服务员，有个协警认出来好像是王大勇，所里已经派人赶过去了，你们要不要也过去看看？"

所有人都怔住了。

第二章　抓捕

　　一阵尖利的哨音尚未释放到最大分贝，就消散于积雨云中，仿佛受害者濒死前卡在喉中那句永远无法发出的呐喊。哨音转化成声声缥缈的"隆隆"，试图颠覆这如墨的夜，却以失败告终。

　　伴随着高低频交错的混响声，剧烈闪动的红蓝光在城市街道中穿梭着。

　　按理说，雨后的夜中，万物都清澈、透亮，任有污浊或罪恶也都会被冲洗干净。然而，水汽成了警车和救护车顶灯的扩散器，这抹蓝色和红色被无限放大，将焦虑和危险晕染到城市的各个角落。

　　行道树的树叶沉甸甸的，雨水并没有洗掉叶脉上的灰尘，反而附着在了叶面上。乍响的警笛声尚未传到东石门街道，树叶依旧死气沉沉的，透过树叶间的缝隙看下去，东石门街道这方本毫不起眼的夜宵摊前，却人潮汹涌。

　　十分钟前，东石门派出所接警，夜宵摊有醉酒食客对年轻女服务员图谋不轨。先是语言调戏，后来发展到肢体骚扰，女孩哭着哀求，此人依旧不依不饶，甚至叫嚣着要直接把她带回家去。

　　是好心群众报了警。这是半夜最常见的警情之一。

　　小地方响应政策多有延迟，新型99式警服的广泛推广还需要一些时间。三位身着深绿色89式警服的协警踏入警车，由东石门派出所驶向夜宵摊。

即便停放时就敞着车窗，车里仍旧像个蒸笼，协警们纷纷扯开脖子上的领带。摇把转动，车窗合上，空调格栅有气无力地吹出微弱的冷风。

湿漉漉的方向盘摸着直打滑，警车中控台上散落着几张协查通报，隐约能看见王大勇、王二勇两兄弟清晰度不高的照片。纸张已经被揉搓起褶，不知道被翻看传阅过多少遍。

警灯劈开黑夜，惊走了一只睡在派出所门口的三花猫，它逃跑的方向与警车行进的方向一致，猫消失于窄巷纵横的胡同之中，把警车中的三人引向不可预知的未来。

警车进入居民楼和市场、饭店等门脸房混杂的地段，大灯先照亮了几根电线杆和广告牌柱，正是它们围成了这处夜宵摊不大不小的空间。

开车的协警突然点了脚刹车，车身猛地一顿，三个人都往前蹿了一下，车内响起一片叫骂声。

车灯仿佛被什么东西封住了，再也照不过去一寸。

他们看到了一座由人构成的蜂巢，眼前极致混乱的景象远超协警们的预期——炒菜、烤串用的外置厨房和桌椅板凳全都被撤到角落里，只有那些饭店用的露天大雨伞还都插在地桩里，来不及撤走，但有的也已经被人群挤得摇摇晃晃，还有的被彻底踩断，沾满了雨水和泥土。人潮重叠而紧实，夹在中间的市民几乎脚不着地。附近的居民楼灯火通明，楼道里的声控感应灯此起彼伏地亮起。看来不止是在夜宵摊吃饭的人，就连附近的居民也一股脑地冲过来了。

纷杂的人群和凌乱的人影似群魔乱舞，肌肉的摩擦，硬物的碰撞，高高举起又砸下的物件和横踹的飞脚……被殴打的人发出撕心裂肺的惨叫声。这一切只是因为五分钟前的一句话——

几个在夜宵摊喝酒的好心群众，上前想拦住那个管不住手的醉汉，就在双方正在推搡时，突然，不知道是谁喊了一声："这人好像是那个被通缉的王大勇啊！"

夜宵摊所有人都放下筷子，老板连勺都不颠了，任由饭菜在锅里加热变煳。

四周群众面面相觑,想从这个不起眼的醉汉身上找出与奸杀少女有关的佐证。随着一声声的"就是他"响起,一堵由血肉组成的围墙迅速围拢而成。

这个醉汉没有了辩解的余地,也丧失了逃跑的机会。

他就是王大勇。

东石门派出所已经全部出动,下到窗口值班的民警,中到返聘回来满头白发的技术专家,上到从睡梦中被拽到现场的所长,所有人此刻都在现场维持秩序,但毫无效果。仅凭这几个人,想要拦住群众的汪洋怒意,无疑是螳臂当车。东石门派出所所长只觉得气血上涌,上气不接下气,他找了个缝隙从汗水涔涔的人群中钻出来,他的脸已经涨成了猪肝色,大檐帽上的警徽也被挤歪了。

街面四周还有不停地朝夜宵摊涌来的人。来者男女老少都有,中年男人大多光着膀子,露着啤酒肚,手持羽毛球拍、晾衣杆、掩门砖等日常生活中常见的物件,但稍微换换用途,这些就会变成防身的武器;年轻力壮的小伙子们则身着T恤短裤,赤手空拳,他们的武器是来自心底的恨意;而战斗力最强的则是一群中年妇女,领头的拿着电熨斗,嗷嗷喊着直往人群里挤……

所长开始在心里痛骂王大勇。全城都在挂着照片通缉他们兄弟二人,他倒好,吃起夜宵来了!吃夜宵也就算了,还酒后调戏女服务员,挑衅警方也没这么出格的。

突然,一声高喊把他拉回现实。一个二十出头的小伙子冲到锅台旁边,举起那口大黑铁锅就往人群中冲,旁边有个跟他年岁差不多的男生朝他一伸手,他立即心领神会,把铁锅中的铁铲一掷,另一个男生稳稳地接住。虽然已经关火很久了,但铁锅和铁铲仍带余温,如果打中王大勇,非死即残。

所长见状,赶紧推了下属民警一把:"快找几个人把他们拦住!这一口黑锅砸下去,咱们所可就要背黑锅了!"

更让所长焦急的是,除了刚刚群众的那几声叫骂之外,他还能听见几声王大勇痛苦的呻吟,可现在,王大勇那边一点声音都没有了。所长的血压一下子就高了,脸上又恢复了猪肝色,他怒捶了自己的胸口几下,踉踉跄跄地扶着一棵行道树站稳,哆哆嗦嗦地掏出电话,想要呼叫支援。

终于,路口传来了警笛声。闪烁的警灯由远及近。伴随着刺耳的刹车声,几辆车停在了夜宵摊旁。

三大队到了。事态紧急,等不到车停稳,三大队众人就推开车门,往夜宵摊跑,程兵在最前面,马振坤、廖健、蔡彬和小徐紧随其后,每个人的警用腰带都在把裤子往下扯——所有人都配上了满满当当的装备,代表着出警的最高规格。

小徐只顾着跑,不小心被马路牙子绊了一下,也顾不上,顺势掏出了警棍,愣头愣脑地就要上前。在他的意识里,只要警笛一响,再激愤的群众也会冷静下来。

马振坤一把按住了小徐的手,死盯着他,示意他听程兵的指示,似乎在说:你个小年轻冲动什么?外面都是人民群众,警棍掏出来是指向敌人的,别轻举妄动,听程队指挥。

程兵也是心里一沉,他预料到情况复杂,但没想到竟如此失控。人群已经在夜宵摊外形成一堵坚不可摧的墙。本以为追踪到王大勇的下落是苦战的结束,没想到只是另一场苦战的开始。

东石门派出所所长赶紧跑过来,一下子扶住程兵,上气不接下气地喘息着说道:"程……程队!群众知道醉酒挑事者是'9·21'案的王大勇,一下子就乱了,根本拦不住!"

说罢,他高高举起手中的电话,奋力甩了甩,示意自己一直在尝试控制局面:"我已经通知武警了!"

程兵点了点头,又摇了摇头。他想,等武警肯定来不及了,就三大队加上东石门派出所的警力,他必须在几分钟内用这些资源解决全部问题。

廖健和蔡彬的表情比程兵的还要严肃，别说维持现场秩序了，就连把挤在群众中的派出所民警拉出来，都变成了不可能完成的任务。任何贸然行动，都是徒增成本的无意义消耗。

小徐紧贴着程兵站着，不敢催促什么，只是语气焦急地说道："这不是要把人打死吗！"

程兵突然嘴唇微动，说出了三个字："用电棍。"

三大队所有人，包括举着手机的所长都一脸惊讶地看着他。

程兵要以暴制暴？

程兵回头面向众人，轻轻比了一个手势："挡开一条路，别伤到群众——动！"补充完这句话后，程兵第一个走向人群。

马振坤、廖健和蔡彬心领神会，马上从腰间抽出电棍调到最大挡，紧跟着走了上去。小徐虽然懵懵懂懂，但也照做了。

五个深色的背影钻进错杂纷乱的桌椅板凳、雨伞灶台和百态众生之中。

滋啦作响的电棍闪出跟警灯相同颜色的电弧，这声音日常生活中绝对不常听见，一个人回了头，两个人回了头，三个人回了头……外围人群几乎全被这声音吸引着转身，也暂时停止了动作。

趁着外围人群愣神的时刻，程兵高举起电棍，确保电棍高于人群，在保持威慑的同时不伤及无辜。三大队其他人见到这一幕马上照做，这场面震慑住了大部分围观群众，他们自动往外围散开。

就是现在！

程兵手往后招呼了一下，示意三大队其他人跟紧他，穿插缝隙，众人终于来到了核心区外围。群众中第一次响起了制止的声音，但作用寥寥，程兵等人非但没能再前进一步，反而被外围刚刚散开的人群再次包裹起来。这样一来，拉出王大勇成了奢望，事态再次升级。

被裹挟在人群中的小徐心里非常憋屈，矛盾和复杂的情绪在他心头交织，他手上的电棍都拿不稳了。一方面，他有点想埋怨周围的群众不懂法也不懂警察，另一方面，他真想跟大家一起，冲上去踹王大勇两脚。

他刚刚结束恍惚,就看到程兵朝身后比出了一个"三"的手势。他马上想起来,刚进三大队接受培训的时候,程兵这些老前辈都跟他讲过,如果遇到敌众我寡的情况,就采用来自解放军陆军的突破战术——三三制。

三角形是最稳定的形状,三个人围在一起,背部紧靠,互为兜底,可以最大程度地减少伤害。而且这种方式往往会出现事半功倍的效果。

三大队的弟兄们马上互找对象,紧靠背部,形成了几个不标准的三角形,深入了围殴的核心区。

击打,已经变成了人群的惯性动作,并不因看到几身刑警制服而停止。塑料椅、木棍、手脚……朝地上的王大勇劈头盖脸地倾泻而下,没打到他身上的,全招呼到了程兵一个人身上。

"别打了,警察办案!都让开!"

核心区的群众只愣了一秒钟,接着,程兵的喊声马上被更嘈杂、更巨大的声浪淹没。

程兵没时间纠结,三大队其他人依靠血肉之躯给程兵腾出了随时会挤跑的空隙,他只用了一瞬间,就锁定了嫌疑人几个非常重要的特征。

身高与资料中的王大勇一致。虽然换了发型,但脑部轮廓也是照片中王大勇的样子。他身着的衣裤已经遍布泥水,几乎要和地面烂在一起,不过程兵还是分辨出来,那应该是用人单位发放给外出技术性职工的、适合户外作业的工服。

不知道谁又喊了一句什么,三大队给程兵扩出的范围突然快速缩小,外围群众再次朝里面蜂拥而上。程兵被撞了一个趔趄,差点倒在地上那个身影旁边。

他稳住身形,回头一看,马振坤、廖健、蔡彬和小徐几个人已经和群众发生了数轮身体接触,因为他们高举着电棍,所以胃部、两边侧肋等人体较为柔软的部分全部暴露在冲撞之下,每个人的表情都非常痛苦,但愣是再次给程兵创造出了空间。

没时间了。

程兵迅速弯下腰，把王大勇拽起来，扭过他的头来一看，确认无误。程兵重重呼了一口气。那根一直悬在他头顶倒计时的秒针，难得地停滞了几秒。

他怕再引起骚乱，低声用只有三大队刑警能听到的声音说："是王大勇，把他押回车上。"

声音确实传播不远，但三大队兄弟们的表情和微微点头的动作都被群众看在眼里，不知道是谁高喊了一句："警察确认了！就是王大勇！打死他！"

一头是近百名围观群众，另一头是东石门派出所加三大队，后者只有十多个人。

再精妙的建制和打法面对人数上的巨大差距都是无用功，兄弟们给程兵挤出的空间被彻底霸占。不知是哪个没有准头的群众甩进来一只鞋，直直打在小徐头上，见警方没什么大的反应，更多的杂物随着拳头飞了进来。

程兵的眉头皱得像包子褶。他的底线就是不能伤害到任何一名群众，但守着这条底线，不但带不出王大勇，三大队和东石门派出所的警员也都有受伤的风险。

另一方面，不只三大队在追着王大勇跑，时间也在追着三大队跑。审讯王大勇，只是迈出了破获"9·21"案的第一步，至于后面是九十九步还是九百九十九步，没人能说得准。

想到这儿，程兵心念一动，手中的电棍不再举过头顶，而是缓缓下降，指向前方……这时，东石门派出所所长突然一声疾呼："武警来了！"

三大队的办公室里，程兵连着抽了三根烟，手都抖了。回想起刚才那千钧一发的时刻，程兵的手不自觉地又朝烟盒上摸去。其实后面的事情，他印象不太深了，只记得自己和三大队的兄弟们连拖带拽地把王大勇从人群中拉出来，押上了警车，之后他全程都在想如何为接下来的审讯寻找先期突破点，也没顾得上观察王大勇，仅由坐在后面的马振坤等人为王大勇简单处理了伤口。

想到这，程兵迅速整理了"9·21"案发生以来的所有细节，扔掉手中的烟头，穿过走廊进入审讯室。

即便排风扇全功率地转动着，审讯室里的烟味依然是整个市局最重的，甚至超过了三大队的办公室。这里的一切都是灰色的，一盏大功率白炽灯就在审讯椅的上方烤着，审讯椅的边角都做了简单的包裹处理，底部也完全固定在地面上。而这头警方的办公桌却边角锋利，而且可以移动。

审讯室没有窗户，小徐和廖健站在一旁，打量着审讯椅上这个低着头的嫌犯。而马振坤已经坐在了王大勇对面，他身边空着一把椅子。程兵拉开椅子，故意弄出一声巨响，又重重坐下去。

王大勇艰难地抬起头。这个入室盗窃又奸杀了十四岁少女的恶魔，第一次在三大队面前露出真面目。

此人发量茂密，但两侧鬓角剃得很短，短到泛出青色，顶部的头发尚属短发范畴，但已经可以打弯，毛躁的黑发中透着几丝白；脑门偏长，应该是日常习惯性地皱着眉头，这让他即使不做任何动作，抬头纹也沟壑纵横；他的眉骨非常高，伤口有些裂开，充血肿胀也遮不住他眼眶的深陷；此人小眼睛，双眼皮，吊眼如狐，鼻子里胡乱塞着止血的卫生纸，尖利不齐的牙齿让他显得更凶神恶煞。

程兵关注到，他的耳朵也是尖的，在之前的照片中辨别不了这么仔细，这可能是后续抓住王二勇的关键点之一。

程兵通过脸型和微表情直接对此人做出了判断：冷漠、疏离，反社会人格。加上他野生动物似的眼神以及钢板般壮硕的身材，程兵并不准备把他当人看。

王大勇眉眼一挑，程兵皱了眉头，他知道，在他打量王大勇的同时，王大勇也在打量自己。

程兵决定掌握主动权。他双眼一瞪，凑得离王大勇近了些，警徽警服带来的压迫感十足，口吻却显得轻描淡写："王大勇，我是市刑侦三大队的。知道为什么把你抓这儿来吗？"

王大勇嘴角一咧，眼神轻佻，竟然露出了一丝邪笑。他斜靠在审讯椅上，整个身体都非常放松，仿佛刚刚挨打的不是他，犯下滔天罪恶的不是他，此刻被铐在审讯椅上的不是他，数月后即将被处以极刑的也不是他。

而是他面前的程兵。

"王大勇！"马振坤敲了敲桌子，眼神中杀意十足："那我提醒你一下——9月20号晚上十点到凌晨两点……"似乎是怕王大勇耳朵被打坏了听不清自己说什么，马振坤重复了一遍："9月20号晚上十点到凌晨两点，你在哪儿？"

王大勇微微低下头，看起来是在思考，但表情依然维持着混不吝的样子。他不单蔑视这个严肃的审讯室，而且蔑视三大队，蔑视市局，蔑视大楼上挂着的警徽。

在一旁站着的小徐轻轻吸了一口气，他是实打实地替他的程队担心。

他在警校是尖子生，但警校从来没教过他怎么对付这种极端的反社会修罗。

廖健给了他一个制止的眼神，示意他不要外显过多情绪，不要做更多动作，最好大气都不要喘。等程兵发挥就可以了。

王大勇咂了咂嘴，似刚刚品尝了一口高度美酒。"我晓得我为什么来这儿，犯事了嘛。"王大勇浓重的四川口音透出来，不知道有意还是无意，他把"犯事"这两个字说得很重。正常的罪犯在审讯椅上，不会用这个词形容自己的罪行，而且在描述自己的行为时，往往语气很轻，有种躲避的心态。而这一切，王大勇完全没有，他把自己的行为当成某种炫耀："犯事了嘛，我说，我说。"

"我们两兄弟是小地方来的，来这里没多久，一开始主要就做空调维修，打一些零工……"

"你还打算说自己的发家史？我们是不是该给你鼓鼓掌啊？"马振坤厉

声喝道，"说重点！"

王大勇酒似乎还没醒，他耷拉着眼皮问："啥是重点？"

马振坤怒了，他动作极快，将原本放在桌面上的矿泉水瓶砸在王大勇脚边，以带来更大的震慑。马振坤刚要说什么，程兵微微动了动头，用眼神制止了他。

王大勇轻轻一笑，不屑地看着马振坤，语气淡然无比，就像发现了一个不大不小的惊喜："警察也打人哦。"

程兵开始了新一回合的对峙。他先是淡淡地说："就说9月21号那天的事。"

"9月21号……"王大勇眼珠转了转，接着看向上方。这个微动作是装不出来的，人在回忆的时候都会下意识向上看，而在顾左右而言他的时候是反过来的。王大勇真正开始了回忆："9月21号，我两个没钱了，生活不下去了。"

"二勇说……"说到二勇名字的时候，他故意停顿了一下，似乎就是为了让警方记住，"去安福路南街的小区取点东西，我就答应了。随便转了一转，就选中了那一户。"

入室盗窃，在这个毫无人性的人口中，竟然是轻描淡写的"取点东西"。

"放屁！"听到"取点东西"这个说法，马振坤再次暴起，"说！你们踩点多久了！"

这一句打到了王大勇心里。马振坤开始跟程兵配合，逐步向王大勇释放他们掌握的证据。这句话的意思是，警方有你们提前踩点的证据，但警方知道你们提前踩点并不是靠证据，而是靠对你们整套犯罪行为的完全熟悉，别把警方当傻子。

王大勇依然面不改色，收起笑容，说："我没踩，二勇去没去我就不知道了，反正我那天是被他叫去的。"

这种人完全是滚刀肉，完全不在意自己的谎话被揭穿，短短几秒钟已经想出了数个应对的方法。

程兵决定敲打敲打王大勇，给他上上强度。

"王大勇，我再跟你说一遍，今天的事情没那么简单，你以为自己还出得去吗？"说到这儿，程兵看向了王大勇的手铐，用眼神告诉王大勇，这东西即将跟你一辈子了，直到死，"你要做的，就是老老实实交代情况。"

"我们从空调机爬窗翻进去，"说到这儿的时候，王大勇整个身子拱了一下，好像在复刻翻窗的动作，"搜了一圈东西，要走的时候没想到还有个小女娃在家，我叫二勇走，二勇不肯。他这个人就是喜欢搞闲事，他不肯走我又拉不动他，后面就这样了。"

在这个时间节点，程兵不允许笔录上出现任何含糊的话。他呵斥道："把话说清楚！什么叫就这样了！"

王大勇嘿嘿一笑，竟然透出一种对弟弟的溺爱，这和刚才把所有罪责都推到对方身上的他简直判若两人。坐在审讯椅上的人，几乎都是毫无原则和底线的，而像王大勇这样左右摇摆、反复横跳、如此出尔反尔的人，程兵见得也不多。

王大勇说："二勇来这里一直没女朋友，也没钱出去玩，他火力壮，就上了嘛。女娃肯定不乐意嘛，就喊，一直喊，二勇就拿那个奖杯砸了她。"

廖健单手把手中的矿泉水瓶捏瘪了，右手手指的十个骨节都恨得发白。

王大勇轻哼了一声，审讯室简直像他的王国一般，对于王国内小小的异动，他丝毫不在乎。他接着讲下去："我也拉不住，我没动那个女娃啊，年纪太小了……"

没等他说完，程兵就用斩钉截铁的口气打断了他："王大勇，我可以告诉你，那女孩身上有你的指纹。"

这句话说出来之前，从坐进审讯室开始，王大勇就一直不老实，单手掰手指，把骨节按得咔咔作响，双脚不停抬起放下，双腿也一直在抖动……他用各种身体的微动作彰显自己的无所畏惧。直到听见程兵的这句话，王大勇突然静止了。

程兵拍了拍身边的马振坤，又抬头给廖健和小徐使眼色，示意大家冷静沉着，这个人并非铜墙铁壁，无法攻克。

不过很快，王大勇又恢复了淡漠："这个我确实摸了，就摸了一下，我把手套脱了。"

接着，他竟然面对这一屋子爷们露出了讳莫如深的"男人才懂"的表情："我也好久没有啦，我也是人……摸一下不算强奸吧？"

咣当！马振坤起身的同时一脚把身下的座椅踹到身后，腾出地方，接着迅速锁定了立在审讯室里的一根拖把，绕过程兵，抄起拖把就要上前。

廖健像是得到了什么指令，也冲向拖把，两个人的手几乎是同时碰到了拖把杆，廖健的手按在马振坤的手上，拖把杆被强大的力道震得一阵抖动。

一个唱红脸，一个唱白脸，马振坤和廖健配合得非常默契，这场戏为的就是给王大勇带来更大的心理压力。

廖健生生掰开了马振坤按在拖把杆上的手，把他按回椅子上。这个过程中，王大勇一直没说话，也没看马振坤，就那么盯着程兵，目光里充斥着看马戏团小丑表演时的不屑。

程兵扔出了自己的第二个撒手锏。

"王大勇！"程兵的声音短促而有力，跟监狱里叫犯人姓名的管教一模一样，他相信，对于王大勇这种多次"进宫"，屡抓屡犯的老油子，这种声音绝对带着强大的威压，"你觉得把事情都推到王二勇身上你就没事了？"

接下来，程兵每说一句话，就把装着证据的透明文件袋往王大勇眼前招呼一个。

每个落在审讯椅前的地面上的文件袋，都能恰好让王大勇看见，但又让他看不清里面的内容。

"四川蒲江！"

程兵甩出去年四川蒲江"7·16"入室盗窃杀人案现场提取到的指纹，和"9·21"案的乳突线对比的报告。这一下他几乎用尽了全身的力气，他不只是为自己和在审讯室熬夜的三大队兄弟们甩的，他的愤恨里还带着在 ICU 里和死神搏斗的老张，以及在医院走廊的长椅上手足无措、只能祈祷着守护老张的胡大姐。

"重庆涪陵！"

文件袋里装的是几张在重庆涪陵"3·12"入室盗窃杀人案现场取证得到的照片，其中一张空调外机的照片放在最上面，跟"9·21"案主卧空调外机上的鞋印如出一辙。

听到重庆涪陵这个地名，王大勇又开始抖腿。即便是一点审讯经验也没有的人也能看出来，王大勇已经是强弩之末了。他这次毫无节奏，想用力控制双腿的抖动，但又不能，跟之前有恃无恐的他判若两人。

"湖南耒阳！"

耒阳位于湖南省南部，五岭山脉北面，地处衡阳盆地南缘向五岭山脉的过渡地段，离本市很远。程兵甩下湖南耒阳县"6·15"案的卷宗，就是要告诉王大勇一句颠扑不破的真理——法网恢恢，疏而不漏。

王大勇的身躯也开始跟着双腿一起颤动，这种颤动是他自己都没有意识到的，完全来自潜意识，他已经彻底慌了神，双手上下翻腾着，似乎想用颤动的手按住自己抖动的双腿，但根本做不到。他之前给自己设置的几道防线被程兵这三甩击碎。他的面部也控制不住地抽搐起来。

"你最好想清楚自己现在的处境，在我们这里审完出去就毙的人多了，但你也不是没有出路。"程兵的语气变得非常轻描淡写，就像是在家里嘱咐自己的女儿慧慧出门要注意安全一样平常，这种前后的落差像一把利剑，直穿王大勇肮脏不堪的心灵。

"我现在就问你一个问题，也是给你唯一的机会。"程兵又加重了语气。

终于，到了最后的关头。

程兵突然支起上半身，直接扑到王大勇面前："我问你，王二勇人在哪里！"

王大勇已经抖若筛糠："我不晓得，我们担心两个人一起目标大，就分开跑了……"

这个答案显然得不到程兵的认可，他乘胜追击，再问："9月23号晚上，星期天。"加上具体的礼拜几，也是审讯的技巧之一，这样，嫌犯连回忆9月23日到底是哪天的过程都没有，程兵要做的就是让对方完全没有时间思考，凭借潜意识说出自己的答案。"你去过向阳巷吗？"

审讯室内的四个人都在期待王大勇的答案。

这个答案对三大队来说，不敢说和"9·21"案的案情一样重要，但起码是排在案情之后第二顺位的口供。

因为老张还在ICU里躺着呢！

他身上插的那些管子、输入的药液和输出的污垢，不仅消耗着老张家摇摇欲坠的经济基础，还击打着程兵的内心，每击打一次，程兵心中对自己放老张假的愧疚就增加一分。

就在这一刻，如果一切顺利，"9·21"案的一个重要嫌疑人吐口了，就算没有在案发五天内将王大勇王二勇两兄弟一起捉拿归案，给人民群众一个交代，程兵也有跟陈局斡旋的余地，程兵可以光明正大地通过老张的公伤申请，这样老张的医药费报销也有了保障。

然而，人生不如意之事十有八九。王大勇平静地说："没去过，那地方在哪儿我都不知道。"

除了程兵，还有马振坤、廖健和小徐，每个人都倍感挫败。

接手"9·21"案以来，程兵第一次感觉到累。不是生理上的累——程兵曾带队追捕要犯，那种风餐露宿的熬，不知道比现在苦了多少倍。也并非简单地来自心理的累，从警多年，虽然"9·21"案性质极其恶劣，但最罪恶的永远是人心，比王大勇更残忍、更灭绝人性的嫌犯程兵也拿下过，那时的军令状比这次"走钢丝"得多。

可以说，跟以往的全权掌控节奏相比，这次的审讯，程兵是有些失态的。那是因为一种只有程兵自己才知道的隐匿的压力。

办案期间，他的耳边总能回响起妻子刘舒的埋怨："为什么？这几天我都睡不好，你整天不在家，我又要上班，没有防盗窗我根本不敢把慧慧一个人放家里。"

以及女儿慧慧的话："程队，想我的时候就看看。"

慧慧的脸浮现在程兵面前，这张面孔一会儿和慧慧发出第一声啼哭时的面容重合，一会儿又附着到了那个躺在主次卧走廊上，颅上已经破碎不堪的十四岁少女脸上。

程兵被压力推到了悬崖边，他凭借着意志力站住了脚跟。但面部表情是控制不住的，不一枪崩了王大勇已经是最大的仁慈了。程兵咬牙切齿地说："王大勇，我给你一点时间，你再想想。"

随着他大手一挥，马振坤、廖健和小徐跟着他一起出了审讯室。

审讯室墙上挂着一个电子钟，秒针依然一刻不停地走着，那声音跟空调冷凝水砸在地上的声音竟如此相像。

滴答，滴答，滴答，滴答……

没人注意到，空无一人的审讯室里，王大勇长出了一口气，就连他自己都没有意识到，他整个人都哆嗦了起来，他左胸下的肋骨处突然异常不适，就像一根捻线极短的鞭炮即将被点燃，他双手挣扎着，想抚摸或揉搓自己的心脏，却因为被审讯椅箍住而无法做到，他只能让自己的大臂尽力靠近自己的双肋，但依然碰不到分毫。

都没走到三大队办公室内，就在走廊里，程兵就点了四支烟，劲儿最大的那种，又依次分给马振坤、廖健和小徐。

小徐根本不会抽烟，但还是接过来裹了两口，他突然无师自通，学会了过肺，那种片刻的安宁是他一辈子都不曾感受过的。

每个人的体力和心理承受力都到了极限，马振坤是最外露的一个，他一直在狠狠地砸墙，就像墙是王大勇王二勇两兄弟的化身。程兵从兜里掏出手机，掀开翻盖瞧了瞧。

9月26日凌晨三点。

921+5=926。

这个慧慧都会解的幼儿园数学题此刻却拧紧了程兵的眉头。

急促的脚步声再次在市局的走廊里响起。

上一次走廊传出这种声音,是一个小民警走进三大队的办公室,报告了东石门派出所发现王大勇踪迹的消息。再上一次,是此刻躺在医院里的老张比对出的"9·21"案指纹的匹配结果。

都是好消息。

程兵迎着声音就朝楼梯口走去。他万万没想到,来者竟然是好兄弟蔡彬。蔡彬疾走而至,满面悲戚,狠狠地抽了两下鼻子,似乎得了重感冒:"医院来电话了。老张他……"

不用等话音落地,所有人都预判到了蔡彬要说什么。

"老张他……走了。"

一个虚无的万钧重担直接砸在了每个三大队刑警的心口上。

程兵甩下大檐帽,转身直接冲进了审讯室。

三大队的其他兄弟们直接跟上,推着他们奔跑的不是程兵,而是体内上涌到脑子的气血。

程兵的嗓子一下子哑了。他还没坐到椅子上就开了口:"王二勇到底在哪儿?"

王大勇此人的心理承受能力简直可以写进教科书。他不知何时停止了抽搐,悠闲地晃了晃双脚,仿佛刚才那个在空无一人的审讯室里天人搏斗的根本不是他。

"我真不知道,你们现在问我也没用,还不如出去找人啊……"

一阵劲风呼啸而至,马振坤的拳头就要接触到王大勇的面门,却突然被一个白净瘦弱的身躯拦住。是小徐。

"马哥,你别冲动,不能打嫌疑人……"

审讯室顿时乱作一团,程兵在一旁冷眼看着,廖健和蔡彬死命按住马振坤,而小徐上半身顶着马振坤,突然向后抬起一脚,正中王大勇的审讯椅。

王大勇闷哼一声，没有再说出那种类似"警察也打人哦"的调侃之语。

众人撕扯起来，马振坤后撤了几步，就这么撞翻了没有被固定住的审讯桌。

桌上除了几人喝茶的杯子之外，还有程兵刚刚进来时放下的手机。

手机一摔，翻盖居然同时打开了，就这么滑到王大勇脚下，桌面上的内容暴露无遗——慧慧刚刚照的大头贴。

王大勇冷眼看着三大队兄弟们的撕扯，直到看清手机桌面上的内容，才露出了让三大队所有人铭记一生的表情。

他的嘴角抽动着微微上扬，接着目光从手机上收回，抬头面对程兵，露出了一抹微笑。淫邪、阴冷、挑衅、混不吝……那表情无法用文字形容，只有亲眼看过的、像程兵一样有一个可爱女儿之人，才能感同身受。

这个出格的笑容引发了出离的愤怒。

小徐怒骂一声，回头向王大勇胸前就是一脚，刚好踹在王大勇胸下肋骨处。这一脚，竟然把固定结实的审讯椅踹倒了，王大勇也被带倒，他闷声一哼，再无他话。

"天亮前，必须拿到口供。"程兵浑身都透着杀意，他的表情已经扭曲到了极点。

这句话，成了三大队每位刑警的发令枪。已经查不出王大勇身上的每一拳到底是谁落下的，审讯室的狭小空间里充斥着拳拳到肉的击打声，那声音有点像从底部拍罐头，空旷，但每击必有回响。

三大队的兄弟们，包括程兵，都没有预料到，命运的审判即将来临。

第一个反应过来的是马振坤，他发现地上的王大勇没有任何反应。此刻，他跟夜宵摊旁边的东石门派出所所长共情了："你别给我装死啊！还没打你呢！"

其他兄弟们还在嗷嗷叫着往上冲，马振坤冷静下来，以头部为支点，

第二章 抓捕　043

拽起了王大勇，把他立在审讯椅上。马振坤手上非常滑腻，他往警服上蹭了一下，意识到那全是王大勇身上的虚汗。

王大勇这时已经没有了意识，所有外显的状态都是脑干做出的最后一搏——浑身发抖，脸色苍白，直翻白眼。

蔡彬喊道："程队！他不太对！"

程兵这时才真正看了看王大勇的表情，他的心脏好像一下子被输送到地心深处。

王大勇在咳嗽，但吐出的不是唾液，而是夹杂血丝的白沫。他抖若筛糠。

审讯室内的所有人脸色都变了。在九月的南方，小徐竟然感到一阵阴冷。

"快送医院！"廖健和蔡彬架着王大勇出了审讯室，马振坤紧跟着出去打辅助。

审讯室里只剩下程兵和小徐两个人，还有若有若无的血腥味。

"你听没听到什么声音啊？"程兵突然问小徐。

小徐直愣愣地盯着审讯室的灰墙，没有回答，不知道他在想些什么。

程兵自言自语起来。

不过，等多年后再回想起这一幕，他笃定地相信自己根本没有说话，他以为一切对话只出现在他的脑海中。

"什么声音？"

"到整点了吧，车站的大钟整点报时了。"

"我们离车站十万八千里，怎么可能听到车站的钟声。"

"此刻，我们唯一能听到的钟声，就是命运的丧钟。"

第三章　号子

看守所的监房按数字编号，嫌犯进来后也被编号，传唤嫌犯时一般不叫名字，而是叫号，故称"号子"。

来到这里的人，没有名字，没有性格，不见荣耀的过去，不辨光明的未来，脱光洗净，能带进号子的，只有必须被洗刷的罪孽和那同样被编了号的、日复一日的现在。

这间号子是个四米宽八米长的平房，颜色比三大队的审讯室还灰暗。房间左侧，半米高的通铺上挤着十几张床位，看起来就像公墓的骨灰盒。过道上放着一个杂物柜，里面内含乾坤，烟和打火机等一些违禁品，都藏在里面。这里是管教们每次巡查的重点区域，奇怪的是，一到巡查，杂物柜内部都非常整洁合规。杂物柜后是盥洗池和毛巾牙刷，盥洗池上面有一面镜子，凭借人力根本无法打碎，不给轻生者任何机会，牙刷也是特制的，无法作为武器。再往里，转角有一蹲厕，故意没有做任何遮挡处理，羞耻心，最不应该出现在这里。

铁门的钢条间有一小口，那是打饭的地方，上面的墙角贴着一个用铁网包起来的监控器，再往上，是一台21寸的破旧彩电。说是彩电其实有点不准确，它每天兢兢业业播放新闻，早已年久失修，大部分时间画面都是黑白色。此刻，十几名凶神恶煞的嫌犯正百无聊赖地盯着电视里播放的政法特别节目。

节目里，西装革履的电视台主持人和政法专家们正在讨论。一个抹着油头、领带扎得整整齐齐的专家侃侃而谈："《中华人民共和国刑事诉讼法》明确规定，严禁刑讯逼供。刑讯逼供是封建司法特权的产物，是违反现代刑事诉讼所奉行的无罪推定的基本理念的。"

另一个戴着金边眼镜、说话带点口音的专家马上附和道："法制改革改什么？杜绝刑讯逼供就是改革的一个目标。"

电视画面切换到了市医院。

程兵、马振坤、廖健和小徐从医院大门走出来，他们手戴镣铐，眼神空洞，被押上了警车。这是三大队成员们被捕的画面。

这场特别节目在全市同步播出。本市最热闹的商场的橱窗内，新进了一批进口背投电视，从30寸到80寸一应俱全。此时，程兵等人被逮捕的画面正在被各式大小的屏幕反复播放。电视和电视之间信号传输速度有差异，商场之内，三大队每个人的脸轮番进入画面特写。

电视柜台前人头攒动，来购买电视机的客户络绎不绝，收银台放现金的抽屉今天基本没合上过。

"能不能放个电影或者体育比赛给看看啊？天天看新闻，能看出什么画质好坏来？"有客户抱怨道。

还有的客户说："花这么多钱买个电视，家里还没地方放，我还不如去听听收音机！"

商场服务员马上满脸堆笑地迎过来："收音机我们这儿也有呀。"说着就把客户引到了收音机柜台，随手打开了一个，里面的广播正在播放："我市'9·21'入室盗窃杀人案取得重大突破性进展！"客户根本没听里面在播放什么，调了一会儿收音机旋钮，又转向了下一个柜台。

在不和平不安稳的时候，人们往往祈求英雄降临。可当和平安稳真的到来之后，没人记得英雄。市民们不感谢程兵，街上人来人往，并没有太多人关注他们的新闻。

"我国的刑法、刑事诉讼法不仅要打击犯罪，同时要保障人权，所以必须依法严惩'9·26'刑讯逼供案的程某等涉案警察,给全社会一个正面示范!"

哐!铁门处传来的声响吸引了号内的嫌犯,大家把目光从彩电上移开。随着冰冷的锁门声响起,程兵轻轻回过头,眼神空洞地望着铁门。

从9月26日凌晨开始,程兵看待自己的生活,就如观看一部晦涩难懂的老电影。这几天过得浑浑噩噩,程兵的思绪一直停留在怎么让王大勇吐出王二勇的下落上。这沉重的锁门声依然没能让他清醒。

他机械地转过身,面向一屋子嫌犯。他身着蓝色马甲,手捧旧花被,被子上放了盛装洗漱用品的塑料盆——看着和屋内的嫌犯没什么两样。

他像是被皮擓子顺着天灵盖抽了一下,眼睛里一点光都没有,完全地形容枯槁。程兵目光淡漠地看着眼前的嫌犯们,当下的境遇让他提不起任何精神头,不过作为老刑警的敏锐还是让他一眼就发现了其中一人的与众不同。

对方穿着黄色马甲,脚上扣着沉甸甸的铁链。这应该就是这间号子的"号头"了。号头的嗓音像被沙砾打磨过无数次:"新来的,睡那儿。"

跟火车上一样,号子里的铺位也分三六九等,号头给程兵指的位置,是整个大通铺的最边缘处,冬冷夏热,离蹲厕最近。

程兵落寞地把脸盆和洗漱用品摆到盥洗池旁边,单手抱着被子来到铺边,旁边的嫌犯顺势将自己的被子往里一挪,给程兵留出位置。

程兵对一切都没有兴趣,只是用余光瞥了瞥这个年轻嫌犯。他身形非常瘦长,躺在铺位上两条小腿都能落下来打晃,看着斯斯文文。程兵莫名想起了二大队的队长杨剑涛,想着他俩应该是同一类人。

程兵狭窄的铺位和年轻嫌犯的加起来还没有一人宽,而最内侧号头的铺位能足足睡下四个程兵。只要年轻嫌犯睡觉不老实,程兵就没有位置。

然而,程兵知道,这里没有人睡觉不老实。

身为一名老刑警,他对号子的熟悉程度好似会计熟悉账本,他听过或亲眼见过太多来自里面的故事。大部分嫌犯蹲过一遭,那些平时怎么说都改不了的小毛病都不见了，比如酗酒，比如抽烟，比如抖腿，比如睡觉打把式。

程兵告诫自己不要想之前，不要做对比，但是他的脑子里就像有一个黏腻的触角，拉着他的思维，无时无刻不往他的刑警生涯里钻。这种脑中的左右互搏消耗了他大量精力。这种消耗总是让他忽略了眼前，直到号头出声，他才注意到对方已经来到面前。"蹲下。"

程兵一动没动，见状，那个年轻嫌犯识趣地让开了地方，接着，几个身形强壮的嫌犯围了上来。程兵能闻到他们身上的味道，从身体内部散发出的、一股恶狠狠的气味。

程兵轻轻屈下了身子。他并非受迫于强壮嫌犯的恐吓，而是心思不在此处。蹲下之后，他的意识稍有回笼，那种他极度想要压抑的刑警本能让他从嫌犯们的窃窃私语中得知，号头身边这个块头最大的，是他的左膀右臂之一，名叫虎子，而刚刚给他让位置的年轻嫌犯名叫阿哲。

虎子故意把蓝色马甲往上捋了捋，露出坚实黝黑的肌肉和大面积的文身，这种人似乎天生就不会用和善的语气说话。

"这是红中哥，叫中哥。"他的话里带风，像一头凶狠的虎，直愣愣地冲到程兵耳朵之中。

程兵低眉顺眼地答道："中哥。"

号头红中上下打量着程兵，又踢了程兵一脚，示意他转一圈。接着，红中满意地"啧啧"了两声，用说教的口吻道："你觉得自己冤吗？刑讯逼供违反人权，是违法的。你还把人给打死了，我跟你说，你这是罪有应得，这就叫天网恢恢疏而不漏！"

这句话从一个服刑人员口中说出，总带着黑色幽默的意味。所有嫌犯都讪笑着点起头来，红中满意地看着大家的反应，视线再回到程兵身上时却一愣。这句话直接触碰到了程兵的逆鳞，额头上暴起的青筋代替程兵做了反驳。

红中语气更加不善，继续落井下石："不服气？我告诉你，在这里你就别把自己当警察了，是虎你得卧着，是龙你得盘着，好好接受改造，明白吗？"

程兵的思绪再次抽离了，想着，上次有人用这种语气跟自己说话是什么时候？其实时间也不远，他想起了"9·21"案发生后陈局和自己的多次对话，下意识地点了点头。

"说话！"红中厉声一喊，程兵更加恍惚了，刚刚红中跟自己说的一切，他几乎都原封不动地跟无数名嫌犯讲过。强奸、盗窃、杀人、抢劫、纵火、危害公共安全……每一个嫌犯的脸都在他脑海中如走马灯般过了一遍。

最后，那张脸变成了他自己。他软绵绵地说："明白。"

红中显然不想就这么放过程兵。"把地板擦一遍，滚。"就像在呵斥一条招之即来挥之即去的宠物狗。

程兵没动，突然抬起眼睛，眼神中充斥着滔天的怒意。没等程兵有下一步动作，红中突然扇了程兵一耳光，他这下出手隐蔽迅速，本来手放到脸边，就像是要揉弄一下自己的鼻子，接着突然发力，反手用手背击中了程兵。

啪！有管教不定时巡逻，红中并不敢弄出太大声响，这一声很快就在号子墙壁的反射中消失于无形，但在程兵听起来，这响声一直在他体内涤荡，直至充斥整个大脑。

程兵的双腿蓄足了力量，刚要蹬起来却被完全制住了。虎子和他身后的嫌犯就像是训练有素的士兵，红中刚一收手，他们直接涌上来按住了程兵的肩膀。程兵极力想挣脱，但无法反抗。

等程兵卸了力不再反抗，又有无数双手把程兵的头死死按了下去，再强大的核心力量也稳定不住重心，程兵的双膝重重跪在地上。这个姿势一出，程兵心中的怒火神秘地消失了。他不再做任何反抗，拿起抹布，用力擦拭起地面上的污渍。

"呵，呸。"虎子朝地上吐了口痰，就落在程兵的抹布边，"什么东西！"

人群逐渐散去，程兵利落地收拾着，似乎完全融入了这里。

第三章 号子　049

偶尔腿蹲麻了，他会半站起身，抬头毫无焦点地看向四周。他注意到那个年轻瘦长的阿哲蹲坐在远端的角落里，一言不发。刚刚人群围上来的时候，他是唯一一个没有动作、藏在人群之后的。程兵以前听嫌犯们说起过，进号子后的第一晚和准备出去前的最后一晚是最难忘的，基本没有人能睡着。这一夜，程兵感受得无比真切。

长久以来，程兵的睡眠环境一直特别嘈杂。交流案情的办公室，人声鼎沸的火车站，风起虫鸣的野外……即便是在家里，也有慧慧偶尔的梦话声和空调、冰箱压缩机启动关闭的声音相伴。他已经练就了随时随地想睡就睡的本领。

熄灯后的号子太静了，甚至没有嫌犯打呼噜。程兵失眠了。

之前，程兵自认为睡眠是无用但必要的生理需求，他必须眯一下，第二天才有足够的精力面对整个台平的大案要案，而现在，程兵不知道自己第二天要干什么，更别说第三天，第四天……程兵的人生似乎被切断了。

这一夜，程兵唯一敏感的数字是，铁栅栏窗外那一方夜空里面，有三十四颗星星，他从上下左右四个方向分别查了不知道多少遍，这个数字一定是确认无误的。

嗯？程兵内心一紧，他没听到什么声音，也没在漆黑的号子内看到什么，但他就是感受到了异动。

他知道为什么听不到嫌犯打呼噜了。因为根本没人入睡。

通铺最里侧，红中懒懒地一翻身，双眼突然射出精明的光，他和身旁的虎子四目相对，接着轻轻朝程兵的方向使了一个眼色。

一个、两个、三个……通铺上一个个泛着青光的脑袋依次抬了起来，在月光的照射下，像是黄泉之路下伸出的罪恶之手。

靠近彩电的嫌犯驾轻就熟，动作完全没有任何刻意和拖沓，他高高伸了个懒腰，被子一下就挡住了墙上的监控。

程兵浑身都紧绷了，他拿出自己在野外蹲守嫌犯的状态，感官清明，不放过任何风吹草动。因为地方太小，他只能侧身睡，背对着号子里其他所有人。程兵庆幸自己采用了这样的姿势，敌明我暗，容易防守。

即使看不到身后，程兵的双耳也已经完成了通感，身后的场景中的每一个像素都在脑海中播放。他似乎能看到嫌犯们依次掀起了被子，能看到红中和虎子从后面缓缓走过来，能看到所有人蹑手蹑脚的动作……

五米，四米，三米，两米……

程兵呼吸都粗重了，他攥紧双拳，等待那一刻的来临。

"打他！"随着虎子一声令下，嫌犯们一窝蜂冲了上来，第一拳就砸在了程兵背后的床板上——他们没动程兵，目标竟然是阿哲！

"唔，唔，唔！"阿哲骤然惊醒，他的嘴巴被捂住，四肢受制，这让他根本缓不过神来，只剩下本能支配着他做最原始的反抗。

这一切都只是前戏，真正的招呼在后面。左手、右手、膝盖、脚面、肘部……无数攻击雨点般砸在阿哲身上，刚刚还在后面的虎子已经一跃来到了阿哲身边，他打得最卖力，每次他的拳头一落下去，阿哲的脑门就肉眼可见地生出豆大的汗珠。

这大概是阿哲这辈子经受过最痛苦的折磨，但他不唤出丝毫声响，就像被消音了一样。听到阿哲痛苦的闷哼，程兵再也忍受不住，蓦地转过身子，没想到正好与红中四目相对。

程兵马上明白过来。这顿毒打，表面上是要给阿哲一点教训，但真正的目标是他。月光下，红中的嘴角微微翘起，阴狠地盯着程兵。

程兵如上了发条的玩偶，机械地、缓缓地背过身去。面对着冰冷的墙壁，黑暗之中，他的双眼竟然跟窗外的星一样明亮。

红中以为自己成功拿捏住了程兵。殊不知，刚刚推着程兵翻回身来的，不是什么软弱和逆来顺受，而是良心和正义。他在蓄力，在等一个时机。

当红中的目光离开程兵，程兵立马挺身而起。自王大勇死后一直处于怠速状态的他，终于恢复全速运转。他像黑夜中的一道闪电，直接劈中虎子。虎子被他一脚蹬出去好几米远，后背撞到了过道的墙壁，他趔趄着摔倒在地上。所有人都怔忡在原地。

红中没有直接跟程兵对抗，而是缓缓坐在了通铺上，目光变得阴鸷。号子里管教最大，他第二。这种权威被挑战是他绝对无法接受的。

另一头，虎子一个鹞子翻身，腾地就从地上弹起来，往身后的墙壁上一蹬，就像格斗家借着擂台边缘的防护绳反击一样，一击冲拳直奔程兵的面部而去。

还是太黑了，视线非常不好，等程兵意识到虎子冲过来时，他的面部已经能感受到那一拳带出的劲风。这一下如果命中了，鼻梁骨塌了是最好情况。

程兵都觉得自己可笑，他这时候脑子里冒出的不是怎么抵挡这一拳，而是一段奇怪的话，这句话不是教材上写的，而是程兵从工作经验中总结出的：鼻梁骨骨折，如果是线性骨折，则为轻微伤，加害者只用承担民事责任；如果是粉碎性骨折，则为轻伤，加害者需要承担刑事责任。

程兵突然双手抓住虎子的右拳，轻巧一敲，直接卸了力，虎子吃痛，叫了一声，右手由拳变掌，程兵双手发力，向上折其腕，并且浑身一颤，一下就把虎子的右臂猛地拉向自己的怀中。虎子的重心已经被程兵甩乱，他直接向前跪倒在了通铺旁边，程兵不再给虎子反抗的机会，趁势坐在虎子背上，双手同时动作，虎子的右手被程兵逼着缠到了自己的脖子上，而左手则被反别到了后背上。这一招，是警用擒拿术中的"折腕绕颈"。

工作上跟老百姓打交道往往千头万绪，需要特别记忆容易混淆的知识点；而这擒拿术，训练加上实战，程兵不知道用了多少遍。

眼看虎子被一招制住，嫌犯们沉默着一哄而上。就像默片中恪守帮规的黑暗武士，不管闹出多大的事儿，绝对不能发出声音。他们每个人都知道，一旦引来管教是什么后果。

身上的疼痛感越来越强，程兵惨笑了一下。

不料这时阿哲直接斜刺杀出，就像一头猛兽，疯了一样死死咬住虎子，在这种更本能的操作面前，虎子竟然弱了气势，他好几次尝试着挣脱掉阿哲，但阿哲的嘴巴就像安装了精确制导系统，每次被挣脱后都能迅速再次找到虎子露出的肉。两三秒过去，虎子虽然在其他嫌犯的竭力帮助下摆脱了阿哲，但身上已经有了六七处流血的伤口。他疼得直捂嘴。

但他仍旧没有喊出声，他怕惊动管教。

阿哲已经被几个嫌犯按在地上，但气势一点也没变弱，他尖声叫着："要么你们今天把我打死，要么我就一个一个把你们咬死，除非你们不睡觉，你们等着！"

程兵向前一步，就像护着老张、马振坤、廖健、蔡彬和小徐一样，猛地推开嫌犯，站在了阿哲面前。程兵根本不在乎惊动管教一事，在他心中，号子已经变成了三大队的审讯室。他说："再动他，我打报告，你们都得加刑！"

就连虎子都不说话了。

琅琅，琅琅，琅琅，琅琅。

虎子带头，所有嫌犯自动靠到两侧，让开了一条路。红中极其悠然地拖着脚链，慢条斯理地走到程兵面前。"知道我为什么打他吗？"红中指了指阿哲，那口气就像在评价动物园的猴子，"打从他进来开始，擦地干活都还行，但是我打他，他不喊求饶，这说明什么？"

说到这儿，红中顿了顿，程兵凛然地盯着他，示意自己不会接茬。

红中无所谓地笑了笑，接着说："说明他不怕我，那我怎么管得了别人？"

程兵声音低沉，喉咙发出嘶哑的摩擦声："你管不管得了和我没关系，今天这事我管定了！"

虎子在一旁压着嗓子叫嚣："你以为你是谁啊？"

程兵突然爆发了，大喝一声："我是警察！"

这一吼，囊括了程兵几十年来的从警生涯。虎子打了一个趔趄，脸有点红，他知道自己应该继续揍程兵一顿，但不知道为什么，他就是迈不开脚步。

所有嫌犯都看着红中，大家都想知道，如此针尖对麦芒的时刻，这个

第三章　号子　053

一直以权威不可侵犯自居的号头，听到对方喊出"我是警察"这四个字之后，该如何应对。

阿哲心里一沉，感受到了其他嫌犯的摩拳擦掌，觉得程兵惨遭毒打在所难免，而这顿打一定会引来管教，到时候号子里的所有嫌犯都会去小黑屋里关禁闭。

就在这时，红中慢慢逼近程兵，恶狠狠抓住程兵的头发，目光凌厉且语重心长地对程兵说道："我在这儿进进出出加起来十几年，送你一句话。在这里过活，要学会认命。你已经不是警察了。这辈子，都不会再是了……"

红中意识到程兵并非池中之物，没再难为他，径直回到自己的床位，躺下闭上了眼，就像在家里一样自在。没一会儿，他竟然发出了轻微的鼾声。

阿哲也愣住了，和其他嫌犯面面相觑。虎子愣在原地，低声骂了句娘，无奈地一挥手，他的拥趸们都悻悻然回到了铺位上。

程兵面无表情，但心里已经掀起惊涛骇浪。红中刚才的话就像是刀刻一样留在了他的脑子里，他反复咂摸其中的每个字，终于，他彻底接受了自己此刻的处境。

红中确实做到了让号子中所有人"听话""怕他""好管"，程兵对他刮目相看。

天亮了，程兵几乎一夜没睡，刚刚迷糊上就被起床号叫醒，这是程兵在号子里沐浴的第一抹朝阳，望着那个小小的铁窗，程兵有些无所适从。

在管教的安排下，他行尸走肉般跟着其他嫌犯一起走出了铁门。

这里的空气终于通畅些，不过，从进了号子开始，程兵就一直闻到一股怪味，他最初以为是马甲残留的味道。不过，等他看到飘荡在窗外的浊气，就惨笑着明白了一切。

明明阳光明媚，建筑物外就是灰蒙蒙的。这种情况，他只在殡仪馆见过。

狭窄的走廊内，李管教威严地站在墙边监督，嫌犯列成两行，来回小跑，就像撞了鱼缸才知道回头的观赏鱼。更可笑的是，这走廊长度最多不超过三十米，就是来回跑五圈，也不比操场一圈。

在红中的带领下，所有人高喊口号："一二一，一二一。"

程兵实在张不开嘴，身边的嫌犯却喊得颇有气势。

"遵守监管，服从管理！"

"一二一，一二一。"

"改恶从善，重新做人！"

地方实在有限，各号嫌犯轮流出早操，回到号子排队等早饭时，程兵依然能听到其他号子嫌犯的口号和李管教的训诫。

"我知道，你们每个人都有自己的小算盘……"

号里的嫌犯从铁门一直排到蹲厕，程兵当然是最后一个。眼望便池，耳闻碗勺相撞，那些一直被程兵嗤之以鼻的三流刑侦剧场景，居然真的降临在他身上。

"我希望你们心里时刻绷着根弦，当要失去方向的时候，问自己三个问题……"

钢条间的小口露出窄窄一道缝隙，一抹蓝色一闪而过，接着铁勺就伸进来，汤汁顺着门流下，日复一日，已形成擦不净的痕迹。说是肉汤，不见肉，只有油。

"你是谁？你为什么来这里？未来你要到哪里去？"

"哎，哎！傻愣着什么呢？接馒头啊！"

门外的嫌犯不耐烦地敲了敲铁门，程兵这才意识到，已经排到了自己。

端着碗叼着馒头回到铺位上，程兵食不知味，几分钟过去才揪掉了馒头皮，馒头很快被其他嫌犯分而食之。

李管教的话如晨钟暮鼓，每当程兵想站起来干点什么，都会被砸一个跟头，他只能呆愣地坐在铺位上。

"你是谁？"

"我是程兵。"

"你为什么来这里？"

"我，我……"

"未来你要到哪里去？"

"啊！"程兵抱着头喊了一声，直接引来虎子的叫骂。

红中双手环膝坐在铺位上，意味深长地看着程兵。

这种恍惚的状态一直持续到下午，李管教把程兵喊出去。

"呦，程大队长，要出去提审犯人啦？"在虎子的奚落声中，程兵被戴上手铐，双手下垂着离开号子。

在走廊中行走，程兵烦躁得直想抽烟，他不知道自己还有什么可说的。9月26日凌晨发生的事，他已经事无巨细地讲了不下十次，最后一次的时候，颗粒度已经精确到秒，连谁抽了几根烟，谁按的打火机都被翻了出来。再见到警监和督察那一张张看犯人的脸，他都想像对待王大勇一样给他们两拳。

可这次，他没有走进那间没有窗户的小黑屋，而是到了一个明亮的房间。

陈局？杨剑涛？抬头不见低头见，之前同属一个系统下的同事，来进行调查的时候往往不会那么循规蹈矩，才会安排这种更开阔明亮的空间。

没玻璃，也没电话，就一张更宽一些的桌子，程兵被警察按在桌子旁，对面没人。

门开了，午后的阳光洒进来，比起刚进来的时候，外面似乎降温了，程兵张大嘴，贪婪地吸入一口自由的气息。

果然，杨剑涛和一名检察院的检察官走进来。

程兵不满地一撇嘴，那些督察见没什么能问出来的，果然搞起了熟人战术。下一秒，程兵不屑的神情就被冻在脸上。杨剑涛一闪身，刘舒牵着慧慧的手出现在门口。

咣。程兵猛地一动，撞着桌椅发出突兀的声响，他狠狠地让自己恢复正常，但是愈发手忙脚乱，就像有热水洒在身上。

他缓慢、用力地眨着眼睛，直到眼眶蓄满泪水，当世界再出现在他面前，妻女依然站在那儿，他终于确定一切都是真实的。

一时间他又恍惚了，慧慧似乎长高了，才短短几天不见，他就有点不敢认了，与刘舒相比，她还是矮了些，手臂微微向上伸才能牵到妈妈，那样子又和刚刚学会走路时没什么不同。记忆和现实重叠在一起，程兵竟不知今夕是何年。

杨剑涛咳嗽两声，迎着程兵走过来，主动打破了沉默："嫂子她们以协助办案的名义来看看你，时间不多，你注意掌握。"

程兵双手被束缚，动作做不完全，但还是真情实意地作了揖："谢了。"

杨剑涛转身欲走，眼神却不自觉地瞥向程兵的手铐，程兵感受到了对方的目光，双手向桌下藏了藏，强挤出笑容，示意没什么大不了的。看到这个表情，杨剑涛彻底绷不住了，他别过脸去，咬紧牙克制着面部肌肉的抽搐。

刘舒带着慧慧走过来，程兵把手铐藏在更下面，恨不得整个身子都伏下去。

"哎哎。"程兵想叫女儿的名字，可是嗓子就像被枪眼堵着，不管怎么调整都紧得很，最后只发出这么个意义不明的音节。

慧慧没应，一直低着头，等走到程兵身前，她才偷偷抬头睃了一眼程兵，又触电般低下头去。

有太多震惊无法言说，有太多关切无处释放，有太多埋怨无从开口。

程兵心如刀割，整个人像掉入沸水的虾一样蜷缩着，脸上却始终挂着

第三章 号子　057

宽慰的笑容。

杨剑涛走到门口，先使了个眼色，程兵身旁的警察朝后退了两步。接着，他招招手："慧慧，和杨叔叔到外面待会儿，让爸爸妈妈说说话好不好？"

慧慧像是刚掉进水里，整个身子都沉沉的，她沉沉点头，迈着沉沉的脚步走到门口，检察官也识趣地离开。

程兵终于把手抬起来，用手腕蹭了蹭脸，哑声说："以后别带慧慧来这儿了。"

刘舒仰了几下头，才把心中的苦水咽下，她尽量用正常的音调说："她总吵着要来看你，见了你又不知说什么。"

程兵快速眨了一下眼睛，视线转向另一侧："队里其他人都怎么样？"

"都还没判。前几天我在街上碰见了小徐父母，叫他们也不应我……"刘舒抬头看着天花板，似乎那里放着一切的答案，"大家都需要时间。"

一阵让人忍不住想逃离的沉默。程兵思索了很久，他不敢问，又怕再不问就没有机会了，终于说："师父呢？"

刘舒的表情难得舒展了几分："局里给他申请了一笔丧葬费，葬在第二公墓。"

听到这儿，程兵心里众多的大石头之一落了地。这个墓址，算是认可了老张在"9·21"大案中做出的卓越贡献。

刘舒接着说："胡师母现在又开始带学生补课了，加上捐款，日子能过……"

程兵急促地打断了她，嘴唇哆嗦起来，一字一顿地问道："王二勇抓到了吗？"

刘舒皱皱眉头，回答道："局里组织了几次外省抓人，都没结果。受害女孩父亲每个月都会去局里，也不说话，就坐着。说是她妈已经被送进精神病院了……"

程兵的内心像一条刚刚被拧干的毛巾。他扭曲地想着，王大勇该死，就算真是死在自己手里他也认了，但死得太早了，起码应该说出王二勇的下落……

又是一阵沉默。见两人没什么话说，几步开外的警察就要上前，程兵马上伸手制止，语速极快地问了一句："那件事你考虑好了吗？"

刘舒满面痛苦，用尽全身气力郑重地摇了摇头。

"刘舒，你真别等我，判的年份不会短。而且就算我出去了……"程兵双拳紧握，似乎下定了决心，"也不会踏踏实实和你过日子。"

刘舒一直压在嗓子里的尖叫终于迸发："你还要干吗！程兵！你已经不是警察了！"

程兵低下头小声说了一句："这重要吗？"

听到这话，刘舒的情绪彻底决堤了："不重要吗？你一直说要当个好警察！我任劳任怨在背后支持你！这些年我又当爹又当妈，可你心里只有队里，没有家里！这一切我都忍了，可你看你现在！你现在是个什么样子？这就是你要当的好警察吗？"

有关这个问题的答案，程兵已经在心里想了很多次。他一直是个坚定的唯物主义者，但面对如此境况，他只能抬起头，把一切都归给上天。

"命吧。很多事，没办法后悔……"

刘舒愤愤地问道："那你后悔当警察吗？"

房间里的气氛凝固了，刘舒维持着咄咄逼人的问话姿态，而程兵不动了，他真想让自己马上回答"不后悔"，可话根本到不了嘴边。

这时，杨剑涛带着慧慧走回，检察官就跟在身后，他清清嗓子说道："时间差不多了。"

"慧慧。"程兵像是突然患上了扁桃体炎，声带每次开合都撕裂着疼，"你在外面，在学校，听别人说了什么不好听的，那都是爸爸的问题，爸爸的错，跟你没关系。"

慧慧依然低着头。

第三章 号子 059

"你是个好孩子,要坚强,记住了。"

之前办案时,程兵总觉得回家是个负担,和妻女见面的时间太多;现在他只恨自己的时间太少。他不由得抽噎一下,低着头摆摆手,示意杨剑涛把慧慧带走,自己就要起身离开。

慧慧猛地抬起头,向前一拽,留住了程兵。她鼓足勇气,眼神亮晶晶地说道:"爸,你当然是好人。你一定要抓住那个坏蛋。这样他们就都会相信你是个好人了。"

见嫌犯和他人发生了肢体接触,警察马上冲过来,刘舒则识趣地拽走了慧慧。慧慧号啕大哭。程兵印象中,慧慧记事之后就没怎么哭过,为数不多的几次是因为扎针。

慧慧是倒着离开的,她一步一步趔趄着后退,想多看爸爸几眼,也想让爸爸多看她几眼。哗啦哗啦。程兵高举双手挥动着,向女儿告别,手铐碰撞的声音把这场悲剧推向最高潮。

门关上了,程兵哭得像个小孩子,几乎站不起身。

然而,等被警察带着从走廊往号子走时,程兵脚步轻快,似乎巴不得赶紧回去跟红中等人待在一起。

他心中响起阵阵振聋发聩的声音,刚开始,他以为是什么神明为他指明了道路,等到了号子门口,他愕然发现,那竟然是自己的声音。

"你是谁?"

"我是程兵。"

"你为什么来这里?"

"为了破案。"

"未来你要到哪里去?"

"只要能破案,去哪里都无所谓。"

接下来的日子里,程兵一直和红中、虎子等人相安无事。到第四天,程兵觉得时机成熟,这天早上放饭后,他将一袋子五颜六色的昂贵香烟、几桶泡面和几板火腿肠放在举着馒头的红中面前。

"中哥,"程兵态度诚恳,声音就像是过往其他人叫他"程队","想请你帮个忙,替我找些别的号的人,打听点事。"

红中高举汤碗,等把所有残留的汤水都倒进嘴里,才不紧不慢地说:"你谁啊?"

程兵把东西往红中怀里一塞,说:"咱俩没梁子,"他朝通铺末尾抹了一眼,"阿哲的事我见了不管,良心过不去。被关在一起就是缘分,你帮我,我记着,以后有机会我还。"

红中仿佛对一切都了然于胸,不假思索地顺着程兵的话茬说下去:"你们队的事,我听过,想抓那个跑了的?"

程兵心里一阵雀跃,他之前的判断没错,这是个"拿事儿"之人。

"对。"

"这么大的案,近期这小子不敢在一个地方趴窝,只能到处飞。"听着红中的话,程兵竟然有一种跟老警察交流案情的错觉,"中国这么大,要抓这种野兔子,唯一的方法,就是把自己也变成野兔子。"

程兵颇为认同地点点头,顺手将大半块馒头塞进嘴里,很快就噎得不成样子,他一把抓过旁边虎子手中的汤碗,咕噜咕噜喝个精光。虎子还噎得够呛,一脸错愕地盯着程兵,只得不停地捶自己胸口,非常滑稽。

红中扑哧一声乐了,像长辈一样拍了拍程兵的肩膀:"你这吃相越来越像嫌犯了,挺好。"说着,他朝铁门比了一个"跟我走"的手势,程兵心领神会。

下午放风的时候,在红中的安排下,程兵和另一间号子的知情人见了面。对方神情畏畏缩缩,就像老鼠看到猫,那是刻在基因里的敬畏。

"帮你问过了,我们那片没这号新人。程队……"

程兵嘴里叼着根草,摆摆手:"叫程兵吧。"

对方哪敢叫,低眉顺眼地说:"你的路没错,只要王二勇还做老本行,你就跟着当地的'瓢把子'找，这是规矩。"

两个人又交流了一些细节之后，程兵就像赶场的演员一样，马上来到了另一处空地。另一名嫌犯已经在地上画了一幅精细的构造图。

"程队，您抓人在行，但这方面您得信我。"嫌犯手持一根树枝，一边指着构造图，一边补上细节，"您看，这儿是衬板，这儿是面板，这儿是传动臂，这儿是执手拨轮，这儿您得注意了，是斜舌和锁芯……这种防盗门的锁，材质硬度高，不怕砸也不怕撬，只有锁芯是制式的，王二勇这一派一般就从这下手。用稍微薄一点的塑料片就能把锁捅开。"

程兵感激地捶了一下对方的胸口，抬头看着高处的警察和旁边的管教，在大家视线未及的盲区，迅速把一盒中华塞进了对方的衣领里。

午饭后，程兵没回自己号子，红中给铺了路，他在另一间号子的盥洗室见到了一个湖南籍嫌犯，这口湖南腔听得程兵皱起眉头，他恨不得一句话做一条笔记。

"你们警察抓人那几套，我们其实都清楚，不是我们蠢，容易被抓，是和警察相比，我们没得群众的力量。所以，程队，要抓王二勇，必须深入群众，让王二勇也和我一样，淹没在人民群众的汪洋大海中！"

对此，程兵哭笑不得。

有了目标，程兵觉得比在市局三大队办公室过得还要充实。下午，他托李管教从阅览室借来了一本最新修订的《中国交通地图》，以手指沿途追寻各主要干道途经的市县，并默记在心。到了晚饭时间，他竟然发现右手食指的指甲被磨去了一小部分，比其他指甲短了一点。

红中没在号子里吃晚饭，程兵以为他又去帮自己运作了，心里有点过意不去，这么多年，他一直没法习惯别人对自己释放善意。

虎子一直在高声朗诵着什么，仔细一听才发现，是家里寄来的家书。程兵还在诧异管教为什么不来制止他，后来才明白，是李管教替他报名了朗读比赛。

还有个犯人鬼鬼祟祟凑过来，从怀里掏出一张照片："兵哥，看看，我女朋友，好看不？美不美？"

程兵笑着敷衍两句，翻了个身，仔细翻看着手中的地图。

地图上方突然出现了阿哲的脸，他压着嗓音说："兵哥，我要出去了，一定帮你抓到王二勇！"

程兵心神一动，把《中国交通地图》的一页折好，扣上，掏心掏肺地说："阿哲，你年轻，聪明，读过书。出去后，一定给我从头好好活，你再瞎折腾，我饶不了你！"

阿哲似乎没想到程兵会突然这么正经，一下无所适从，他的视线飘忽了一会儿，怯懦地说："好，兵哥，我听你的。"

话音刚落，红中一脚踹开铁门。所有嫌犯的目光都集中到门口，每个人都察觉到了异样。红中的脸是青灰色的，就像古墓的陪葬品。

"刚去验了血，"红中的说笑中带着一丝不易察觉的颤抖，"明天该打靶了。"

还没等号子里的气氛降到冰点，虎子就迎上来："红中哥，人生就是走一遭，生不带来死不带去，没啥留恋的。"

红中阴鸷地说："不留恋，那你跟我换？"

虎子反应很快："中哥，我晕血。"

所有人都在等红中的反应。红中双肩一塌，翻身靠在墙上，哂笑起来。气氛顿时轻松了些，所有人都哄笑着骂虎子。

红中的表情突然又转为严肃："我是坏人，手上几条人命，活该打靶，我认。"红中脖子上的大筋抖了抖，似乎回到了血雨腥风的从前，"小时候被人劫道，发现谁拳头硬谁就有钱花，所以谁比我凶我就打谁，我要做那个最凶最恶的……一来二去，就成今天这样了。"

号子里没人说话。红中走到杂物柜旁边，打开柜门又关上，什么也没取，什么也没放进去——这感觉有点像人生。他接着说："刚才感觉，这辈子已经在我眼前划拉过了，就像只抽屉，啪一声就要关上了。低眼一看，里面全都是些乱七八糟的东西，真没意思。"

他走到程兵身边，竟然直接坐在了地上，喊了一句"兵哥"。

"兵哥，号子练眼，人在眼前一过，我就知道是什么物变的。你跟我不一样，放在哪，都是好人。你面子上是囚犯，里子还是个警察。答应你的事，我一定会办。"

人之将死，其言也善。程兵知道，他这么做，不是单纯有求于人，还给足了程兵面子——这个动作一做出来，不管再来多么凶神恶煞的嫌犯，程兵都是唯一的号头。这是红中给程兵递交的投名状。

程兵嗓子一紧，不假思索道："说吧，什么事。"

"我给我娘留了包东西，帮我带给她。"

"好。"

承诺不在于承诺说出的一瞬间，而在于之前积攒的点点滴滴，有句俗语说——水里无鱼，事（市）儿上见。

红中握住程兵的手，感激地拍了两下："多谢。"

接着，红中走来走去，一会儿敲敲这儿，一会儿摸摸那儿，嘴上却一直没闲着："我爹走后，我的事一直瞒着我娘，她到现在都还以为我在广州做生意。我死了，也不知她会怎么样。"

说到这儿，红中恰好来到铁窗旁，他往窗外看了看，发出了一声和他的形象极其不匹配的呜咽。这一刻，他是一个人。

程兵狠狠眨了一下眼睛，把即将外放的情绪全都憋了回去。最后，他说了一句没头没尾的话："希望你看到的也是三十四颗星星。"

这一夜就跟程兵到来的第一夜一样，没人睡着，但也没人做出格的举动，大家都躺在床铺上，但程兵感受得到，每个人的心都围在红中周围。

有那么一两个瞬间，程兵也想把自己拉回到正常的思维逻辑里——一个死刑犯，最不需要的就是刑警的同情和共情。

可惜，号子里没有思维，也没有逻辑。

窗外刚有点泛白，三拨人依次走进来，一拨人给红中做最后的检查，一拨人带来全新的衣裤给红中换上，最后一拨人按照红中的需求，带来了一大盘肘子肉。

红中骂道:"见鬼,半块肉就顶了。你们替我多吃点。"

话音未落,铁门打开,李管教探出头:"刘中,到点了。"

两名武警走入号子。红中平静地站了起来。武警架住他,朝门外走去。

跟想象中的死刑犯不同,红中脚步铿锵,一步都没软,直到他觉得脚边有点异常。低头一看,阿哲将两块布塞在了红中脚踝被铰链长期摩擦形成的伤口旁,红中顿时瘫如烂泥。

"兄弟,对不住啦。"

武警很人道地等他恢复过来。他恶狠狠抹了一把脸,像是在跟自己的一辈子较劲。他环顾一圈,看向虎子,看向阿哲,最后看向程兵。

"兄弟们,先走一步。"

下午放风的时候,程兵刚刚结束了跟一名嫌犯的对话,收集到了很重要的线索,正独自倚靠在墙边仔细琢磨时,阿哲又凑过来:"兵哥,你听到没?我感觉我听到中哥那声枪响了。"

程兵无奈地摇了摇头,心说那地方离这儿有半个市,能听到就怪了,不过他没说出来,反而问道:"明早九点就走?"

"嗯。判了,五年,不长不短。"

程兵没再继续说教:"挺好。我也快判了。"

阿哲突然变得泪眼婆娑:"兵哥,咱俩应该不会分到一个监狱,以后再见你就难了。"

"见,也别在这样的地方见。"

顺着程兵的目光,阿哲也望起那蔚蓝高远的天空。

"兵哥,我一直想问,当初你为什么当警察?"

"小时候,有次和我爸上街,经过一个熟食店,橱窗里都是烧鸡、肘子、火腿肠什么的,我饿,就问我爸,为什么不能砸开玻璃把这些拿出来吃?"

我爸说这世界是有规矩的，不守规矩就会受罚……我那天发现自己有些不受控的东西，我怕自己有天成了个坏规矩的……"

阿哲一脸难以置信地看着程兵。

程兵释然地拍了拍阿哲："……逗你的，因为穿警服，帅。"

第四章　出狱

号子里的人口流动速度比程兵想象中大很多。

这些日子，唯一没有变化的就是那个被铁笼保护起来的监视器。这只冷漠观世的独眼看着铁窗之外日月更替，看着电视节目不断迭代，看着勺子里洒出的肉汤给铁门留下新的痕迹，看着程兵的铺位从角落一点点前移，最终睡在原来红中的位置。

直到这天，监控中再次响起这位前刑侦支队长的名字。

"程兵。"李管教的声音没有任何顿挫，依然带着一如既往的威严。

铁门打开，一件洗净的蓝色马甲送进来，两名警察紧随其后，递给程兵一支完全由塑料包装的一次性刮胡刀。在警察的监管下，程兵开始对着盥洗池的镜子整理仪表。

突然，他听见旁边的犯人小声哼唱着什么。

　　金色盾牌
　　热血铸就
　　危难之处显身手
　　显身手

正是《少年壮志不言愁》。

程兵笑骂道："你还'金色盾牌'上了，你有热血吗？"

犯人不好意思地笑了笑："我都不知道这首歌叫什么，之前听你干活的时候总哼哼。"

程兵愣住了，抹了一把脸，在那些表意识和潜意识交战的时刻，他唯一能听到的就是王大勇的声音，没想到自己还会不自觉哼唱这首代表着青年警察的歌曲。

程兵蓦地回忆起那次出警，一个名叫"小雨点"的听众为警察父亲点了这首歌。

他加快动作，更加仔细地把下巴周围每个毛孔都理净。

要见慧慧了。

刮胡子的过程中，程兵总能想起和慧慧生活的点点滴滴。那时他忙于案情，不修边幅，每次抱起慧慧和她贴脸，慧慧都咯咯笑着嫌扎。

现在，胡子没了，也不用再办案了。

"嘶。"程兵吃痛一声，手上一松，刮胡刀掉在地上。他心不在焉，手被划了个小口子。

警察马上拾起刮胡刀，又给程兵的伤口做了紧急处理，贴上一方小小的创口贴。

李管教示意警察先出铁门，给程兵几十秒最后的时间。

程兵回头，看着躺在铺位上的嫌犯们，跟刚进来时相比，所有人都换了一茬，但每个人身上都能看到"过来人"的影子。这个睡在他旁边的嫌犯一直唯程兵马首是瞻，就如同当时的虎子和红中；而现在睡在角落的，跟阿哲一样不善言语，总被欺负，也对程兵毕恭毕敬。

看到程兵回头，每个嫌犯都直起上半身，齐声叫了句："程队。"

程兵的嘴角微扬，他摆摆手，还是那句话："以后就叫程兵。"

"程队，我们相信你一定有好结果。"离他最近的嫌犯带头说，"你之前交代的事我们忘不了，拿到什么线索，等有机会了，一定想方设法告诉你。帮你忙，我们心甘情愿。"

此时程兵已经走出铁门，只留下一个微驼的背影和一句随风飘散的话："你们出去之后好好活着，就是帮我最大的忙了。"

外面天气很好，天上一片云都没有，一定又是和平、安宁的一天。阳光透过栅栏射到走廊上，"好好改造，重新做人"，蓝底上的八个白字显得更加斑驳，程兵扫了一眼旁边电子日历上的日期。

今天对于台平的公安系统、媒体喉舌，甚至市民百姓来说，都是个大日子。

市刑侦支队三大队原刑警程兵、蔡彬、马振坤、廖健和徐一舟在审讯过程中致王大勇死亡一案即将迎来判决，随后，几人将从各看守所分散移交至各监狱继续服刑。

之前号子里进来个文学青年，从阅览室借的书不是弗洛伊德就是马尔克斯，他曾经如此形容："我们跟西方那个西西弗斯差不多，在这儿待到头，以为把石头推到了山顶，没想到，这只是千万次折磨中的第一次罢了。"

在号子里"推石头"的过程，将悬在程兵心头的达摩克利斯之剑完全抹除了。最初，程兵总一身冷汗地从噩梦中惊醒，他已记不清具体内容，只有来自梦境中的声音蔓延到现实中，在他耳边萦绕，"死刑""死缓""无期"，大多是这种颇为严重的宣判词。

随时间流逝，尤其是在那次见过慧慧之后，这些梦境再也没有出现过。对于即将到来的审判结果，程兵完全处于漠然的状态，他告诉自己，不管判决结果如何，都不再考虑上诉的事。他不因期待判少了几年而欣喜，也不因担忧判多了几年而内耗：之后要去哪里已经确定了，判多判少无非就是绕远路和抄近路的区别。

面前的管教和警察已经走远，程兵连忙加快脚步跟上。每天都要在走廊里来回跑操，程兵只觉得走廊很短，而今天的走廊似乎格外长。

这一瞬间，他意识到——深邃莫测的不是走廊，而是缥缈的未来。

不管是古老西方带有宗教性质的审判庭，还是东方封建王朝的衙门，其建筑制式都以带给被审判者压迫感为要义。西方以耸立的石柱拉长纵向

第四章 出狱

维度，而东方以多进院落扩展横向维度，两相结合，便成我国现代法院之风格。

顺着整齐威严的多层台阶拾级而上，恢宏的四方建筑显出全貌，每一个方正的窗口内，都有等待被宽慰的哭泣者，等待被救赎的灵魂和等待被决定的明天。

一声轻飘飘的落锤声从其中一扇明窗传出来。

"现在宣判。"

这是"9·26"刑讯逼供案的庭审现场。

随着书记员"全体起立"的喊声，现场一片嘈杂，桌椅前推后拽的拉扯声中，手铐碰撞的叮当声显得尤为清脆。

站立的人群黑压压的，挡住了直播镜头。时代已然搭上提速的快车，程兵等人进去前，大家还更习惯于通过电视新闻和电台获取最新资讯，而就这么短短数日光景，网站黄页如雨后春笋般涌出，"搜索框""新媒体""首页"等新名词融入人们的日常生活。

"9·26"案的宣判，也是民众关心的重大新闻第一次在网络上同步直播。

直播镜头从前到后晃动着，开始捕捉会场内的特写画面。

木黄色的墙壁深沉无瑕，中间挂着熠熠生辉的国徽。国徽稍稍向下倾斜了一点，显出肃穆和怜悯。椅背高耸的天平椅和桌面整洁的法台围成一个和谐的三角区域，审判长和陪审员站立其中，书记员也站在一旁。每位工作人员的表情都淡然而坚定，显出这次庭审并无太多意外和波澜。

特写终于给到本次庭审的主角，三大队众人。他们站成一排，都手戴镣铐，身着蓝色马甲，不过马甲背后各不相同，有"东看""二看"和"市一看"等代表不同看守所的印字。

忽然，最外侧的程兵轻轻地动了一下，借着起身的机会迅速回头瞥了一眼。他的眼睛里既有期待满足，又有希冀落空。

顺着他的目光看去，刘舒身着黑色套装站在旁听席内，她五官挤皱，浑身紧绷，某种汹涌的情绪正被她尽力压制着。她旁边的座位是空的。

再旁边是马振坤的妻子李春秀，她外套扣子的缝隙里透出深绿色的围裙肩带。她素面朝天，遍布褶皱的双手捂在脸上，悲恸从指缝中流出。廖健的妻子也在一旁轻声啜泣，她拍着马振坤妻子的后背，小声劝着什么。

蔡彬的妻子离她们有一段距离，几道隐约的泪痕冲散了她的淡妆。她目光平视，直直盯着不远处蔡彬的背影，想从那沉默的蓝色中读出回应，但不得。

妻子们的身后是小徐的父母，他们的打扮庄重而得体，显出高级知识分子的体面，可两个人内心的悲伤无法抹平，他们互相搀扶，身体都微微抖着。

审判长不带任何情绪的声音充斥着审判庭："本院认为，被告程兵、蔡彬、马振坤、廖健、徐一舟在审讯过程中对'9·21'案犯罪嫌疑人王大勇进行殴打致其死亡……"

小徐终于绷不住了，说到底，他参加工作不久，判决刚开始，他就尽力压制着双手的摆动，那种惶恐让他整个身体都在不断地战栗。

"其行为已构成故意伤害致死罪，应予惩处；本市人民检察院指控程兵等犯有故意伤害致死罪事实清楚，证据确实充分……"

蔡彬眼角耷拉着，让人摸不清他的目光到底看向何处。之前在审讯室，他无数次呵斥过各类嫌犯："你把眼睛睁开跟我说话！"他从未想过，自己有一天也成了其中的一员。

"现判决如下……"

这句话把严肃的气氛敲开一个口子，位于旁听席最后的众多记者纷纷上前一步，长枪短炮对准了审判长和五位被告。嘈杂的快门声四起，惹得马振坤一阵烦躁，他急促地眨了几下眼睛，接着愤怒地砸了一下面前的栏杆，好在这个动作没有被其他人发现。

"程兵，有期徒刑八年。"

从开始宣判起，程兵就一直低着头，似乎这样就能把自己埋进过往的

第四章 出狱

时光中，回到他最熟悉的世界。他在心里默算着，八年，慧慧应该都考上大学了。

八年，慧慧一共才成长过几个八年啊！

之前的心理防线完全崩塌，程兵几乎站立不住，靠法警撑着才勉强维持体面。

"徐一舟，有期徒刑六年。马振坤、蔡彬、廖健，有期徒刑五年。"

廖健是五个人当中最坦然的。他一直昂着头，目光灼灼地盯着审判长，这种淡然其实反映着内心最深的绝望——他已经做好了决定，和警察生涯分割，和过去的一切说再见。

人群中竟然响起了稀稀落落的掌声。

庭审结束，三大队五个人被带离，记者和工作人员扛着镜头追出去，被告家属们都在原地没动，面无表情地被这世界的颠倒黑白淹没。当然，所谓"颠倒黑白"，只是他们这么以为。

突然，李春秀大喊了一句："他们没错！"

长枪短炮马上调转，击中了这个可怜的女人。

汉白玉柱和台阶之下，几辆囚车整齐停在法院门口的广场上，四周拉了警戒线，数以百计的市民不断往前涌着，因为这起案件的性质，维持秩序的警官们根本不敢再做分毫动作，任由警戒线的包围圈越来越小，越来越小。

等到三大队五个人被带到囚车旁边，警戒线终于被冲破，率先钻进来的不是别人，正是"9·21"案受害者的父母。

受害者父亲手里的烟还没掐灭，好像从9月21日一直燃烧到现在，他跪在囚车旁边，离程兵非常近，哐哐的磕头声清晰地传入程兵的耳朵。

"求求法官，求求审判长，听听百姓的声音吧！"

哐。

"程兵队长是个好人啊，三大队的警官们也是好人啊，好人不能没好报啊！"

哐。

"你把程兵他们抓进去了，我女儿的案子可怎么办啊！"

受害者母亲在一旁拉拽着受害者父亲，同样涕泗横流，她跟着受害者父亲喊了一会儿，表情突然一变，竟然露出了某种扭曲的笑容。她咯咯笑着，嘴里的话越来越含混不清。

"青天大老爷！嘿嘿嘿！"

"包拯包公包黑炭，嘿嘿嘿！"

"走吧，老公，闺女要放学了，还得回家给她做饭呢，嘿嘿……"

她又发病了。

三个法警限制住程兵的动作，他什么也做不了，只能看着受害人父母被前同事带离。

这个必要流程走完后，几人即将被分别押上不同的囚车。

没有任何沟通，三大队所有兄弟都侧脸望向最中间的程兵。

马振坤强挤出笑容，冲着程兵点了点头。蔡彬和廖健微微仰着头，两个人的眼神都非常复杂，抛开那万千情愫，总结起来是一句话："程队，跟了你，我们不后悔。"

就在踏上车前的一瞬间，程兵双肩一用力，法警的束缚小了一些，他双手别在背后，用一个极其扭曲的姿势，朝着三大队的兄弟们微微挥了挥手。

小徐顿时泪流满面。

囚车依次驶出广场，载着车上的前刑警们分道扬镳。程兵的车是最后一个开出去的，驶离转角的那一刻，他的目光钻出囚车灰黑色的栅栏，越过无数行道树和建筑物，最终停在了市局办公大楼。那里，稳稳悬挂着警徽。

"程兵。"管教的声音依然威严。

"是,管教。"

铁门开合的声音从未变过,一如2002年那个迟迟不离开,改变了每个人命运的晚夏。

程兵顺从地立正站好,牢狱生涯把他彻底盘成了一块圆润的树根。

直到管教摆了摆手,程兵才放松身体,在警察的注视下,程兵和管教在桌子两旁对坐。

桌上摆着一张纸和一叠材料。程兵伸出手,他的臂膀比在三大队当队长时还结实了很多。他小心翼翼地拿起那张纸,抬头写着"释放证明"四个大字,证明上的照片还是入狱时照的,照片中的程兵微微颔首,目光对一切都充满敌意,头发根根直立,似乎随时准备反抗。

旁边隔离门的双层玻璃上映出程兵现在的面容——头发很短,软趴趴地顺在头皮上,两鬓已经微白,长期的体力劳动令那张本就坚毅的脸庞更加沟壑纵横。双手、脖颈、面部……每处外露的皮肤都是黝黑的,跟照片上判若两人。

和接受审判那天一样,程兵抬起头,看了看已经更换为全LED屏幕的电子日历。已经是2009年3月了。

管教翻开旁边那叠资料,说出了最终的决定,程兵思绪游离,听得断断续续,内容他大概也能料到,大意便是:程兵因表现良好获得减刑,于2009年3月刑满释放。

在监狱大门旁的隔间,程兵换上了七年前进来时穿的那身T恤和长裤,伸出手往兜里摸了摸,掏出了自己的翻盖手机。他忽然特别想看看慧慧的脸,于是上下翻动操作了半天,但屏幕始终没有点亮。

警察在一旁提醒道:"别想了,七年了,怎么可能还有电。你出去之后赶紧换个新手机,能帮你尽快融入社会。你这个手机的电池只能拆下来充电,现在都没有这样的手机了,都是直接插在手机上充……"

程兵无奈笑笑,把手机放在一边。

警察注意到他鼓囊囊的裤兜:"给女儿准备的?这么早就揣好了?"

程兵展颜点头。等程兵完全整理好仪表,警察微笑着把释放证明递给程兵。不知道是不是因为身上的衣物不符合季节,程兵竟然微微颤抖起来。

警察按下了按钮,新人生的大门缓缓打开。程兵脚步沉着地走出去,连头都没回,七年来,他第一次沐浴到自由的阳光。他的身子一下就不抖了。直到监狱大门关上,他才回过头,静静看了许久,就像在审视一段无法忘怀的过去。和旧人生的搏杀还没有结束,哪有什么新人生?

程兵迈步离开,脚步铿锵,这块圆润的根系迅速生长出尖利的枝杈,生机勃勃地指向尚未完全消除的黑暗。不过,命运对枝杈的修剪依然没有结束。

程兵的第一步,就是去户口所在辖区的派出所报备。

伸手拦车,一辆涂装崭新的出租车在程兵面前停稳,他尽量掩饰自己是从 2002 年来的这个事实,但动作还是颇显生疏。

钻进车内,程兵心想,之前接待领导的那种规格的车辆的内饰也就跟现在的出租车差不多。所有窗户都换成了电控开关,中控台上的按钮越来越多,越来越复杂。

出租车师傅也打开了话匣子,从载人航天聊到飞船着陆月球。程兵轻轻揉了揉太阳穴。这些信息他在里面的时候通过每天的新闻联播接收过一遍,但那类似学习书本上的内容,还没有在实操中应用过,出来后一聊天,程兵感觉要处理的信息比里面多太多,思路有点跟不上了。

师傅似乎发现了程兵的不适,打开了电台广播。

"2009 年 2 月 28 日,十一届全国人大常委会第七次会议四审表决通过了《中华人民共和国食品安全法》,从法律制度上预防和处置'三鹿事件'这类重大食品安全事故⋯⋯"

程兵的脑袋嗡嗡作响,这样的法制新闻,在 2002 年,他上过不止一次。

听师傅说话是本地口音。当年的事件是否在市民心中留下了余波?程兵往后缩了缩,躲开后视镜的反射角度,生怕师傅认出自己来。

"两字之差,折射立法思维更新……1995年,修订后的《食品卫生法》开始实行,但是食品安全的问题仍然比较突出,食品安全事故时有发生,牛奶中添加三聚氰胺,鱿鱼用氢氧化钠浸泡,'阜阳奶粉''红心鸭蛋'暴露出现行的有关食品安全的制度和监管体制不完善……"

师傅再次义愤填膺地发表看法:"你说说这帮浑蛋,鸭蛋、鱿鱼我也认了,咱都老大不小了,不知道能活多少年,吃了就算了。那奶粉、牛奶,家里都是花大钱买来给小孩子长身体的,结果身体没长好,还喝出病了,这种人就该断子绝孙!"

跟登月的新闻一样,这些案件程兵在里面都听说过,但从未有任何一个犯人和他展开过这样的交流。单纯以电视连接,难以抹平里面和外面这两个世界之间的鸿沟。下车时,程兵更加真切地感受到了2002年和2009年的差距。他掏出一张纸币递给师傅,师傅对着阳光上下翻了几面,才开始找钱,边找边说:"哎哟,兄弟,您这钱现在可见得不多了。"

程兵下车,深深吸了一口气。当警察的时候,他总对嫌犯说,赶紧招了,不要浪费时间,进去之后好好改造,出来之后就是新的人生。

当时,他把这一切都想得太简单了。

大院门柱上挂着蓝底白字的牌子,院里稀稀拉拉停着蓝色涂装的轿车和面包车,爬山虎疯长,甚至盖过了一层的窗户……这派出所的陈设,程兵再熟悉不过。

他走近这座三层小楼,被楼体的阴影覆盖,他抬头看看,还是伸手遮住了双眼。刺痛他的不是阳光,而是那高悬的警徽。

派出所里面的味道更让程兵感慨万千,枪油味、警用器械味、茶叶味和烟味混杂在一起,就是这些味道组成了程兵的前半生。

他已经七年没有回到自己的人生中了。

来到办公区域,接待他的民警有点像小徐,更像刚刚入警时的程兵自己。看着对方意气风发的样子,程兵饶有兴味地笑起来。之前,他一直站在舞台之上,现在回到观众席才知道,原来看自己表演是这种感觉。

小民警事事一丝不苟，趴在桌面上查看程兵的出狱证明。

突然，程兵感觉自己的肩膀上搭了一只手。小民警抬头望向程兵身后，先是迷茫了几秒钟，之后整个人弹起来，身体笔直地敬了一礼。

"杨……杨局？您怎么……"

程兵也猛地一回头。他看到了杨剑涛。

七年的岁月似乎没有在杨剑涛脸上留下什么痕迹，只是让他戴了一副更显儒雅的金边眼镜。不过，他举手投足间显得自信大气，完全没有了当初的青涩和冲动。他身着代表警监身份的白衬衫，程兵下意识地瞥到他的肩章，上面是一朵四边形的花。

他朝着小民警笑笑："行啦，我来吧。"

杨剑涛接过笔录，坐在程兵对面，那个小民警就在旁边杵着，站也不是走也不是。程兵几次三番想让他离开，但现在的身份已经不支持他这么做了。好在顺着他的眼神，杨剑涛看到了小民警还没走，他摆摆手，小民警终于松了一口气。

"老程……"杨剑涛的嗓音一如七年前，这声称呼叫得程兵心里一暖。

程兵颤颤站起："杨队……杨局。"

杨剑涛直接探过身子，按着程兵的肩膀把他推回座位上。

"叫老杨！"声音里还带着对老朋友疏远自己的嗔怒。

杨剑涛接着说："老程，你摁个手印就行了，以后三个月来登记一次。我怕这些年轻人不认识你，过来看看。"说着，杨剑涛伸手绕着四周划了一圈，示意现在的新人越来越多。

程兵点点头，又急急开了口，生怕自己此刻不问，再想张嘴就又要进行漫长艰苦的心理建设，错过绝佳时机。

"王二勇……有消息了吗？"

小民警懂事地泡了一杯茶放在杨剑涛面前，接着就在不远处看着，似乎想知道到底是什么身份的犯人，值得让杨局亲自来做登记。

"我们结合你提供的线索，这些年也找了好多地方，我亲自带队就两次,都没抓到。"杨剑涛低头喝了口茶,还是当初在刑侦支队的作风,不吐茶叶,水和渣子一起咽下,"这人反侦查能力很强,不好找。"

从杨剑涛的口吻中能听出来,他对"9·21"案上了不少心,但远不像程兵一样,把后半生都押了上去。"9·21"案,只是杨剑涛要处理的众多恶性案件之一。

程兵往后一靠,抬头望向天花板,像当初查找"9·21"案线索时一样喃喃自语:"没谁可以活在真空中……"

杨剑涛很认同地说:"现在我们已经在所有公共场所铺摄像头了,很快会全国联网,到时只要王二勇一露头,不管他在哪,马上会报警。"

程兵盯着杨剑涛的嘴,眨眨眼皱皱眉,似乎正在艰难地消化对方所言。原来只有市局审讯室才有的监控设备,现在全国的公共场所都布设了?

"时代变了……有些事该放就放。"程兵的表情让杨剑涛有些心疼,他把笔录一放,尽量让语气轻快一些,"我是特意来告诉你,保安队那边有个队长的缺,待遇还行,我打过招呼了,你直接去就行。"

即便再感慨杨剑涛根本不知道"9·21"案对于自己来说意味着什么,程兵还是感恩对方为自己所做的一切,包括宣判前顶着压力带着刘舒和慧慧来看自己,这些事程兵都记得,而且能记一辈子。程兵万分真挚地说:"好,知道了,谢谢你……"

两个人又闲谈了一会儿,程兵随杨剑涛一同离开,经过派出所大厅时,他们看到一位头发花白的老人站在中央。程兵第一眼就意识到对方是迎着自己来的,等他走近了,程兵猛然发现,他竟然是"9·21"案受害少女的父亲!

此人脚步蹒跚,满脸沟壑,嘴角还有一点点歪,任谁看都会以为他年过古稀。可"9·21"案受害者和慧慧差不多大,程兵明明记得,他根本就是自己的同龄人,当年是个身强力壮的汉子。

看来,"9·21"案发生后,不只进去的三大队众人和来来往往的人群不在同一个时间流速中,"9·21"案的当事人家属也不在,他们的时间流淌得更快。

"程兵队长。"女孩父亲话都说得不太利索了,"我是'9·21'案死者岳洋的父亲,不知……"

岳洋。听到这个名字,程兵面如平湖,胸中却激起雷霆万钧。如果多年之后,程兵身处弥留之际,他相信死亡之前,意识即将消散的时刻,这个名字是倒数第三个出现的。倒数第二和第一,当然是王大勇和王二勇。

程兵使劲往后梗了梗脖子,才勉强压抑住情绪:"我记得你。"

女孩父亲一下子浑身放松,他上前一步,紧紧贴在程兵身边,握住程兵的手不放:"听说您是今天出来,我特地来看看……"这句话刚出来,他的眼泪就砸在程兵的手背上。

在里面的时候,程兵已经无数次认定,捉拿王二勇归案这场栉风沐雨的修行,注定只有他一个人自渡。他没想到,外面还有不止一个跟案情相关的人牵挂着自己,这让他百感交集。可马上,程兵即将外显的情绪又缩回他自己铸造的硬壳当中——这场修行终点未知,过程中的消耗却显而易见,那注定需要一个人的牺牲与毁灭。这个毁灭者只能是程兵自己。

因此,在和受害者父亲见面的这一刻,出于保护对方的目的,程兵有一种想马上逃离的冲动。

可受害者父亲却把他的手攥得愈来愈紧:"您当年,受拖累了啊……"

程兵还没来得及回话就感觉手中一沉,受害者父亲完整地作了个揖,腰身没直起,顺势就跪了下去,程兵和杨剑涛两个人用尽全力扶,愣是没扶起来。

程兵就差自己也跪在旁边了,他身子压得极低:"老哥,这使不得使不得……"

杨剑涛招了招手,周围的民警一拥而上,但谁也没找到好的角度把受害者父亲拉起来。

于是,他就像七年前在法院门口的广场上一样,重重磕了三个响头。

哐。哐。哐。

终于，老泪纵横的受害者父亲被几个民警搀扶起来。程兵这里的一圈人已经成了办公大厅的焦点，来报案的当事人和处理案情的民警都想看看到底发生了什么。

再这样下去影响不好，说破大天，程兵也是刚出狱的犯人。杨剑涛眼神示意，几个民警就要搀扶受害者父亲离开，他却怎么也不动地方，而是把手伸向旁边的长椅，把放在上面的袋子递过来。

"我没什么钱……朋友都说我茶叶蛋煮得好吃，给您拿点尝尝……"

程兵当然看出了杨剑涛的担心，马上说："好，我收下。"

沉甸甸的袋子递到程兵手里，那袋子里外套了三层，最里面是一层保温袋，塑料袋外面还套了一层蛇皮袋，袋口还用麻绳细心地系好。程兵接过来的时候，里面的茶叶蛋还热得烫手。

做完这些，受害者父亲终于转过身，民警们松了一口气，前后簇拥，边寒暄边搀着他离开，可他还是一步三回头，直到走出派出所大门才终于向前看。

"程兵队长，是好警察啊……"

"程兵队长，是个好人啊……"

"程兵队长，是个好同志啊……"

三句话翻来覆去地说，与其说是给身边的民警讲述程兵的光辉事迹，倒不如说更像是求佛般给自己一个安慰。

对于受害者父亲来说，程兵必须是个好人，只有程兵是好人，"9·21"案的缺口才有机会堵上，才能真正告慰自己女儿的在天之灵。而且，这个饱经风霜的中年男人失去的，不仅仅是一个女儿，而是一整个家庭。

"挺熟啊。"程兵朝受害者父亲离开的方向指了指，"跟你和派出所的民警。"

杨剑涛叹了口气："女孩的妈两年前过世了。这老哥每个月都会来局里问一次，就一句：人抓到没？像上了发条一样……"

程兵浑身一震。现在，这发条插在他身上了，或者说，从来就没从他身上拔下来过。

又交流了一会儿案情，杨剑涛必须离开回局里了。程兵谢绝了他直接把自己送到保安队办公室的好意，独自一人拿着茶叶蛋走出了派出所大门。

他早已做好了决定，但真正实施起来还是需要一些心理建设。在奔向万劫不复的人生之前，他放肆地给了自己一段完全放空的时间。

这座城市对他而言已经近乎陌生。他漫无目的地走了一会儿，抬起头才发现，自己似乎已经到了他和刘舒、慧慧原来居住的小区。

七年前，即便楼层不算高，程兵家里的视野也算开阔，天气好时，能看到夕阳的余晖洒向郊区的远山。而现在，一座四通八达的立交桥拔地而起，阴云般罩在程兵的头上，那车水马龙让他倍感无所适从。

面前出现了两条岔路。

左边这条路通向刚刚完成规划的商务新区，正在扩建的马路被工程围栏逼得只剩下一条车道，车辆堵得水泄不通，刹车灯依次亮起，竟在大白天产生了点亮黑夜的效果。马路两侧没有一处不是建筑工地，固定下放又旋转升起的塔吊机在城市上空划出一道道虚无的弧线，如巨兽般腾云驾雾，灰尘遮天蔽日，有专门受雇的清洁工人把写字楼楼盘的广告擦洗得一尘不染。

而右边这条羊肠小道带着程兵熟悉的2002年的气息，街道上没什么车辆，带着一股百姓生活的烟火气，杜鹃叽喳的叫声划过那些门面房外摆放的老旧家电，大喇叭放着乡土音乐和打折话术，大白天的，那些杂牌服饰城、文具用品店和男科诊所就点亮了霓虹招牌。

程兵不假思索地朝右边走去。

保护皮破损了不少，错综复杂的电线把天空分割成不同的几块，程兵走到一根电线杆下，和在此歇脚的流浪狗一同抬头望向电线杆上贴着的招聘启事：某公司招聘入库材料员，要求：会熟练使用电脑办公软件……

再往旁边看去，胡同内外的墙壁无论新老，都被画了一个大大的"拆"字。程兵边吞嚼着手里的茶叶蛋，边看着眼前愈发光怪陆离的世界，七年时光，足够让他觉得恍如隔世了。

一个西装革履的房产中介拿着一叠传单飞奔上来，把传单塞进他手里："大哥看一下，新开的楼盘，优惠大促销！"

"哪儿的楼盘啊？"程兵下意识问道。

房产中介夸张地指了指脚下："就是我们现在站着的地方啊！"

程兵随意地看了一下传单上面的内容，三室两厅，四室一厅，每平的价格跟他进去之前的工资相比，完全是天文数字。这座城市不允许任何一个角落还生存在过去。

"你需要的不是一个房子，而是一个家。"程兵念叨着传单上最后一句话，转身离开。

他走向自己的命运。

程兵来到一座 2008 年刚刚开发完成的住宅小区，刚刚进门的时候，门口那个小洋房里高大的保安狐疑地盯着程兵看了半天，拦住他盘问一番，在得知他是刑满释放人员后说什么都不让他进去，好说歹说程兵才脱身。

住惯了局里的家属楼，商业化住宅让程兵觉得很不适应，他甚至觉得自己身处外国。盯着那粉刷美观的外墙和高层的落地窗，程兵禁不住想：过去的罪犯是否也发生了进化？在这样的环境中逃逸藏匿，王二勇一定掌握了更新的技术。

小区里绿化面积和居住面积相当，羊肠小道弯弯绕绕，地上地下车库分配均匀，各有出入口，稍不注意就会迷失方向。不过程兵老刑警的方向感还在，他老早就锁定了目的地，但还是在一座楼下徘徊良久。

他不停地给自己找理由，拖延着上楼的时间。

"这新小区的电子门我不知道怎么开，万一被人发现，我多丢人。"

"也不知道她们家的门牌号在哪边，万一走错了方向敲错了门就不好了。"

等看着一位年轻人在楼下遛了三圈狗，拾起两次粪便，程兵终于意识到,这种拖延是毫无意义的。可他就是不敢上去。

程兵绕开那名保安,从小门出去买了一盒烟又回来,不知道第多少次抬头仰望五楼最东边那一户。这一户加装了坚固的防盗窗,在众多通透的落地窗之间显得有些格格不入。

程兵把烟头扔在地上,暗骂自己一句,刚要走上前按铃,又后退回来,把已经踩灭的烟头丢进垃圾箱。

顺利地进入住宅,坐电梯上五楼,他在那户家门上看到了崭新的春联。为避免挡住锁孔,这春联贴得非常高。

程兵心想,除非慧慧蹿到一米八,否则贴这么高的春联,要么需要他人帮忙,要么需要踩着椅子。程兵联想着这几年母女二人生活的不易。程兵伸手敲了敲门,屋里响起脚步声,程兵一愣神的工夫,门开了,刘舒侧身站在里面,看到程兵和他手里装着茶叶蛋的蛇皮袋,也是一愣。

程兵的后背一下被汗浸湿了。

七年过去,刘舒没怎么变老,但形象已经跟从前截然不同,穿着修身的套装;程兵向来对刘舒的品位不感冒,他分析不出刘舒这么穿是要去工作还是要赴约。刘舒过去的头发也不短,但一直烫卷,现在拉直了,显得比之前长了许多,还染了暗棕色——之前在里面的时候,有个新进来的小年轻,头发被剃出青皮,还能看出发根的暗棕色,他说,这是外面的潮流。

程兵不太会夸女人,又觉得说前妻比之前好看有些轻浮,他只能在心里想:刘舒比七年前洋气了不少。

刘舒一直是程兵的贤内助,这次依然是她为程兵解了围。刘舒轻轻侧了侧身,做出迎接的姿态:"进来吧。"

小徐刚进三大队的时候,程兵跟他聊起过一些"学术问题"。

小徐:"程队,你们老警察是怎么一眼就在人群中看出谁是嫌犯的?"

程兵:"大概也是经验主义吧,这类嫌犯大多有前科,而在里面蹲过的人和正常人就是不一样,不管是身姿还是神态,他们都显得有点'弯',就是比较佝偻。一米八的犯人出来之后,就像一米七五,哎,小徐,你是警校高材生，你给分析分析，这是为什么？"

小徐思索了一会儿，给出答案："可能就像老鼠怕猫吧，他们是犯过错的人，每个正常人对他们来说都是正义之士，他们没法面对自己心中的罪恶，所以自然软下去一截。"

当时，程兵对小徐的分析颇为认可，现在他才发现，全错。造成这种佝偻的原因只有一个，那就是局促。

程兵按照刘舒的指示换好拖鞋之后，下意识地找了一个自我感觉安全的角落，打量着整个屋子。

这会儿的电视屏幕比他刚进去时还大，不过已经不背着那龟壳一样沉重的背板；当时时兴的立式实木音响也被简洁工业风格的小音响代替，皮质的转角沙发充分利用了屋内面积，地板是程兵完全不了解的材质，家里没有一点木质痕迹。茶几旁边摆着几张有外国风格的小凳子，茶盘茶具直连一个饮水机桶，看了半天，程兵才明白，那是装废水的。

这个家迎来一位陌生的客人，而这位客人正在审视着同样陌生的世界。

刘舒其实也不太自然，手在双胯上蹭了蹭，转了好几圈都不知道要往哪儿走，最后说："你随便坐，我给你切点水果。"

程兵没动地方，还是缩在角落里。他连连摆手："不用了。"

刘舒紧跟着补了一句："坐吧。"

表面上是解放了程兵，实际上也是解放了自己，她转身进了厨房，身体刮到了拉门上挂着的工牌。

程兵一眼就看到了工牌上面的字：小月亮培训学校一级教师。

程兵追了两步，离厨房近了一些。

"你换工作了？"

"是，换了快三年了。"

程兵打量着厨房里的一体式设计，有点分不清哪个是抽油烟机。

"学校不是挺稳定的吗？"

刘舒不假思索地回答："但挣得太少了，为了换这套房就出来了。"

"是……"后半句话早都想好了,但程兵还是迟疑了一下后才说出来,"换个新环境对你和慧慧都好。"

突然有个声音乍响,那音调对程兵来说非常新潮,他找了一番,才发现声源是刘舒放在茶几上的手机——程兵通过背后那个他比较熟悉的品牌商标,才认出那是手机,可以折叠,能稳稳当当横着立在桌面上,就像一台小电脑,下面是键盘,上面是屏幕。

程兵想帮忙把手机递过来,没想到刘舒一个箭步从厨房冲出来,看到来电备注后表情变了变,轻轻把手机一合。铃声消失,屋里恢复宁静。

刘舒不自然地把手机揣进兜里,干咳了两声,走回厨房案台前,像是忽然想起什么似的,音量大了一些:"慧慧,出来一下,你爸回来了。"

程兵预设过多次,或者说,在里面不劳动的每分每秒,程兵都在期待这一刻的到来,可真站在刘舒和慧慧生活的房间里,他心里的退堂鼓敲个不停,这让他几乎没法安静地站着,他脚下紧张地踱了几步,最终又缩回到刚刚进屋时待的那个角落里。

小屋的门打开了。程兵深深吸了一口气,不敢呼出,他怕身子随着呼吸一下就软了。

一个落落大方的姑娘走出来,比刘舒还高了一些。

程兵眼前一花,那个躺在31栋住宅楼里的身影竟有那么一秒钟和眼前的女孩发生了重叠。

慧慧,是慧慧。

从那张稚气未脱的脸上,程兵一眼就看出了慧慧当年的模样。

她的五官似乎长开了一些,双眼遗传了程兵的锐利,而鼻子以下的部分又汲取到刘舒的温婉。

慧慧的发梢已经触到了肩头,程兵很难不想起当初自己带慧慧的时光。那次,刘舒突然被校领导安排出差,走得很急,恰好手头没什么大案子,带闺女的任务就落到程兵头上,他发现自己怎么也扎不好慧慧的长发,索性把慧慧带到理发店剪了个齐耳短发。当时,程兵举着手发誓,等慧慧的头发再长出来，他一定学会怎么扎马尾辫，可那一刻尚未到来，"9·21"案就发生了。

过去遥远且美好，又悲伤。程兵轻轻举起手，蹭了一下自己没什么头发的脑袋，似乎这样就能关闭泪腺。过去每个时段的记忆都不可控地叠加在了当下的时刻，从出生的啼哭到梦境的呓语，"你一定要抓住那个坏蛋。这样他们就都会相信你是个好人了"，记忆中慧慧说过的每一句话都奔向程兵锈蚀七年的脑海，他的思维处在过载边缘。

千头万绪压在程兵的声带上，最终只挤出了再平常不过的两个字。

"慧慧。"没有统计过，这两个字程兵到底说了多少次，可就这一次，他叫得痛心无比。

慧慧一直低着头，微抬眼皮瞧了一眼程兵，又马上看向厨房里的刘舒，似要寻求什么帮助。就是这个微表情让程兵百味杂陈。

"马上要高考了，现在学习任务重，压力大……"刘舒走出厨房，救火队员一般说道。

程兵这些年的生活早已远离"高考""学习"这些词，他憋了半天，语无伦次地说："不能这样说，学习压力一直大，所以压力大……"

刘舒又打圆场："慧慧，叫爸爸啊。"

"爸。"慧慧的嗓音成熟了不少。

"哎。"程兵说话的语气就像是在扮演着一名父亲。而他没有意识到，慧慧其实也在扮演一个女儿。或者说他意识到了，但并不想承认。

刘舒走出厨房，把一盘热带水果放在茶几上，上面还精致地插了几根牙签，她说道："你别站着啦，吃点水果。"

慧慧紧紧抓住这根缓解尴尬局面的稻草："妈，我的模拟卷还没做完呢……"

话是对刘舒说的，程兵马上就坡下驴："那你去学习吧，不用陪我……"

慧慧如获大赦，点了点头，快步走回房间，又周到地轻轻合上门。

"她好久没见你了，需要适应一下。"刘舒自顾自坐在沙发上，拿起一根牙签扎了块火龙果，没吃两口就放下了。

程兵马上点点头："我理解，长大了。"

这个屋子里的每个人都在扮演着不属于自己的角色。

刘舒从纸巾盒拽出一张纸擦了擦手，又轻轻抹了抹眼角，最后起身站在客房门外："东西我都给你放这儿了。"

不得不说，刘舒考虑得非常周全，客房狭窄的空间被她安排得井井有条，一张单人床旁边放着一套桌椅，床上的三件套还没拆封，崭新的洗漱包就搁在桌上。不过这些程兵只看了一眼，就奔向床角的搬家袋——那里放置的是程兵的 2002 年。

"你最近就先住在这里吧。"看到程兵似在熟悉环境，刘舒心头一块石头落下来，跟了一句让双方都有台阶下的话。

可程兵的人生，从 9 月 26 日凌晨小徐踢出那一脚开始，就再也不存在任何台阶。

程兵上下翻找一番，很快就从搬家袋底部抽出了一个笔记本，就是那个写着"没有人能活在真空中"的笔记本。程兵稍微翻了翻，露出了欣慰的笑容。还好，程兵进去前，"9·21"案他能收集到的所有信息，都记录在上面，一字不差。

刘舒心里一沉，递着话问道："今后你什么打算？"

程兵的眼神没有在刘舒身上停留，他一边翻动手中的笔记本一边问："有笔吗？"

刘舒定在原地没动。

程兵自顾自站起身，从桌上拿起一根记号笔，又蹲回搬家袋旁边，在那几条他已经在里面想了无数遍，亟须得到确认的信息上面做重点标注。

终于，刘舒得到了那个她最不想听到的答案。

"我准备去长沙。"

刘舒靠在门框上，仿佛全身的力气都被抽离，但她还是不动声色地问道："去长沙干什么？"

程兵不知道该怎么回答，索性就不说话了，他又在搬家袋里翻了翻，没找到什么更有用的物件，但翻出了一张三大队的合影。这就是当年摆在他办公桌前的那张。"9·21"案时，程兵因为太过投入案情，不自觉地用烟头把照片左下角烫出了一个窟窿。他轻轻抚摸着那个窟窿，看着照片上每个人阳光的笑脸，最终目光聚焦在老张灰白的头发上。

他不敢看老张的脸，轻轻在心里念了一句："师父……"

"那件事你还没放下？"刘舒突然捶了房门一下，终于不再扮演一个游离的角色，而回到了自己那被程兵带进来的、泥泞的人生中，"程兵！你能不能接受现实，平平静静地生活？"

程兵还是一句话都没说，又自顾自地在搬家袋里翻起来，终于拽出了那个跟合影匹配的相框。年久失修，相框的左边框已经不知所终。程兵又抽出一根短木，细致地把相框拼合好，三大队六个人终于又回到了属于他们的光辉岁月之中。

程兵站起身，把合影和笔记本揣进兜里就往外走。

不是他绝情，而是他逼着自己必须绝情。

和七年前的程兵一样，刘舒也像被人用皮撅子从天灵盖抽了一下，她满脸悲戚地靠在墙上，重重呼出一口气，认命似的说："慧慧。"她的口气就像在搬救兵，"你爸要走了，出来打个招呼。"

两个成年人都没想到，慧慧已经先人一步。

程兵钻出客房，就看到慧慧抱着胳膊站在房门前。不像七年前，也不像七分钟前，慧慧目光如炬，盯着程兵的眼睛。程兵曾和无数罪大恶极的嫌犯对视，但这来自女儿的目光却让他不由自主地低下了头。

慧慧平静地发问，好像在说"爸，你饿不饿"。

"你既然要走，干吗还回来？"

程兵像是被这句话扳倒了重心，他摇摇晃晃，仿佛掉入了一个自己给自己搭建的时空旋涡中。

他的左耳听到2002年的慧慧说道："爸，你当然是个好人。"

他的右耳却接受着来自现实无情的鞭笞，那个过了变声期的女孩的声音不带任何感情地说："我告诉你，你根本不用去抓什么坏人，因为已经没人在乎你是不是个好人了。"

左耳的声音用尽全力，想把程兵拽进他理想中的岁月。

"你一定要抓住那个坏蛋。这样他们就都会相信你是个好人了。"

而右耳却冷冰冰地把程兵拽到冷酷无情的现实当中。

"你去挣钱啊，你现在有钱就行了。"

程兵不合时宜地抠了抠耳朵，从鼓囊囊的口袋里摸出一副耳机。那根本谈不上精致，甚至有些粗制滥造。

"这是我在狱里做的，"程兵哑着嗓子说道，"慧慧，爸爸……"他使劲抽了抽鼻子，"爸爸对不起你。"

慧慧夺路跑起来，撞了程兵一下，冲进客房。直到慧慧来到近前，程兵才真正意识到，她的小脑瓜尖已经触到自己的眉梢，完全是个大姑娘了。

慧慧一手拎着搬家袋，一手拎着新三件套，嘴里还恶狠狠叼着那个洗漱包。她来到落地窗边，捶了几下外面的防护栏，发现根本无法打开，又撞开刘舒，踹开房门，把那些本属于程兵的东西直接甩到门外。

"你要走是吧？"泪水钻进慧慧的嘴角，"要走就把这些都拿走！"慧慧再也不看程兵，冲回房间，屏蔽了程兵所有的纠结和愧疚。

"这个，别忘了给慧慧。"程兵动作极快，他怕自己再待一秒钟就忍不住打开慧慧房间的门。他轻轻把那副从头到尾都是自己亲手制作的耳机放在茶几上，放在那盘热带水果旁边，再也不看刘舒的反应，仔细地把拖鞋摆正，穿上自己的鞋子，向刘舒颔首告别。

径自离开前，程兵依然没忘了带走来自受害者父亲的那袋茶叶蛋。

第五章　集合

　　从刘舒家出来，程兵买了部新手机，还没学会怎么用。这时，忽而变了天，风好像要把天上所有云都刮下来，拦住了急于奔向下一个目的地的程兵。时间也不早了，他来到台平另一头，找了一家旅馆暂住。

　　进门一直没抬头，出示身份证时，他第一次打量前台陈设，程兵忽然意识到，这是之前出任务时老张介绍的落脚点，便宜，四通八达，从这里去这片城区的每个角落都不出十分钟，极适合蹲点，且发票非常好开。

　　城市里到处都是三大队的影子，然而早已物是人非。

　　没等程兵做好心理建设，旅馆老板就露出熟络的表情，七年了，他不仅没老，反而年轻了不少。等发现对方开口叫的不是"程队"而是"程叔"，程兵才认出来，这是之前旅馆老板的儿子。记得当初他还是个小崽子，现在满脸横肉，蓄着络腮胡，猛地一看和他父亲一模一样。

　　对方问："程叔，好几年没过来了吧？"

　　程兵想，看来这小子既不知道奸杀案，也没听过逼供案，于是回答："最近往这边跑得少了。"

　　对方说："可不呢，记得那阵我还上初中，现在大学都毕业了……哎？我张大爷这次没跟过来啊？"

　　程兵不动声色地说："你张大爷退休了，在家享清福呢。"

　　对方拍手叫好："退休好，退休好，看看你们当年，累成什么样了都。"

　　程兵只开了一间最便宜的屋子，他没行李，孑然一身，只需要个能遮风挡雨的地方把兜里的笔记本保护好。这一晚，程兵数次于夜间惊醒，借着走廊里紧急出口的微光，发蒙地打量着铁窗和铁板床，恍惚间总以为自己还在监狱里。

明天定然是个好天气。程兵睡不着，开了灯点上烟，翻来覆去地看笔记本上的内容，心里莫名冒出一段陈毅元帅的名句——此去泉台招旧部。

程兵就这么坐到天亮，等早市的叫卖声响起，他认真地洗了脸和头发，吃了个茶叶蛋，然后直接奔向附近的批发市场。

出来的第二天，程兵再仔细观察这个世界，格格不入感更加真切。汽车的壳子、机车的轮子、商铺的门脸……甚至是市民的个子，好像什么都变得大了一圈，也包括人们的心。一路上，他遇到了一两次纠纷，坐公交互相拥挤，买菜算错钱之类的，大家都是拌两句嘴，打个哈哈就过去了，围观者也把这当成生活的调味剂，再无剑拔弩张之感。

市民的素质越来越高，犯罪越来越少，这是好事。程兵想起杨剑涛的话，监控探头之下，每个人都文明起来。

外面的环境程兵还是不习惯，他要找到自己的同类，三大队的兄弟们。

杨剑涛很懂程兵，昨天临走前，他递给程兵一份名单，上面是前三大队兄弟们现在的住址，程兵虽然没接，但扫了两眼就把内容牢记在心里了。

他来到名单上的第一个地址，批发市场的院外孤零零支着一处古色古香的摊子。地面上铺着油布，一个个精致的小盒子如站军姿般排列整齐，盒子里大多是各类材质的手串和吊坠；木质架子上摆着弥勒、菩萨、佛陀和罗汉，还有转经轮之类的礼佛用品。摊主穿着一袭长袍，没显得仙风道骨，反而更衬出他的肥头大耳，他惬意地半躺在藤条椅上，一手持折扇，另一手盘着紫砂壶，也如一尊卧佛。

市场内人流涌动，各类摊贩的商品琳琅满目，叫卖声此起彼伏，而市场外的佛摊门可罗雀，只有一个大喇叭播放着诵经的声音。

程兵刚要过去，就见一对青年男女行至摊前，他就在路对面停下看着。

大喇叭里的佛经却不合时宜地被打断了，嘈杂的"喂喂"声过后，里面传出浓厚的本地口音："大家伙放心哈，今天城管不出来！"

第五章 集合　　091

摊主有些不好意思地笑笑，直起腰关上了大喇叭，青年男女似乎没受影响，先看了看架子上的佛像，又一齐蹲下身，饶有兴致地挑看佛珠。

青年男子从盒子里拿出一串佛珠："这怎么卖？"

摊主没直接回答，旁敲侧击地介绍道："帅哥，这是乌木檀香的，最上乘的材质，驱邪、纳福、安神、止血。你瞧我，用大拇指左手逆时针，这么捻。"

女生学着摊主的样子，以左手捻佛珠，兴致更浓，小声跟旁边的伴侣说着什么。

摊主趁热打铁："平心静气抗焦虑，固本正阳还养颜。"

女生张口："便宜点呗。"

摊主又打开大喇叭放起诵经声给自己造势："都是有缘人，一千五一串，拿两串算你们两千五。"

年轻男女没再说话，把佛珠随手一放，就直起身离开。这讨价还价的技巧没能打动摊主，他丝毫没挽留，笑眯眯地把佛珠串摆回原处，回到躺椅上。他的眼角没向下耷拉着，也没向上扬起，而是被脸上的横肉挤成两条漠然的直线。

他斜躺着随手一摸，举起一个小巧的茶壶，直接对着壶嘴，呼噜噜往嘴里灌茶水，突然他呛了一大口，直接从躺椅上弹起，茶水洒了一身也不管不顾——

他看见了路对面的程兵，失神地叫了一句："程队！"百感交集之情溢于言表。他的双眼一下打开了，眼角雄赳赳气昂昂地向上翘着，跟七年前一模一样。

这个摆摊的胖子，正是蔡彬。

程兵大步流星，仿佛从七年的时光外风尘仆仆赶来。两个人对望着，谁的目光都没有偏移，都能从对方的瞳孔里看到自己。程兵转头打了个大喷嚏，蔡彬赶紧递上纸，程兵在脸上抹了两下，不动声色地擦掉泪痕，满脸笑意，掐了掐蔡彬肚子上的赘肉。

"讨口茶喝。"

蔡彬抽抽鼻子，也从过往的思绪中抽离，手忙脚乱地冲洗茶盘和茶具，而程兵则一屁股坐在小马扎上，拿起蔡彬的茶壶就往嘴里倒。

蔡彬没回到躺椅上，也找了个小马扎坐在程兵旁边，两个人周围升起一道无形透明的墙，隔绝了批发市场的喧闹，几个溜溜达达的客人看到这阵仗，直接离开走向下一个摊位。程兵露出一个"不好意思，耽误你做生意"的表情，蔡彬满不在乎地摆摆手。

"出来这两年，我早上八点钟出摊，中午喝个小酒……"说着，蔡彬指了指根本没有牌子的散白酒桶，又不好意思地拍了拍自己的肚子，"下午六点准时走人。离婚最大的好处，一人吃饱，全家不饿，比原来自在多了，没那么大压力。"

程兵饮了口茶，似听非听，目光在这摊位上下来回逡巡，看不出什么表情。蔡彬从茶盘旁拿起烟盒抽出一支烟，递给程兵，程兵注意到那是一款没什么劲儿的细杆烟，摆摆手拒绝了。

"戒了？"

程兵从兜里掏出自己的粗烟，蔡彬心领神会，自嘲地笑笑，先给程兵点上一根，再给自己点上，最后把烟盒和火机一起甩回茶盘上。

见程兵一直没怎么说话，蔡彬又介绍起来，这几年的摆摊生涯把他的嘴皮子练得溜了不少。他指着这儿说："程队你看，这个叫韦陀菩萨，传说有十大愿，其中一大愿就是护持正法，守护什么东西多累啊，你看这表情，阴恻恻的，没个笑脸；这个叫弥勒菩萨，就是咱说的弥勒佛，这笑口常开的样子据说是依照五代时的契此和尚造的，弥勒是未来佛，看看，未来多美好，这给他乐的。"

见程兵还是没什么反应，蔡彬试探着说："卖这些东西，开始是营生，卖着卖着，把自己卖进去了。身心清净方为道，退步原来是向前，这才是生活啊。程队……"

程兵终于抬眼看了看蔡彬，表情复杂。

"是……不能叫程队了。"蔡彬轻轻给了自己一嘴巴,"兵哥,这个你拿着,开运保平安。"

蔡彬把刚才那串乌木檀香递给程兵,刚刚还是美容养颜的作用,现在又变成开运保平安了。看来这东西的意义都是人赋予的,人不在,任何意义都不再存在。

程兵没接,突然问道:"怎么跑到这么远的地方来摆摊?"

蔡彬咧嘴一笑,露出了一个你知我知的表情:"碰不上熟人。"

两个人又闲聊了一会儿,都是没什么含金量的车轱辘话,见程兵心思不在此,蔡彬就准备收摊,说什么都要拉着程兵吃午饭,好好喝一顿,下午不干活了。程兵推托了几次都没效果,最后只好说:"我还要去看看他们。"

蔡彬目光猛地一收,接着就拿着抹布擦拭起这些摆件:"那我就不去了,再坐一下午,来一单是一单,多少也是个钱。"

程兵轻声问:"你们出来之后……见过面吗?"

"嗐。"蔡彬摇了摇头,苦涩地说,"你不在外面,谁张罗?再说了,见面说什么呢?大家都不一样了……"

程兵起身便要离开,临走前扯了扯蔡彬大褂一角:"你还是把这衣服脱了吧,不适合你,我看着闹心。"说完便走,程兵头都没回。

刚走出几步,蔡彬突然在身后叫了一句:"兵哥!"

程兵回头,蔡彬好像一下瘦了二十斤,年轻了七岁。

"兵哥,你有没有觉得出来之后,看什么都觉得比咱原来大了好多?"

程兵突然鼻子一酸。

蔡彬脱下褂子,恶狠狠地往地上一甩,露出里面的警用背心。

"我跟你去。"

"现在一切都社区化了,好几个小区围在一起,中间建了超级市场、幼儿园、小学……亲爹亲妈什么都不用管,老人早上带孩子吃过饭,把孩子送到学校去,就在这老年活动中心锻炼身体,午饭前买完菜,顺手就把孩子接回家吃饭,一条龙服务,比咱那时候不知道方便了多少倍……"

程兵在前,蔡彬在后,导游一样喋喋不休地介绍着。就在来到社区门口的时候,两个人看着眼前的一幕,都愣住了。

穿着制服的保安,手持绸舞扇、穿得花花绿绿的老头老太太和穿着白衬衫西装裤的推销人员推搡在一起,组成了一幅颜色错杂的浮世绘。

老头老太太们分成两拨,一拨和保安一起,推着两名保险销售往门外走,吵嚷道:"都是你们这帮人!最开始骗我们说什么投钱能上市,最后是非法集资;然后又说卖什么保健品,延年益寿,结果一查都是板蓝根……板蓝根就板蓝根吧,起码还能治感冒呢,你说说你们现在卖什么?卖保险!这不是咒我们死吗!"

另一拨则是从这一拨人群中剥离出来的。他们本来跟着一起推搡,突然就掉转方向,指着保安骂:"我家儿女每年交那么多物业费给你们是干什么吃的!你们就随便放这么不明不白的人进来啊?卖保险就算了,这要是有不法分子装成他们的样子混进来干坏事呢?坏了我们就算了,这里面都是幼儿园和学校,孩子出了事给你们头割下来也赔不起!"

说着说着,老头老太太们愈发义愤填膺,手上的动作也越来越大,感觉他们不需要什么保安,本身的战斗力比保安强多了。

而被两拨人围在最中间的,就是非常无助的廖健和廖晓波父子。

受警用皮带和制式皮鞋的影响,警官们往往有一种独属于自己的着装方式,可从廖健身上已经看不出任何痕迹,他的身形也完全没有了当刑警时的样子。他举着手机,应该在向电话那头求助,表情谄媚。为了生存,他就这么从猫变成了鼠。廖晓波和廖健穿着一模一样的白色短袖衬衫和西装裤,连背后汗水浸透的形状都是如此一致。他已经比廖健高出一头,也发福了,更有一种因操劳而凸显的浮肿。

廖晓波一直藏在廖健身后不发声,听到老头老太太们越骂越难听,终于受不了了,腾地一步站在廖健身前,用肩膀把廖健往后挡了挡,大声驳斥着："活了这么多年，就学不会怎么说话是吧？我们公司就在社区门外，当初发大米和豆油的时候你们来抢，头都打破了，现在我们成坏人了？"说着，廖晓波高高举起胸口挂着的工作证，"看看，看看！我们正规单位，都给交社保的，谁是坏人？我看你们是坏人！再说了，保险是一种保障机制，是用来规划财务的工具，是市场经济条件下风险管理的基本手段，是金融体系和社会保障体系的重要支柱，是国家承认的！怎么就成咒你们死了？你问问你们家儿女，哪个没给你们买保险？"

廖晓波不说话还好，一说话便导致针尖对麦芒，老人们可不乐意了，拿着舞扇就开始朝这对父子身上砸，两个人仓皇躲避，跟当初被三大队追得满城躲藏的嫌犯没什么两样。

廖健挂了电话，把儿子一把拽回去，恶狠狠骂了两句，接着赔起笑，一边给保安递烟，一边安抚着老头老太太："哎哎哎，叔叔阿姨们，你们说的都对，以后我们少来几次，尽量不烦你们，看看这快到时间了，再不去接孙子来不及做饭了吧？"

好说歹说，人群终于散去一半，保安们刚松了一口气，一个老头手拿扇子，冲上来结结实实给了廖晓波脑袋一下。

程兵刚要上前，就被蔡彬拦住了。蔡彬没说话，摇了摇头。

"哎！"廖健不知道什么时候解开了衬衫的风纪扣，剽悍地站在儿子面前。就在这几秒钟，他的四肢又凝聚成一个整体，变成了一个大写的"人"。

他只发出了这一声，后半句话不言而喻：再动我儿子一下试试？那老头缩回去，朝地下吐口痰，悻悻然离开了。

人群散去。

十分钟后。

晌午的气温已经很炎热了，昨天的雨只在下水井旁边留下一点痕迹，那种所有人都避之不谈的夏天正咄咄逼人地靠近。仍在户外的人都选择躲在社区绿化的树荫下。这儿放着一套石桌石凳，下棋的老头已经被老太太叫回家吃午饭。有些老太太正是刚刚对廖健廖晓波口出污言秽语的，刚接完孙子孙女回来，对着父子翻白眼，"哼"一声，之后拽着孙子孙女快步离开。

廖健根本不在意这些，他把木质棋子移开，乐颠颠地把外卖盒放在石桌上。程兵、蔡彬和廖健分坐在石凳上，廖晓波站着，熟练地拆开外卖袋，袋子上写着"三菜十元，量大管饱"，汤汁从外卖盒里溢出，显得分量很足。简单的两素一荤，廖健廖晓波吃得津津有味，一看就饿坏了，而程兵和蔡彬都没怎么动筷子。

程兵心疼地打量着两个人。廖晓波的衬衫领子已经磨出毛边，廖健把腿搭在一旁的石阶上歇脚，带着小人的红袜子露了出来，程兵心里一算，廖健的本命年过去三四年了。

廖晓波被噎到了，捶了捶胸口，好一会儿才缓过来，他哑着嗓子说："爸，我去给程叔蔡叔买瓶矿泉水去……"

还没等廖健说话，蔡彬下意识做出动作，就像七年前勘察"9·21"案时和廖健搭档的马振坤一样，掏出一张红票上前，要递给廖晓波。等意识到眼前人已经从穿着校服的孩子变成了穿着白衬衫的顶梁柱，他尴尬地笑了笑，手卡在半空，进也不是退也不是。

还是廖健给他解了围。"矿泉水哪有凉白开健康！"廖健说着，抓起一大口饭塞进嘴里，"你去传达室找老吴头接四杯水来。我也渴了。"

"接一杯就算了，四杯？我丢不起那人！"廖晓波斜了他老爸一眼，手插着兜，一步一晃朝商店走去。

"老廖，还这么抠啊！"蔡彬哈哈笑着打趣，"本性难移啊！"

"这怎么是抠呢？"廖健指了指旁边绿色的社区宣传栏，"这是环保啊！"

从见到廖健开始，程兵就如坐针毡，站在廖健旁边的廖晓波更加重了程兵的愧疚心理。他突然开始大口吃菜，接着含混不清地问道："你……

第五章 集合 *097*

过得还行？"

廖健露出怡然自乐的表情，可和蔡彬一样，那表情深处藏着某种人力不可解的无奈："过得蛮好，干保险收入可比当警察高多了。"说着，他看向廖晓波离开的背影，惋惜地摇摇头，但眉宇间都是对儿子的宠爱与肯定，"晓波也算听话，考大学就差了十七分……"

"和他爸一样，命差了点。"

听到这儿，程兵放下了筷子，饭菜很香，但他觉得味同嚼蜡。

"兵哥，多吃点。"蔡彬不时朝廖健使眼色，示意他少说话。

廖健的眼神一直没离开儿子走远的方向，看着儿子拎着塑料袋，顶着烈日走过来，廖健的声音有些颤抖，不知道这一幕打开了他心中什么阀门，他的话根本停不下来："出来后本来想回老家，可那帮势利眼把我从族谱上给拿下来了，以前我穿官服的时候，天天求这求那……不回去就不回去，老天爷饿不死瞎家雀。"

廖晓波就要走回来，廖健迅速背过脸去，趁着擦汗的工夫，手背迅速在眼睛上抹了一把，接着自然地揪下两片树叶擦了擦手。

感觉到气氛有些严肃，他故意一本正经地说："哦对，兵哥，你出来了最好先买一份保险，人这辈子怎么讲得清楚，从某种意义上来说，你保单上的额度就是你和家人生命的长度……"

程兵哈哈一乐，蔡彬笑着夹起一块肉扔进廖健的饭盒里："行了！吃饭还堵不住你的嘴。"

廖健就着这口肉，把饭盒里的饭打扫干净，接着就望向程兵，还没等他说话，程兵把饭盒往前一推："我饱了。"

廖健露出憨憨的笑容，接过饭盒刚扒拉两口，程兵狡黠一笑："哎呀，刚才好像把烟灰弹进去了。"

廖健顿时停了筷子。

"逗你的！"程兵禁不住笑出声，三大一小，四个男人对着大笑起来，廖晓波眼睛一花，好像起了电视上那种雪花白点，接着眼前就变成了三大队办公室。在遥远的记忆中，他放假时去过那里不止一次，当时这些叔叔没比现在的自己大多少，他们笑闹之间就能制裁这座城市所有的罪恶。

廖健又扒了两口饭，满意地打了个饱嗝，把饭盒往前一推，抹了把嘴："晓波，你下午帮我跟领导请个假，我跟你程叔和蔡叔出去一趟。"

程兵一愣："我们还没说要去干什么呢。"

廖健突然变得非常正经："一下午的时间我还是有的，不管干什么，我都跟你们一起去。"

在廖健的盛情邀请下，程兵和蔡彬坐上了廖健的老头乐——不需要驾照的微型四轮电动车。廖健坐在驾驶位，比对三大队的警车还要熟悉，边发动电机边说："两位，不是省那打车钱，这东西不烧油，多环保啊。我们最开始在社区拉到活儿，一听说要跟我们走路去公司签约，那老头老太太转头就回家了。后来我发现，这东西好啊，他们接孙子孙女放学都用这个，马上安排公司给配了一辆。"

可惜，没开出五公里，老头乐就趴窝了，廖健也不尴尬，打电话让儿子过来把车接回去修，三个人还是打车去了更远的郊外。

到了村口，看见下面坑洼不平还冒着水泡的土路，出租车司机说什么也不开下去了。这样也好，三人步行，穿过田埂，抄些近路。程兵一指地平线尽头前不着村后不着店的一排平房，带领着兄弟开始艰难跋涉。

春耕早就开始了，一排排玉米秧整齐地插在地里，空气中都是生机勃勃的泥土芬芳。三个人深一脚浅一脚，尽量不破坏农田。

弯着腰走了一段时间，三个人的后背都被烤得火辣辣的，廖健直起腰，自然而然地从旁边驱鸟的稻草人上摘下草帽，扣在自己头上，刚好合适。他抬头想看看平房的距离，忽而定在原地。

"兵哥，你还有印象不？"

程兵茫然摇了摇头。

"咱在这儿抓过人啊!"

蔡彬一拍脑袋:"我想起来了!那次跟缉毒警配合抓毒,快秋天了,玉米长得老高,穿梭在田里,就像咱们三个现在这么近,都谁也看不见谁。"

"是他们有枪那次吧?"程兵也陷入了遥远的回忆当中,"我记得正摸排呢,枪突然响了,我让你们都躲在田埂下面,就老马这愣种直往前冲,气得我……"

廖健朝旁边一指:"不就是那片田埂吗?"

蔡彬摇摇头:"不对吧,这田埂都一模一样,多少年了,你还能认出来?"

程兵也跟着否认,三个人又往前走了一段,廖健突然喃喃自语:"我觉得就是那儿,肯定没错。"

未到平房,先闻狗吠。不是单一看门犬的示警,而是无数同类狂躁的咆哮。程兵一下理解了为什么这排平房外的小院没有传统村居那种高墙了。这不计其数的恶犬,比最精密的锁还管用。

围了一圈的墙垛大多已经塌陷,没比田埂高出多少,上面那些挖机、通信和打井的广告残破不堪,垛上没有村民惯用于防盗的碎玻璃,那些生锈的栅栏都套着倒着的空啤酒瓶,屋主平时应该嗜酒如命。

门柱上的红星已经褪色斑驳,一块牌子随意地挂着,随风摇晃,上面用红笔手写着:内有恶犬,生人勿近。

来到院门外,还没进去,一股发酵粮食混合粪便的恶臭味扑鼻而来,根本躲不开,三个人都打了个趔趄。廖健直接捂住鼻子:"这味儿够大的。"

没等另外两人回复,一声尖锐的咆哮自院子中央响起,霎时整排平房安静如常,其他的狗全部噤了声。一道黄黑色的身影从院内冲出来,那是一只巨大的恶犬,长相是德国牧羊犬的样子,身形却如藏獒一般宽大,应该不是纯种。它口中的涎水四处乱甩,像是患有狂犬病,然而,它的舌头却完全缩在嘴里,呈攻击的情态,这代表它的大脑非常健康,正在思考膺惩三位不速之客的最佳路线。它的眼眶内除了黑色的瞳孔,剩下的部分完全被红色淹没——要不是尾巴翘起，程兵会认为它完全就是一头野狼。

无论经受过多少专业的训练，人的反应速度不可能超出这类恶犬，三个人还没来得及做出防御姿态，这只德牧串串已经来到了院门口，只见它高高跃起，即将扑出最完美的弧线。站在最前面的程兵无疑首当其冲。

簌。

一阵微不可察的破空声响起，一道银色光柱从侧面击中恶犬，速率、角度、时机都恰到好处。上一秒，程兵已经闻到了恶犬口中的腥臭，再看，一根如特警防暴叉一般的自制驯狗叉不偏不倚地箍在恶犬的脖颈处，生生把它定在地上。紧接着，一个身着黄黑色服装的人影跃到恶犬身边，这人正是小徐，为了能第一时间掌控恶犬，他压低身形，四肢用力，活脱脱把自己变成了恶犬的同类。

没费什么力，小徐轻松地把牵引绳拴在恶犬脖颈处，但这丝毫起不到控制的作用，恶犬依然在原地踢蹬，蹦跳，撕咬，尖利的犬齿迅速插拔，把小徐右手上的劣质护具咬得棉絮横飞。

小徐却不慌不忙，单手收紧牵引绳，接着半跪在恶犬身旁的砂石地上，戴着护具的右手抵在德牧脖子处，脚下一扫，这类似擒拿术的招式直接让恶犬失去重心，翻倒在地，似要失去战斗力。

小徐满意地点点头，一松懈，这恶犬忽而下肢一蹬，竟直接从小徐裆下钻到另一侧，这下那根牵引绳反倒成了小徐的羁绊，随着恶犬的挣扎，小徐眼看即将失去重心。恶犬不会错过这种机会，它张开血盆大口，直朝小徐防护最薄弱的后腰咬去。小徐马上反应，借着重心转移的势头，直接把全身的重量压在恶犬身上，恶犬张开的大嘴竟死活合不上！趁它愣神，小徐再次占据上风，控制着恶犬仰面躺倒，他迅速翻身骑在它身上，更凶狠地掐住狗脖子。

程兵看出来，这回小徐下了死手。

没出一个呼吸的时间，恶犬的咆哮就变为低声呜咽，它的瞳孔逐渐涣散，嘴巴不受控制地大张着，涎水随着呼气喷出来，直接落到小徐脸上，而他躲都不躲。

时间一分一秒流逝，恶犬的红舌逐渐变成紫色，歪斜着耷拉在一侧，它的牙龈在刚才的对抗中受了伤，不少血顺着嘴角渗出来，滴在胸口的毛发上。小徐依然没有松手的意思。

三大队三个人互相对视，程兵就要上去制止，怎么说也是一只看家护院的好狗，没造成实质伤害的情况下就没了命，他有些于心不忍。

程兵即将张口，却看到了惊人的一幕——那恶犬突然一百八十度转性，眼窝中的红色肉眼可见地褪去，露出清澈的眼白，两条前肢做出了家养宠物犬的动作，合十乞食。小徐松开手站起来，做了一个"坐"的手势，恶犬马上乖顺地坐在地上，甚至撒娇似的用头蹭了蹭小徐戴着护具的手。

电光石火间，它就从一只随时可能取人性命的恶犬变成了温顺的"好朋友"。

小徐轻抚恶犬的脑袋，随手奖励给它一块带血生肉："好，吃。"

听到这个熟悉又陌生的声音，走在最前面的廖健迈不动步子，程兵微微颤抖着。

小徐松开恶犬，终于回过头，见到三大队三个人，他犀利的眼神瞬间变得温和。

三个人跟着小徐在院内穿梭，那只德牧串串的服从性突然变得极高，静静跟在他们后面，时不时摇摇尾巴。地面上排布着死亡的树根，脚搓搓泥土，还能翻出一些落叶混着泥水积攒而成的腐殖质，这里原来的用途应该类似林场。

成排的铁笼沿平房排列。平房是简陋的红砖墙搭建的，插线板和排水明渠胡乱四散在地面上，除了大大小小的排风扇，连个像样的电器都没有，屋外的空调外机被拆了，只剩下一个空荡荡的架子，显得屋主对生存环境丝毫不在乎。铁笼却非常新，那些铁栅栏一点锈都没生。

笼子里的犬种大多体型不小，基本是杂交犬，跟纯种犬比起来不受待见，也卖不出价格，小徐还是把它们养得很好，每只都毛发锃亮。路过笼子时，都不用小徐做什么动作，那只德牧串串往前一站，所有犬都闭上嘴。

待了几分钟后，程兵已经闻不到什么恶臭味，那味道换了一种更直白的方式攻击人体，三个人忍不住干呕起来，直到进入小徐生活的平房，打开排风扇，才有所缓解。

床和灶都是砖烧的，直接接地，朴素但实用。除了必要的生活用具，平房内遍布大大小小的塑料桶，装漆的、装水泥的、装农药的……从外包装看上去，这些塑料桶曾经用途各异，但被小徐精心处理干净后，都变成了给犬类调配食物的器具。

小徐示意三个人随便坐，他则站在一旁，带着一身狗味，静静地望着他充满污秽与喧哗的狗场。

程兵递上一支烟："兜了一圈，我没去养警犬，你倒养上狗了。"

"我喜欢跟狗待在一起，不用说话，不用费脑子，比跟人待在一起自在……"小徐咧嘴一笑。

正是这一笑让程兵万分心痛。从认出小徐以来，程兵一直觉得眼前的小徐有一种被强行嫁接的奇怪感觉。那黄黑相间的破旧服装、内瓤乱飞的破旧护具、泥泞遍布的高筒靴和因油渍粘连而打绺的中长发，跟小徐那张七年来没什么变化的脸完全不匹配。没说话之前，程兵打量小徐，总觉得他是在卧底什么任务而故意打扮成这样的。

直到这一笑，程兵意识到，从前那个充满理想的少年已经变成了历经沧桑的男人，他的五官和身体被命运击碎后又倔强地重新组合在一起，外表看着没变，但内里已经天翻地覆。

四个男人窝在这一方砖房里，聊彼此，聊现在，聊国家大事，聊出来后的变化，就是没一个人说过去，说境遇，说说到底是怎样的命运安排让他们在2009年以这样的身份相见。

暮色四合，夕阳把铁笼的影子纷乱地打在地上，像是要给谁的人生下什么绊子。小徐重新拎起几个大桶，开始给恶犬们做晚餐。他就在这些影子之间穿梭，不绕行，不躲避。

等小徐快忙活完，程兵喊了一句："喂完跟我们走吧，你照顾好它们，哥几个照顾照顾你，晚上进城一起喝点。"

小徐不置可否，脸上却荡漾起笑容。恍惚间，程兵似乎又看到了七年前那个跟屁虫，那个明媚的少年。

进城后天刚擦黑，对于夜宵来说时间尚早，这一片的大排档几乎都刚刚开门，仍在备菜，穿梭在塑料桌椅间最多的人是服务员。

唯有一家完全不同。"马记夜宵"的招牌虽然不大，但周围做了一圈特殊的LED处理，形成光线滚动的效果，在灰头土脸尚未开灯的街道中鹤立鸡群。夜宵摊不大，算上择菜的桌子也就将将十张，此刻却已经坐了三四桌。食客的笑闹声和酒杯碰撞声不绝于耳。

一台被油烟包裹的露天火灶旁，马振坤身着紫色围裙，脚蹬黑色高筒靴，肩上搭着的毛巾和右手的手套颜色一样，都黢黑一片。他刚刚炒完一盘硬菜，简单刷了下锅，手指肚直接伸到锅内，把最后几滴水擦净，若不是地道的路边厨师，绝对做不出这样的动作。他不用锅铲，右手擎起炒勺上下颠着，食材蹦得老高，又稳稳落回勺中，左手则像精密运转的仪器，定时定量添加调味料。待时机成熟，他拎起一个被扎了几个眼的矿泉水瓶，潇洒地转了一圈，将里面的料油均匀浇在锅边，那火爆的、刺激鼻腔的、独属于这座城市的香气扑鼻而来。

"哎，来嘞，出锅喽！"随着一声烟火气十足的高喊，马振坤那张不修边幅、胡子拉碴的脸就从烟气中钻出来，他手持一盘浓艳生香的爆炒蛏子，飘然递到食客桌前。

似乎是比着喊，另一头，马振坤的妻子李春秀又接到一桌熟客："来啦老几位，随便坐，等会儿让老马给你们炒盘我家新菜尝尝！"

把客人迎到座位上，李春秀一抬眼，明明已经看到了程兵等人，却没有过来迎接，接着去忙自己手头的事。

马振坤在桌上放下蛏子后，就被食客抓住走不了了。

"老马，来喝一杯！"

没有座位，老马躬身在桌旁边，在食客的拉扯下有些东倒西歪，他依然笑呵呵的，脸上没有丝毫不快。

"几位吃好哈……"

这位招呼老马的客人有点喝多了，他光着膀子，站起身搂着老马的肩膀。这种亲密接触显然让老马有些不适应，他身子往后躲了躲，却连眉头都没皱一下。

"你们猜他以前干吗的？不吹牛哈，我这兄弟以前是警察，搞刑侦拿过枪，抓毒贩杀过人的……"

桌上的其他食客看着眼前这油腻松垮的男人，将信将疑，完全没法把他和"刑侦""缉毒"等关键词联系在一起。

客人接着讲下去，目光深邃，语气也变得讳莫如深，单手比出枪的手势；在酒精的作用下，另一只拿着酒瓶的手不太受控制，不自觉地高高举起，稍不注意就洒了马振坤一身。

原本热络的气氛顿时消失了。

马振坤表情僵硬地站在原地，其他食客纷纷把自己往后挪，而那位起身的客人酒一下就醒了，他拿起自己脱下的衣服懊悔地在马振坤身上擦着。

马振坤依然一动不动。远处的李春秀发现异样，刚要过来劝，马振坤突然展颜，哈哈笑了一声："这都不叫事！"

烟火气重新包裹了这个夜宵摊，热闹如旧。

那个客人穿好衣服坐下，举止收敛了一些："老马，是兄弟的话就来喝一杯！"

马振坤毫不犹豫地干了一大杯扎啤，嗝都没打，仍然是低头弯腰的姿态："大家慢慢吃，吃好喝好哈……"

2002年那场雨似乎下了七年，彻底浇灭了马振坤性格中的火气。他像一片被雨水打落地面的薄叶，被踩踏，被捶打，被碾进土里，又被挖出来暴晒。

这一切都被程兵等人看在眼里。

程兵走了过去，他的嗓子有些发涩："老马。"

马振坤并未认出程兵的声音，他下意识回头，以为又是哪位熟络的回头客。看见程兵，他在原地愣住了，双手无措地悬在半空，任由火灶把锅底烧得红热。

"程队，你回来啦。"

两个人各上前一步，撞在一起，来了一个久违的拥抱，接着，三大队所有人都抱在一起，每个人眼窝都是热的，在这个偏干燥的夜，唯有这一圈友谊湿润异常。

锅、菜、其他食客，马振坤什么都不管了，他热情地收拾出一张桌子，拉来椅子让程兵等人坐下，大声吩咐着服务员开酒。

李春秀悻悻地走了过来，没什么好脸色："客人还等着上菜呢，生意不做了？"

程兵自然关注到了之前李春秀对他们的不待见，不过他也没什么别的想法，甚至觉得这是自己应该承受的。他带头叫了一句："嫂子。"

李春秀一脸冷漠，勉强地应了一声。

马振坤面有难色，尴尬起身："你们先喝着，我炒几个菜马上过来。"

众人连忙站起身，送马振坤离开，每个人嘴上都是"你忙你的"。看着马振坤一边挎上围裙，一边小跑向炉灶的背影，心里都有些异样。

菜还没上，蔡彬先举起酒杯："兵哥，不管怎么着，咱们三大队今天又聚齐了。得好好喝一个……"

咣。酒杯碰撞的声音。

这一声回响极长，回头看，它穿过了三大队从成立到入狱的兴衰史，往前看，它则把时间直接快进到午夜。

跟对的人喝酒，刚开始觉得时间慢，喝了很多瓶还是前半夜。可等到众人开始交心，时间就像加了速。所有食客都离开了，夜宵摊只剩下三大队一桌。桌上残羹剩饭，桌下杯盘狼藉。大伙儿都喝多了。

马振坤让妻子和服务员先离开，自己晃着身子掏出烟分发给大家。

廖健连连摆手："都说了，戒了。"

马振坤在烟雾中眯起眼："我也是贱，你现在不蹭我烟了，倒觉着不习惯了。"

这笑话似乎令小徐非常受用，他又大口撸了两串肉串，洒在上面的香菜照吃不误。

程兵舌头都喝麻了，大着舌头说："小徐，你以前不是不吃香菜的吗？"

小徐囫囵吞咽着："蹲了四年大牢，别说香菜了，就是给我炒盘苍蝇我都咽得下去。"

这回马振坤笑得最大声，满意地拍拍小徐。其他人也跟着笑，苦涩却从笑声中逐渐蔓延。

蔡彬小声问："老马，你媳妇没事吧，刚才可没给我们好脸。"

"她就那臭脾气，你们别当回事。"马振坤毫不在乎地摆摆手，随后压低了声音，"别看她嘴上这么说我们，其实心里有杆秤。我在里面的时候，她自己在外面支摊，有一次听到客人谈论我们几个，说话不好听，她还跟人吵起来了……兵哥，你别往心里去，她其实特别认你。"

蔡彬的目光不聚焦，随意落在远处："这几年她也不容易，一直在外面等着你。不像我和兵哥家的，早各自飞了。"

程兵背过身去，大口干了瓶中的酒。

马振坤拍了拍程兵的后背，继续说："是，这几年家里全靠她，这摊子也是她支起来的，干夜摊辛苦，谁干谁知道。我欠她的……"

程兵双手下垂，头埋在桌子底下，那声音闷闷地从地底传上来。

"是我欠你们的。"

程兵再次打开一瓶酒，一仰头就下去半瓶。

"我这队长，没当好。"

"哥，"不知道什么时候开始，小徐已经变得泪眼婆娑，"从来没觉得你欠我的，更没后悔干过警察。"

剩下三人无声且默契，没有碰杯，而是将手中酒一饮而尽，表示对小徐的赞同。气氛在崩溃边缘，这一方窄窄的夜宵摊再也承受不住任何一句伤感的话。

大家都眉眼低垂，自斟自酌，马振坤已经喝得手脚不协调，他的手机掏到一半就掉在地上，捡了好几次都没捡起来。他眼神直勾勾，双手用力戳着手机，直到响起熟悉的前奏，他哧哧地笑起来，接着小声哼唱起来。

"几度风雨几度春秋，风霜雪雨搏激流……"

声部中又加入了廖健和蔡彬，两个人互相抱着脖子，命运的苦化作溢出眼眶的泪，都蹭到了对方身上。

"历尽苦难痴心不改，少年壮志不言愁……"

最终，程兵和小徐也加入进来。

他们一会儿因为刑警本性唱得慷慨激昂，一会儿又在酒精的作用下木讷跑调，直到高潮，每个人都双手握拳、撕心裂肺地把七年来承受的一切都大声嘶吼出来。

马振坤举着手机踩在凳子上，双手尽情舞动着。

　　　　金色盾牌热血铸就！
　　　　危难之处显身手！
　　　　为了母亲的微笑！
　　　　为了大地的丰收！

夜宵摊无人关注的后厨角落，李春秀根本没走，她就怕这几位前刑警酒后闹出什么事来，所以一直在这儿看着。

听到这或思潮起伏、或怅然若失、或悲喜交集的歌声，任李春秀再把命运的不公转化为对三大队其他人的怨愤，她也被彻底打动了。她狠狠咬着手背，不让自己哭出声，这位曾经的刑警家属也跟着低声哼唱。

"峥嵘岁月，何惧风流……"

阳光依旧明媚，天空湛蓝透亮，从气候来说诸事皆宜，但从气氛来说，似乎不太适合祭拜。但三大队五个人还是来到了市第二公墓。

跟其他长眠于此的烈士一样，老张的墓碑朴素至极，上面只有名字、生卒年和遗照，并无更多介绍。

三大队的兄弟们依次上前，深深鞠了三个躬之后，将水果和香烟等祭品摆放在墓前，程兵是最后一个，他把一杯泡着半杯茶叶的浓茶，轻轻放在墓碑旁边。

做完这一切，五个人都后退一步，恭敬地站在一个略显矮小的老妪身后。她的身子跟发丝一样孱弱，似乎随时都会倒下，头发却显出病态的黑。那是染发剂的效果，染得越黑，越说明原本的头发白得没法看。

此人正是老张的遗孀胡大姐。

分明无风，她却眯了眯眼睛，回头对着五个人缓缓欠了欠身："谢谢你们来看他。他最喜欢和你们待在一起，在家里根本就坐不住。"

程兵急忙上前一步扶住她，又顺势把一个信封塞到她手里。

胡大姐挣起来，程兵边递边说："师母，哥几个凑了点份子。这些年，你受累了。"

胡大姐边拦边挡："别，你们都刚出来，正是用钱的时候。"

蔡彬也站在胡大姐身边，轻轻拍着对方的后背："大姐，您就收下吧，兵哥和我们都会舒坦点。"三大队其他人也低声附和。

胡大姐哽咽着应了一声，终于把信封放进包里。

程兵拿出了自己从刘舒家"抢救"出的相框和三大队的合影，相片角落烟头戳烫的痕迹依然清晰可见。

第五章　集合　　109

"还有这个……"程兵用衣角把相框面擦了擦,郑重地递到胡大姐手中,"当年我们破获'4·17'大案荣立集体三等功时的合影。师傅一直叫我多洗一张,我后面忙,没来得及……您留下做个念想吧。"

看着那张合影,每个人都百感交集,老张领头喊"茄子"的声音似乎还清晰入耳。可眼下,有的人还能看照片,有的人却变成了一张照片,永远定格在墓碑之上。

胡大姐看着照片上笑着的老张和没心没肺的每个人,眼泪终于忍不住滑落下来。她接过照片,轻抚两下,没有什么征兆地转身便走:"我今天有点累了,先回去了。兵啊,还有你们,你们啊……你们……你们都好好的哈……"等走出三大队的视线范围,她再也支撑不住,放声痛哭。

"别看了,给胡大姐一点空间吧。"程兵号召大家转过身面向老张,每个人眼里都不胜唏嘘。

"兵哥,"蔡彬嘴上问,眼睛却还看着老张,"你后面怎么打算?"

"我……"程兵正思索着如何表达。马振坤依然快人快语,抢先一步:"我都替你想好了,我最近想开个分店,开起来归你管,我跟我老婆都说好了。"

墓碑前热闹起来,廖健拦了一步,大声说道:"兵哥的性格干餐馆不合适吧。哥,你最懂人,你把你这能耐放到保险行业,我告诉你,绝了!真的,三年有车五年有房!"

其他人也参与进来,叽叽喳喳地帮程兵规划着未来,一会儿说这边有人好安排,一会儿说那边的工作契合程兵。程兵停了一会儿——已经摆在面前的道路,最适合自己的还是杨剑涛介绍的保安队长。

可那些都不是他想要的。

程兵突然打断所有人:"不用了,我要去长沙找王二勇。"

公墓瞬间恢复了几秒的安静,接着便是更大程度的吵嚷,每个人都急切地掏出心给程兵看,发表着自己出来后的看法和感言。

"兵哥,都过去了,这事别再想了。要有这念头,就把我送你的珠子捻一捻，身心清净方为道，退步原来是向前。"

"是啊，我们现在都不是警察了。老蔡说得对，你还有慧慧，平平安安生活才最重要。"

"停！"程兵突然咆哮起来。众人均浑身一震。

程兵一直没抬头，似乎在积蓄什么能量。

"是，这事都过去六年了，我自己也对自己说，程兵，你该忘了！"

这话跟当初刘舒的劝慰一模一样。

"我也想忘，我也想有车有房，也想没事拿个佛珠捻着，喝喝茶，领悟人生真谛就是平平安安活着……"

程兵的目光扫过每一张刚刚给他建议的脸。

"但每天晚上我睡在床上，想着那个畜生还大摇大摆地在外面潇洒快活着，我就睡不着！他杀了那小姑娘，就那小姑娘，现在还躺在司法鉴定中心的冰柜里面，什么时候她才能入土为安！王二勇害了她全家，害了师父，也害了三大队……"

"我不能放过他！"

"我放不过他！"

程兵停顿了一下，似乎在尽力平复自己的情绪，众人等待他恢复，没想到却等到了一轮更大的咆哮。

"那天在派出所，死者父亲递给我一袋茶叶蛋。他说，谢谢我。我心想，你谢我什么啊？案子还没结，你谢我什么啊？"程兵边喊边捶自己的胸口，捶得涕泗横流。

"那刻我耳边响起看守所里一个死囚对我说的话，程兵，你面子上是囚犯，里子还是个警察。没错，当一天警察，老子一辈子是警察！这案子还没结啊，我放不过他，我也放不过我自己！"

突然，一直站在最远处的小徐上前一步，目光柔和而坚定："程队，我跟你去！"

他叫的是"程队"。这下轮到程兵愣在原地了。

第六章　排查

　　大概是命运对老张劳苦一生的嘉奖，纯靠分配，他生后的长眠之所位于整个公墓中间偏上的位置，不裹风，不灌雨，四周风景优美，视线极佳。台平的山峦丘陵大多怪石嶙峋，极不平整，而公墓则建在为数不多的缓坡之上。苍松翠柏，瞻云望日，母亲河绕山而过，水面波光粼粼，映出安静伫立的墓碑群，如战士的脊梁般永远不倒。

　　"敬礼！"

　　一声沉喊和整齐的并腿声先后响起，三大队其他四人和小徐相向而立着，他们从惊诧的情绪中抽离，目光越过小徐的肩膀，看向半山腰。

　　一座墓碑前站着一队警官，每个人身上的警服都一尘不染，非常统一，和这边三大队的各式衣着形成了鲜明对比。他们敬礼之后，又在指挥下整齐划一地脱帽鞠躬，接着呈一排队列走下公墓。警帽戴好后，阳光把警徽的影子投向整座公墓，老张的墓碑以及三大队众人的衣服上，都显出一个个明亮的圆斑。警察的光辉一直在他们身上，从未散去过。

　　"我当年考警校就是想当个好警察，拼了命进三大队，就想跟你办大案。程队，我没看错你……"良久，小徐幽幽开口，语气越来越激动，"你还是原来那个程兵！这事我也没过去，我也要给自己一个交代！"

　　程兵之前一直不敢直面小徐这张脸，他总是禁不住把他和七年前那个带着笔记本兴致勃勃学习法医技巧的男孩进行对比，直到这一刻，他毫不躲闪地盯着小徐的眼睛，2002年那被强行切断的羁绊正在迅速弥合。

　　不知道什么时候，廖健和马振坤已经肩缠着肩抱在一起，两个人表情动容，眉眼间似有星河流转。而蔡彬却不动声色地后退了一步，他的目光看向远方山脉的轮廓，游离在三大队众人之外。

"小徐……"程兵的语气显出一种微妙的欲拒还迎，从客观角度来说，他仍然希望这件事的牺牲者只有自己一个人，但从主观考虑，他真的渴望同伴，"你还年轻，这事你要想清楚。"

"我想清楚了。"小徐挠了挠头发，"就像我养的那些狗，虽然没人瞧得上，那又怎么样呢。"接着，他便站在程兵正侧面，跟之前每次接受检阅一样，说到底，他只承认自己是程兵的兵，"程队你带上我！这事不知道也就算了，知道了不干，我会后悔一辈子！"

"啧。"话音未落，马振坤突然咧嘴一笑，嘴角上扬出蔑视、不忿的弧度，他恶狠狠地咬着牙，似乎憋了很久，脸都红了，最后长长吐出一口恶气。随着一句大骂，马振坤彻底活了过来："撅屁股伺候人的活真是干烦了！"马振坤大幅度耸了耸肩膀，完成了彻底的脱胎换骨，"老子骨子里也是警察，不是厨子！"

说罢，他就要从兜里翻找着什么，哆哆嗦嗦，那物什几次滑到兜口边缘又落回去，终于，马振坤举起了七年前相同款式的手机。

"这是我这些年搜集的'9·21'案资料。"马振坤一边说一边飞速按动着上下键，各种关键信息就在屏幕上瀑布般流动，"出来后我答应老婆要把过去的事都给忘了，可我心里清楚那是在骗自己，我每天都在想着要把王二勇那畜生缉拿归案……"

说到最后，马振坤的语调甚至有些委屈，这些话，他不知道在心里对着锅铲、调料和蛏子说了多少遍，以为一辈子再也得不到回应。终于，他坚定地站在程兵身体的另一侧，飒爽地举臂，查看，小步对齐，放下手臂。油渍浸染的外衣和微微走形的身材也挡不住他心中那身警服熠熠生辉的光芒。

"程队，我也跟你走！"

程兵看了看马振坤，又看了看小徐，他注意到，两个人眼角都遍布与年龄不符的细密皱纹。这时，他才反应过来，因为内心的交战，他的眼角也病态地发着力。终于，他把两个人拉到身前，用力点了点头。

廖健凑到马振坤身边，又和他把胳膊缠在一起，他单手伸出两根手指朝上，接着食指和中指夹了夹。这个要烟的姿势好像凭空剪断了锢在他身上的枷锁。

"不是戒了吗？"嘴上虽然这么说，马振坤却顺从地从兜里翻出烟盒，七年前每天都会发生的一幕再次重复播放，他双手扫过全身，愣是没找到一个打火机。

廖健露出了了然的笑容。他的裤兜被撑出一个长方形，手伸进去，掏出了一个老式滚轮打火机，偏头、打轮、点火、过肺，一气呵成。他一手放打火机，一手还烟盒，嘴里叼着烟，呼出一大口，嘴轻轻咧开了，仿佛飘在云端。

廖健迅速抽了几口，烟气在他的口腔和鼻腔之间来回循环，最后，他把最后最有劲的一口留住，把烟轻轻立在了老张的墓碑上。

"刚刚我想，如果老张还活着，他会怎么选……"

活到现在，老张六十五岁了，已经退休，孩子的婚事需要操办，之前对胡大姐的亏欠也需要用余生慢慢弥补……

但是，他会怎么选呢？答案不言而喻。

"他会去，我也会去，三大队不能少了我。"马振坤死死抱住廖健的肩膀，廖健一个没注意，两个人狠狠撞了一下头，他们都捂着脑袋揉了一会儿，最后相视而笑。

"程队。"这坚定的称呼一出，廖健的后半句话不用再说，"也算我一个。"

现在，所有人都转过身面对蔡彬，不知道什么时候，他已经撤出去几步，站在了老张的墓碑范围之外。在众人期待的目光中，蔡彬眼眉低垂，不敢正视大家，他轻轻盘起了手中的佛珠，喃喃自语念叨着什么。

程兵眼里的火被稍稍浇灭了一些。

蔡彬终于张口，他的嗓音像破风箱，人生的凄风苦雨呼呼往他的嗓子眼里灌："佛法说，'我执'是一切痛苦的根源。这事我好不容易放下了，真不想再捡起来。"他打定主意，抬起头直面众人期待落空的目光，"对不起了程队，对不起了哥几个……"他忽而立正站好，嗓音雄浑地喊了一句，"三大队蔡彬！"接着音量就弱如蚊蚋，"……这次要缺席了。"

"老蔡……"

没给众人挽留的机会，"9·21"案此时就砸在蔡彬脚边，他怕自己心一软，就把执念捡了起来。他深深地朝着程兵和老张墓碑的方向鞠了一躬，直起腰时身子已经朝向公墓出口的方向。

他大踏着步朝山下走去，身影迅速被几排墓碑遮挡，生怕给自己留下一点回头的空间。

"哎，你！"马振坤撸起袖子就要追上去，却被程兵死死按住肩膀。

"程队，咱三大队不能再缺人了！"

程兵没回话，意味深长地摇了摇头。

蔡彬越走越远，成了众人眼中的一个小点，也成了众人生命中随风飘散的一粒沙。突然，他猛地一回头，紧跑了两步，跨了几级台阶，众人又能看到他的脸。小徐一下握住了程兵的胳膊，激动地晃了晃，可他发现，程兵没什么反应，三大队另外两人也是面色沉静。

果然，蔡彬没有再向上走，而是停在原地。

"程队，"他轻轻喊着，"杨剑涛现在升副局了，你们有任何行动前最好和他打个招呼。"

不知何时，他从兜里拿出一串长珠戴在脖子上，在这些物件的加持下，他给自己构出了一个足以脱离现实苦厄的梦境——或者说，他才在现实中，而想要追捕王二勇的其他人才是钻进了自己编织的梦境里。

粤汉线劈开南岭山脉的夹击，一条绿色长龙沿着穿山越桥的铁路上行，韶山型电力机车在湘粤褶皱带之间闪展腾挪，拉满电弓，铆足劲要把三大队众人送出人生的大山。

临近睡觉时间，这趟冷门线路的车次竟然难得售出了半数以上的车票。风尘仆仆的旅客们脱了袜子塞进鞋里，把鞋后跟踩下去，趿拉着穿梭在硬卧车厢狭窄的过道中，排队洗漱，牙膏的清新和人体的汗臭混出一种无法用语言形容的味道。

小徐扔掉众人吃剩的方便面盒，剔着牙晃悠悠走回铺位中间，看不出一点青涩。四个人两两分列坐在下铺，程兵和马振坤搜集的资料在狭长的铁桌上摊开，廖健拿起暖壶给程兵续了杯水，程兵抿了一口，继续和大家小声商量着接下来的计划。

两侧上铺都睡了人，其中一侧，中年大叔已经酣然入睡。他睡觉不太老实，小腿从铁质护栏之间的缝隙耷拉下来，脚尖总能碰到程兵的头，程兵根本不在乎；另一侧躺着一个女人，长相打扮都很普通，淹没在人群里根本认不出来，从上车开始她就没说过什么话。

聊着聊着，程兵忽然有种被针扎的感觉，抬头一看，恰好见到女人翻了个身裹了裹被子，这是装睡的表现。程兵可以确认，刚刚这个女人一直在盯着自己。

坐在最外面的小徐轻轻吹了声口哨，程兵心领神会，下一秒，列车员扒着栏杆过来，叫醒了上铺两人，把硬质卧铺票换成了他们上车时的红色纸质车票。他们都要在下一站下车。

实际上，从程兵他们上车开始，列车员就对这形影不离的四人多留了心眼。他不知道第几次狐疑地打量了他们一番，最后留下一句："不管干什么都小点声，别影响其他旅客，你们不睡其他人还睡呢。"列车员离开，背影收获了来自马振坤、廖健和小徐的三对大白眼。

程兵示意三个人集中注意力，刚要接着说下去，突然眼前一花，接着，窗户玻璃的反光消失，外面的景色清晰可见。

熄灯了。

这晚是下弦月，月光不亮，点点光芒映在铁道两侧的水泡里，追着给程兵照亮。看着窗外飞速掠过的影影绰绰的风景，程兵忽然有种未来不明的怅然，他把笔记本一合，手机推回给马振坤，起身说道："抽根烟去吧。"

四根烟燃尽，半夜微凉，四个人离开吱吱呀呀晃晃荡荡的灌风的车厢连接处，穿过硬座车厢来到餐车——在这儿讨论，绝对不会影响其他人。

没想到刚坐下，之前那个列车员就领着睡眼惺忪的乘警站在四个人面前。还没等乘警说话，马振坤就开口了："这位列车员小同志……"

话说了一半，廖健马上接下去，就像同一个灵魂借着两张不同的口表达："……有警惕意识是好的，但好像盯错人了。我们四个证件齐全，随便你怎么查……"

小徐接着说："有这工夫盯着我们，不如去盘问一下上铺那个女的，她肯定有事。"

多年过去，小徐已经练就了和程兵一样锐利的鹰眼。红中那句话真没错，号子练眼。

四个人好说歹说，终于劝走了列车员和乘警。程兵从兜里掏出一个护照大小的薄本掀开，那是在车站买的长沙市地图，磁底，还附赠了几个小磁标。

长沙市的行政轮廓如一匹奔腾的骏马。一息之间，《中国道路规划》《中国行政图例》《中国地理》……在里面看过的所有资料坐上一条高速通道直达程兵的脑前额叶，变出一支自动绘图的画笔，在这平面图上勾勒、填充，山川河流和道路建筑深深刻在程兵的脑海里。

他从未去过长沙，却像在长沙住了很多年。

手机屏幕提供的微弱亮光把四个人的脸映得明暗相间。程兵把其中一个磁标放在地图上人口最稠密的位置，接着娓娓道来："可靠消息，王二勇最后现身的地方就是长沙。这小子是做空调维修的，很有可能重操旧业，我从这儿入手。"

廖健和小徐纷纷点头，马振坤却说："程队，你刚入队不久我就到了，

第六章 排查　　117

一直跟着你，我记着你有点恐高吧？要不这活我来。"

"我在里面特意学了这门手艺。"程兵摇了摇头，"我现在什么都不恐。"

车辆开始明显减速，四个人都被惯性驱着晃了一下，接着脚底响起哗啦啦的变轨声——快要到站了。

廖健拿起另一个磁标，叠放在放置好的磁标之上："程队，我跟你一起，两个人也好有个照应。"

程兵把磁标拿下来，放在地图上城乡接合部的位置："老廖，你做事稳，性子也耐烦，你去几个外来人口聚集的小区当保安，怎么样？"

"行啊。"廖健一笑，顺手抓住了一只嗡嗡作响的飞虫，弹走之后蹭了蹭掌心，"只要他们不嫌我老。"

"程队，我呢？"小徐从手腕上抽下头绳，两三下就把脸前的碎发扎成一个冲天揪，也不在乎什么形象，拿起剩了个底的啤酒罐一饮而尽。本来，他是三大队酒量最差的。

程兵想了想，手里的磁标到底没落下去："你学历高，电子方面懂的比我们都多，年龄也合适。我查了这两年追逃的新闻，现在逃犯落网最多的地方是网吧——你就去这儿。"

话音刚落，车厢连接处突然传来一阵嘈杂，接着整辆列车的灯光一排排点亮。

"老实点！"

"你还往哪儿跑……"

几个拎着大包小包的旅客似乎在躲避什么东西，被从另一节车厢挤进了餐车，惊恐和不耐烦交织在他们脸上。车辆停稳，开门声和车厢板掀起的声音咔咔响起，深夜的车站基本只下不上，车上的人又少了一些，随着车站工作人员发出的长长哨音，咔咔声重复了一遍，列车晃晃悠悠再次动起来。

车速刚拉满，那个列车员又出现在四个人面前，满脸崇拜："大哥们，真厉害！那女的真有问题，还得是你们啊……"

马振坤好事地问："她查出啥毛病了？"

没等列车员回答，程兵就轻咳一声，摇着头制止了马振坤继续询问。

这要是深聊下去，众人的身份被揭开，不知道又要惹来多少麻烦。这是一场赌上人生、有去无回的游戏，在这种细枝末节上，没必要刨根问底。

"现在我们必须专注。"程兵说完，又给了列车员一个慈祥的笑容，"你就当我们是四个热心市民吧。"

列车员兴高采烈地走了，刚刚发生的事足够成为他以后酒桌上吹牛的谈资。临走前，他留下了腰间别着的手电筒，程兵他们终于不用觑着眼睛看地图了。

程兵又拾起一个磁标，如围棋高手落子天元，稳稳地放在地图正中心。"老马，"程兵给了最信任的眼神，"你继续干夜宵摊，一来这种地方人多线索多，二来我们有个据点，方便会合。"

马振坤担起了建设大本营的任务，颇有些兴奋："好好好！正好对那婆娘有个交代，就说分店开到长沙了。"

另外三个人均一愣，没想到马振坤考虑得如此周全。

"瞧你这点出息。"廖健轻笑一声，悄悄从马振坤手边摸出一根烟，摸遍全身都没找到火。他定睛一看，只见马振坤炫耀似的把打火机在指间转了几下，说："这是餐车，你有点素质！"

小徐突然把空啤酒罐放在地图旁边，马振坤和廖健心照不宣，分别放上烟盒和啃了一半的鸡爪，加上程兵放在地图边的手，整个长沙市都被包围了。

"只要王二勇还在长沙，他插翅难逃！"

程兵笑着点点头，又摇了摇头，分配好工作只是开始，这时的热血澎湃往往对结果交付起副作用，还有太多细节要交流，要核实，要定夺。等马振坤的一盒烟被分完，湘潭大地的第一抹晨光终于打透车窗，洒在众人身上。

"咱们现在没官服，更没有其他的支援和配合。"程兵示意对面的两个人坐过来，把三个兄弟搂在一起，"只能用这种最笨最苦的摸排的老法子。在一座城里找一个人，和海里捞根针差不多……"

列车呼啸着驶过湘江铁路大桥，在车速影响下，滚滚江水如一面明镜定格原地，上下天光，一碧万顷。程兵轻轻拉上了窗帘。欣赏如此美好的景色对他来说是一种奢侈，那借景抒情有感而发的喟叹，是一种无意义的负担。

"希望皇天不负有心人吧。"说完这句话，程兵长长地伸了个懒腰。

过桥之后，列车加速，四位前三大队刑警均觉得身心轻盈了起来。

细丝般的雨幕扎向这座千年古城，三月起雨水丰沛，直至十一月下旬湘江节流。历史轮回不止，这是最普通的一天。

晚高峰，高架桥上的刹车尾灯把城市推向无边的夜。一名保安站在小区岗哨内，控制着小区大门的开合。

这小区离市中心不远，因为几个钉子户，是改造规划中最晚完成拆迁的小区之一。酒店式公寓拔地而起，二十四小时的轮班监控也抵不住这里超量的人口流动，回迁户素质参差不齐，加上短租外来人口，这个小区提供了远超一个派出所能承载的海量信息。

回迁户集中在某几栋灯火通明的住宅楼内，除此之外，出租为主的楼体商住两用，在寸土寸金的中心地段生成一个隐藏深重罪恶的旋涡。

廖健身着保安服，和小区大门栏杆那头从豪车上下来的几个年轻人剑拔弩张地对峙。

"你不认识我吗？"副驾驶走下一个酒气熏天、大腹便便的男人，他岁数不大，却长着一张吃喝嫖赌样样沾的脸。

即便被摘了肩章，袖标也被换成了某某物业公司保安，廖健依然照章办事,如神荼郁垒[1]拒人千里之外:"我只认车辆通行证。"

醉酒者的同行人听罢此话,纷纷弯腰钻过栏杆,手指直戳廖健的鼻梁。

廖健正想着往前顶一步,忽而看见行人们的动向。一位他熟悉的业主刷开门禁后,几个在小区门前的大路上徘徊许久的鬼祟身影就要跟着进来。

晚饭后,廖健就盯了他们很久,从体态能看出来,大概是一群贴小广告的可怜人。可他仍不敢放松警惕,赶紧点头哈腰,手在兜里一按,栏杆随即抬起。廖健根本听不到豪车上骂骂咧咧的声音,跟着那几个黑影往小区里踱了几步。

那些人显然发现了廖健,便沿着卵石步道分了几个不同方向前进,廖健突然没来由地喊了一句:"王二勇!"

可惜,没人有出格的反应,这几只"老鼠"只是加快了行进的步伐。

廖健叹了口气,回到保安亭内,咕嘟咕嘟灌下去半杯浓茶,跟正在值班的几位同僚打了哈哈,正准备通知队长把这些夹缝中求生存的人清出小区时,别在腰间的对讲机突然发出急促的喊声:"快来!27栋遭贼了!"

廖健迅速抬眼看向27栋的方向,正是人员最复杂的那几栋出租楼之一。

"等我。"廖健撂下两个字,对讲机攥在手里,抓起保安亭内刚刚被换下的一根栅栏就冲了出去。他身形如豹,旁边几名年轻保安只看到了室内留下的一道残影。

"这位练过?"

"不能啊,这不老廖嘛,老得跟什么似的……"

城市另一侧,一条繁华的小吃街上,各类美食店面鳞次栉比,有本地特色的口味虾和嗦螺,也有不远万里从外地进来的鲍鱼和龙虾。其中,一家只卖炭火烤串和特色小炒的夜宵摊竟人头攒动,和其他摊位相比不落

---

[1] 神荼、郁垒,民间信奉的两位门神。

下风。

　　汗珠滴在锅铲背面，脚打后脑勺的马振坤只恨自己没把台平那条用了多年的毛巾带过来，他在旁边的水池细致地冲洗了一下锅铲，继续投入和特色麻料与大小蛏子的较量中。

　　长沙的夜市可比家里的热闹多了，游人摩肩接踵。大家基本放弃了塑料桌椅，甚至连餐具都不用，几根牙签，一个纸杯，边走边吃。马振坤大部分时间都记不住自己卖出了多少份夜宵，晚上回去一对账，有时收益比他想象中高很多。他不禁有点想念李春秀了，要是她在，自己不知道要省多少力⋯⋯

　　夜宵摊生意红火，马振坤也没忘了正经事。他的目光监控般扫射夜市全域，但凡有一点像王二勇的，他都会盯着人家，直到消除嫌疑，或者直到面前等待的食客提醒他灶里的火越来越小。

　　快没气了。他不好意思地弯腰道歉，示意食客们再等一会儿，接着就关火拔管，把烤得火热的煤气罐放倒，用脚踢回后厨。

　　后厨几张桌椅挤在一个狭窄的三角形空间里，这些桌椅本意是给游客歇脚用的，此刻被两桌喝酒的男游客霸占，每桌都是三四个人，一桌都二十来岁，外地游客，一桌三四十岁，都剃着平头，操着本地口音。两桌好像三两句话间不太对付，刚刚应该发生过肢体冲突，马振坤回来的时候，他们都刚刚坐下，没再说话，不过眼神里都有火。

　　没闹大，多一事不如少一事，马振坤也没上前，安静地滚出一个新煤气罐，眼角的余光却一直关注着他们。

　　两桌人都喝了不少酒，年岁稍大的那桌明显吃了瘪，一身火不知道往哪儿泄，其中坐在主位那个混混晃晃悠悠站起来，松开皮带，似要去方便，刚走出后厨，他的目光扫了一圈，色眯眯地盯上了刚刚在马振坤摊前等待食物的三个女孩。

　　其中一个女孩穿着清凉，这混混竟直接来到她背后，色胆包天地拽住女孩若隐若现的内衣带，弹了一下，接着哈哈大笑，似乎对自己的行为非常满意。

"干什么你！"女孩的两个同伴迅速把她护在身后，其中一个脾气火暴的直接上去推了一把，"众目睽睽，你还敢耍流氓？！"

那混混不敢跟男人叫嚣，还被女孩欺负，心中那病态的大男子主义驱使着他迅速推了回去："年纪轻轻的，怎么一点都不开放呢？我这叫搭讪，什么耍流氓？再说了，你们几个小妹妹穿成这样出来耍，不就是等着被男人摸嘛……"

话没说完，刚刚被欺负的那个女孩上前一步，拎起手中的奶茶直接砸在混混头上。这一砸没能让混混冷静，反而让他更加癫狂了。

"兄弟们出来！大哥让人欺负了！"

另外几个平头混混跳出后厨，每个人都拎着酒瓶子。路过的人见状马上闪开，三个女孩被几个啤酒肚包围，显得孤立无援。这几个疯子借着酒劲开抢，左右扇巴掌，女孩们花容失色，尖叫起来。

马振坤脑中一直回响着程兵的话："别惹事，千万别起眼，王二勇是老鼠，我们得比他更像老鼠。"

然而，此情此景，很难不让马振坤想起王大勇被抓那天。

马振坤脑子一热，煤气罐丢在一边，一猫腰钻进混混们的包围圈，挡在女孩们面前。他挨了好几记耳光，但没有生气，反而赔着笑脸说道："大哥，算了算了，今天免单哈，算我的……"

那个领头的混混接过递来的酒瓶就要往马振坤头上砸。

马振坤轻轻叹了口气，上前一步，肩膀轻轻一垫，精准击中了混混的麻筋，混混手一软，酒瓶掉到了地上。马振坤的动作没有丝毫停顿，闪电般快出了残影。混混眼神一花，马振坤就来到他面前，抓住他的衣领往前一送，脑门精准磕在混混鼻梁上。

混混顿时涕泗横流，捂着鼻子退出"战场"。见到从指缝里流出的血，其他几个混混哪能看得他们的大哥受此般屈辱，叫骂着冲上来，马振坤随手又放倒两个。可在他注意不到的身后，一个混混把酒瓶打碎，拿着尖头

第六章 排查　123

直冲马振坤的后腰。三米,两米,一米……

"啪!"

一块石头精准砸中了这个混混的虎口,他吃痛一声,手一软,碎瓶尖头朝下,马振坤赢得了反应时间,一下就把碎瓶子夺了过来。

他四处寻找着,想对帮忙的热心群众表示感谢,看到来者,他一下愣住了。

一脸横肉、瞪着大眼的男人扒开人群,气喘吁吁地跑到马振坤身边。

竟然是蔡彬!

两个人来不及寒暄,默契地背靠背,形成对战的姿势。这配合曾在2002年挡住过百余名群情激愤的百姓,对付几个混混绰绰有余。

三个女孩已经趁乱离开,几个小混混几次尝试要上前,都被两个人的"大将风范"震慑住,不敢再贸然进攻。

蔡彬嘴巴呈圆形,气息在口腔内回荡,形成巨大的共振:"滚!"

"你俩等着。"小混混们扶着大混混,骂骂咧咧地离开。

不少人围观看热闹,之前和混混们不对付的那桌年轻人带头,大半个夜市都响起掌声。两个人只享受了片刻久违的荣光,便呼吁人群散开,夜市再次恢复热闹繁华的景象。

蔡彬掸了掸马振坤肩头的啤酒渍,两个人就那么对视着,露出了独属于兄弟的笑容。

"你小子……"马振坤捶了一下蔡彬的胸口,"是来吃饭的吗?"

蔡彬也不掩饰:"实在是想你们了。"

马振坤接着揶揄道:"你不是说那我……我……我什么来着?"

"'我执'。"不远千里来到长沙,蔡彬给这两个字带来了超出佛法的新解释,"还是修行不够。'我执',就是我执着地放不下你们……"

起风了,雨丝呈斜线,飘向城市的另一角。这个没有招牌的门面房很破败，隐匿于一排超市、五金店和小餐馆之间，防雨棚年久失修，滴落下来的雨水在门前汇成一个小水洼。

路过的行人根本看不出它的用途，可门口变压器下伸出的数十根网线出卖了它。这是一家黑网吧。

"网管！来碗泡面！"

"网管！看看我这显示器又不行了。"

"网管！你家什么破网速啊，我这 CS 又掉线了，那边刚给我发了把狙，我在战队都快混不下去了！"

临近午夜，网吧里依然热火朝天，环境破但价格便宜，大学生、无业游民、没有住处的流浪汉……三教九流，什么人都有。

小徐穿梭在网吧桌椅之间，俨然比在警局还要忙，他仿佛生出了三头六臂，先把刚刚注满开水的泡面盒递到桌子上，手指摸了摸耳垂降温，接着就取下别在耳朵上的小螺丝刀，来到一台显示器后，熟练地拆开后盖检查起来。

"暂时修不了，你换台机子吧。"

"破网吧，真耽误事，再也不来了！"

小徐点头哈腰地给人赔礼道歉："马上，马上我就跟老板反馈。"

回到座位上没歇一会儿，此起彼伏的要求服务的声音再次响起。

"网管！我不是说加根肠吗？汤都喝没了也没看到！肠呢？"

虽然忙乱，但小徐记忆清晰，他刚刚肯定加了肠，这是遇到浑蛋了。他不想过多纠缠，喊了一句："马上给你补一根！"

这钱肯定算在他自己头上。

"网管，我网线能不能修好了?!"

总觉得忘了点事。小徐轻轻敲了一下脑袋，心里暗骂一句，赶紧跑过去，也不在乎脏不脏，四肢着地，脑袋探进机箱后面，撅着屁股检查设备情况。

过了一会儿，小徐爬起来，脸上沾了灰："网线松了，撑一下就好了。"

上网者轻哼一声,接着操作起键盘鼠标。小徐往回走了两步,还是没忍住带了一句:"这小事儿自己就能弄好,等了这么久,耽误好几局了吧。"

"哎,你这小子,我是网管你是网管啊,老板给你开工资干啥吃的?"

小徐露出抱歉的笑容,摆了摆手回到吧台,没忘了把肠递给刚刚的上网者。

小徐面前摆着一台笨重的显示器,跟其他机器没法比,鼠标点击一下,过四五秒才有反应。小徐熟练地向后伸手,从柜子上抓下一袋零食撕开,又把五块钱扔进收款箱。接着,他眯起眼睛,继续查看近一个月来上网者的身份信息。

门外突然传来踩水声,听脚步轻重和步频,绝对是两个小孩。

果然,两个刚刚高出吧台没多少的男孩钻进来,身上的雨衣都不合身,拖地沾了不少泥污。

"老板,两台包夜。"他们趾高气扬来到吧台前,说得轻车熟路。

小徐站都没站起来,整个人还扑在电脑上,斜楞一眼,问:"多大啦?"

"我十八,他十九。"

趁两个人不注意,小徐咣当一声站起来,吓了他们一跳。他的眼神跟当年审犯人一样犀利。他敲了敲吧台下面的牌子——未成年人禁止入内。

一个小男孩拽着另一个想走,另一个却不依不饶:"你那儿不是有不少身份证吗?给我俩开两台呗,天亮我俩就走。"

小徐不说话了,就那么盯着,凌厉的目光终于把两个人吓得转身就跑。盯着他们"仓皇逃窜"的背影,小徐本来想喊一句"赶紧回家",却想起了那并不遥远的学生时代。

当年小徐也跟他们一样,偷偷和同学溜出来,不玩一晚上肯定不回家,一家网吧不行就换另一家,就算被送回去也会找机会再出来。这种躁动和家境、学习成绩无关,到了青春期,电脑游戏就是男孩们的金矿。

记得有一次,他刚和同学们坐下,警察就来了,同学们都跑得飞快,他却被一个体型宽大的上网者挡住,说什么就是挤不出去,最后被抓住当了典型。

被带到派出所等家长来接时,那个民警也就跟小徐刚从警时差不多大,在他眼里,小徐不是小孩,而是同样有话可聊的朋友。他说:"我理解你,小孩儿嘛,谁不上网;希望你也理解我,警察嘛,谁不抓破坏规矩的人。"

青春期需要的就是认同感,那天小徐被说得很感动,连父母来接自己时的痛骂都没听进去。后来,他又见过那位警察一次,但警察已经不记得他了。后来考警校,很难说没有受那位民警的影响。

像当年的警察理解小徐一样,小徐最后对着两个男孩喊了一声:"注意安全!"

他看了看电脑右下角,时间差不多了,网吧的电话果真响起,小徐接起来:"喂?老板……哦,没啥大事,都挺好的……那我就关门啦?……没,没啥孩子,今天这么大雨,估计都在家待着了吧……嗯,嗯,好的好的。"

小徐放下电话,在网吧通知系统里打了一句话:关大门了,六点半再开,有要出去的现在走,后半夜不开门。

白色小弹窗依次在上网者的机子上亮起,有人骂了几句,但没人动弹。大家都习惯了,这种没有执照的黑网吧,还纵容未成年人上网,白天都不开灯,融入旁边的环境很简单,最怕的就是半夜,一条街只有一家亮灯,警方不查你查谁?因此,为了防止突击检查,关大门是最好的方法。

小徐披上雨衣来到室外,哗啦一声把卷帘门放下,留出了供一人通行的宽度,又钻回网吧内。这样,如果有人突发急病或者有火灾之类的险情,安全隐患会小一些。

回到吧台里,小徐排查完电脑上的登记信息,低头拉开抽屉,把里面几摞用皮筋箍着的身份证拿出来,挨个查看——不知道网吧老板哪来的路子,反正每个网吧都存着数以百计无人问津的身份证。未成年人上网只能借用成人身份,来上网时,网管往往会准备一叠叠烟盒纸,把身份证号抄在纸壳上递给未成年人。

小徐偏头看了看抽屉里的纸壳——好几天过去了,他一张都没用。

雨滴更大了，高层楼首当其冲，在地面几乎感受不到的微风，拍得高层的窗户啪啪作响。大多窗口都漆黑一片，几盏红色航空障碍灯孤独地闪烁着。突然，一道白光出现，在林立高楼的玻璃外墙之间完成了数道反射。

白光的源头是一盏头灯，通过边缘磨损的皮带歪歪扭扭地拴在一顶安全帽上，那安全帽也是身经百战，上面既有工地的土渍又有红砖磨出的碎末，天灵盖的位置还有一个大坑。

安全帽下是程兵咬牙切齿的脸，同样身经百战，可这活他之前从没干过。这种恶劣天气，夜间户外作业是万万不被允许的，程兵此时却被一根摇摇欲坠的安全绳绑在防护窗的铁栏杆上，正在检查这户人家的空调外机。

黄色的工作服反射着光线，它太大了，程兵像是随时都会从衣服里掉出去。他一转身，衣摆就钩在了栏杆上，他也不敢用力去拽。屋里跟程兵打配合的老师傅见状探出头，打量程兵的眼神就像在看一只渺小的飞虫。

老师傅帮程兵把衣服解下，程兵用表情道了谢，下意识地朝地面看了一眼，原本漆黑一片，程兵根本不知道有多高，头灯一打，雨丝在狂风的挟持下形成明亮的旋涡，程兵竟生出一种自己正在上升的眩晕感。

程兵赶紧收回目光，看到老师傅张了张嘴，但呼啸的气流卷走了声音和氧气，他有些喘不过气，张口大喊了一声"啊"，接着急促呼吸了几下。

老师傅也放大音量，打着手势，程兵明白了，他是在问"没事吧？"。

待风小了一点，程兵摇摇头，喊了句"可以"，艰难地从工具包中拿出螺丝刀和扳手，对着空调外机工作起来。

是个急活，没人愿意陪老师傅一起出来。这是程兵的投名状。

等程兵脱下完全被雨水打透的工作服，只穿一件背心和短裤，跟老师傅一起站在电梯间的时候，户外的雨已经玩笑般地停下了。

两个人沉默地盯着数字显示屏上的楼层数。突然，老师傅拍了拍程兵的肩膀，没头没尾地说了一句："你接我班。"

门开，两个人先后走进电梯。失重感袭来，一阵恍惚，仿佛乘坐一辆时空列车，等程兵再次清醒过来的时候，其中一人穿着的工作服，正是他之前穿过的那身。

大半年的光景随着电梯下降飞逝而过，外面已经是一片崭新的社区。程兵头上的安全帽颜色已经变成了代表高级技师的蓝色，腰间的工具也变成了记录信息的文件夹，身边不见老师傅，换成了几个毛头小子。晨光微露，换了人间，气温一下高了十度，小区绿化的灌木丛和景观树放肆地生长着。

程兵站在楼外，抬头检查着整齐的空调外机，每台上面都贴着公司的维修广告，身边的年轻安装师都比程兵高，但每个人都仰着脖，等待程兵的评价。

"干得不错，上车，打道回府。"

程兵掏出腰间的文件夹翻开，他没记录什么，而是在供职的这家空调维修公司名称上画下了"×"。

回到公司的门面房，程兵拒绝了年轻人请他吃饭的好意。换上自己的衣服后，他来到二楼，轻轻敲了敲门，走进主管的办公室。

"真不错，兵子。"主管热情地招呼程兵坐下，递来一支烟，"已经连续两个月零差评了，不愧是老师傅的接班人，干活就是麻利。"

程兵轻轻接过烟，没有抽，而是放到了老板桌上。

"主管，不好意思，下个月我不干了。"

主管刚刚叼在嘴里的烟掉到裤裆上，缓了一会儿，他做出看透一切的表情："兵子，刚给你涨完工资，实在缺钱我可以给你预支一些。"

程兵摇了摇头。

主管彻底蒙了："怎么了？干得好好的，我还准备给你带个队，以后你也不用出现场了，像我一样坐办公室就可以。"

"家里有点事，对不起。"程兵做了个抱歉的手势，说完便转身离开，剩下主管盯着程兵留下的烟，丈二和尚摸不着头脑。

程兵把一切都留下了，跟之前几次一样，唯一带走的只有印着长沙所有空调维修公司名称的那张纸，上面近四分之三都已被涂抹。

第六章 排查

程兵坐上公交，从城这头到了城那头，跨过两三个区，才找到一家新公司，毫无意外地又通过了面试。

无论穿着打扮还是肢体动作，甚至是口音，程兵完全就是一个地道的长沙人。

午饭时间，程兵回到位于商业区背面的住所，仅一街之隔，这里便显出某种破败的宁静，跟繁华的夜市完全是两个世界。程兵踩上吱呀作响的户外楼梯，穿过贴满小广告的长廊，停在一扇完全不设防的木门前。长沙和台平总有不同，这里雨水更丰沛，便也更需要日照，门窗、排风扇、栅栏之间的空隙……都比台平大了一圈，但这环境依然总能让程兵想起"9·21"案案发的31栋居民楼。

程兵拍了拍门，门向里打开，一股浓郁的气味冲出来，程兵仿佛回到了三大队办公室，但味道也有细微的不同——混合着烟味的茶叶味换成了啤酒味。

出租屋里没有家具。没开灯，也不需要阳光，厚重的窗帘把窗户挡得死死的，一面大黑板就挂在上面，正中央是王二勇通缉令上的照片。黑板最外侧用粉笔写着与2002年"9·21"案相关的资料，越往里，时间越靠后，线索也越多，字体越来越小，逐渐变得密密麻麻，等时间来到2009年，小字几乎就贴在王二勇脸上。

程兵相信，他们已经把王二勇包围了。

没有床板，所有人都打着地铺，中间围着一张最大尺寸的长沙市地图，旁边是散落一地的资料、塞满烟头的一次性纸杯和空啤酒罐。

刚刚是小徐给程兵开的门，他打了个大大的哈欠，一边抠着眼垢，一边拉开啤酒罐的铁环。他早上六七点才从网吧回来，整个人比养狗时还憔悴许多。

廖健盘腿坐在旁边，腿上放着长沙市各个小区的复印资料，看到程兵回来，他起身迎接，腰部却发出不合时宜的咔吧声，他双手撑腰，狠狠往后抻了几下，疼痛没有任何缓解。

最远端的地铺上，被子里裹着个黑影，那是还没有从夜市回过神来的马振坤。

又有人敲门，程兵过去打开，蔡彬提着几碗粉走进来，细心地拆开塑料袋，把粉依次放到众人的床头。

本来小徐还有点兴奋，等看到熟悉的包装袋，他垂头丧气地叫了一句："蔡哥，怎么又是粉？再吃真吐了。"这一刻，他不是那个驯犬专精的沧桑少年，也不是那个洞察人情的网吧管理员，他缩回自己的壳子里，变成了被其他三大队成员照顾的新入职刑警。

蔡彬笑骂了一句："想吃啥，让你马哥给你炒。"

小徐也笑了，嘴上抱怨着，手上却没闲着。他拆开饭盒，汤粉顺着筷子被大口吞进肚里。娇气这个词，七年前就和他无关了。

程兵也端起粉，考虑到下午还要上班，他拒绝了小徐递过来的啤酒。

廖健没接过外卖盒，心不在焉地摆了摆手，继续翻开手中的资料，跟程兵的资料一样，已经有大半小区被画了大大的叉。

"我又换了个小区，最近不能再换了，物业公司都串着呢，不能换得太频繁。"廖健叹了口气，几个月过去，他竟然不像卖保险时那样透出虚浮的肿，而是回到了在三大队时精干的状态。看来，大部分累不是因为过程苦心智、劳筋骨，而是因为没什么奔头。他接着说："但我找了两个兄弟帮我盯着河西那几个大个的，下个月再换过去。"

小徐也顺着话头讲起来，他的资料不印在纸面上，全放在心里："大半个长沙的网吧都蹲完了，天天查身份证，已经帮各辖区派出所抓了四名逃犯了。"程兵这才注意到，小徐的衣服和手上都散落着金粉，那是锦旗上才有的材质，不好好洗洗，半个月都掉不下来。

"王二勇估计不上网。"

程兵没回话。老实说，沮丧也在他心头蔓延，他放下手中的粉，起身轻轻把窗帘拉开一条缝，光印在他脸上，一半明亮，一半黑暗。他想起了刚刚抵达湘潭大地时，火车上的那个清晨。

难道之前的方向错了？

这阳光也唤起了马振坤，他去厕所痛快地撒了泡尿，举着牙刷出来，白沫在他嘴边横飞。他一边刷着牙，一边在被窝里掏着什么。

一捆用皮筋扎起来的钞票被丢出来，闪着油渍落在地面上，皮筋炸开，钞票四散，大多是百元大钞，毛票寥寥。

"这是上个月的。"马振坤含混不清地说着，"我就奇了怪了，人没找到，钱倒挣了不少，比在台平挣的还多，这边人我也是服了，不熬到天亮不回家。"

"说到这儿，来了这么长时间，还真没吃过马哥炒的蛏子，有点想念马哥的手艺了。"说完，小徐夸张地舔了舔嘴唇，又引来一阵哄笑。

"啊！"似乎是笑得幅度太大，蔡彬白衬衫的扣子崩掉一颗。这已经不是脱线的第一颗扣子了，现在这衬衫只能系上一半。蔡彬骂骂咧咧地把衬衫脱下甩到一边。他更胖了，安全带在他的肚皮上留下了红肿的磨痕。

"我这边出租开得越来越溜，对市区也越来越熟，但没一点消息。这都大半年了……"

房间里响起稀稀落落的应和声，每个人都在表达：程队，这样找下去，不是办法。

马振坤盯着手机看了一会儿，突然没头没脑地说了一句："你说王二勇有媳妇儿吗？"

三大队众人都有点明白了，马振坤这是想李春秀了。

廖健没好气地说了句："你要是背了几条人命，你有心思结婚啊？"

蔡彬气压很低地说："他……是不是死了？"

"只要局里没销案，就说明这人还活着，咱就得按活着弄。人不可能活在真空里，"程兵再次翻开那个自从警以来就跟着他的笔记本，跟人相比，它衰老得不明显，但边缘也发黄了，"找了这么久居然没有他一点消息，除非……"

蔡彬的眼睛亮起来："去探探暗路？"

廖健放下粉,拍了一下手:"有本地的切口吗?"

程兵重重地点了点头。

这家酒店名为"湘A",外观装修成当下时兴的快捷酒店样貌,在这个夜店和酒吧遍布、以夜生活为卖点的街区,它如一辆湘A牌照的车停在长沙市内,合理合规合群,完全不起眼。

"现在开房,两点之后才能入住。"前台是个小姑娘,化着与年龄不符的土气浓妆,她头都没抬,继续跟电脑上的蜘蛛纸牌较劲。

程兵不言语,和马振坤对视一眼。两个人都换上了灰色夹克和工装裤,那是一种掉在人群里完全看不出职业的着装,很符合这个酒店的气质。马振坤对着程兵点点头,程兵就从兜里掏出一个被手帕包着的物件,他没放在吧台上,而是直接递到了姑娘身边。

姑娘不耐烦地翻开手帕,之后马上站起身,四下打量,确认没有其他人,便关上电脑,走出吧台,轻声说了一句:"跟我来。"

三个人先后钻进电梯,大堂空无一人,只留下了桌面上放着的——

一张红中。

电梯停在顶层三楼,程兵和马振坤跟着姑娘走出去。举架很低,走廊灯擦着头皮亮起,烤得两个人很难受,姑娘却悠然自得,走着走着甚至哼起了歌。程兵低头看看,酒店的面子工程只做到电梯内,走廊的地毯上飘着一层浮灰,不知道多少年没人打扫过了,每平方米内起码有七八个烟头烫过的痕迹,似被打烂的靶子。

走廊尽头的房间没锁,房门虚掩,里面传来嘈杂的声音。姑娘轻轻敲了敲门,屋里仿佛得到了神奇的指令,瞬间悄无声息。

"我。"姑娘轻声喊了一句。冻结解除,嘈杂声恢复如常。

姑娘推开门。这是一间充斥着二十世纪八十年代气息的古早套房,与外面日新月异的特色酒店相比,似乎还在遵从某种灰色的秩序。套房的客厅被无形地划分成几个区域。四个人围在一台麻将机前，不知道有什么新玩法，每个人身前都垒放着牌堆，形似四台对射的坦克，筹码和现金就大大方方地摆在桌上，他们吵着喊着，根本没人看程兵二人；旁边的沙发上斜躺着几个人，每个人手里都握着一个特制的矿泉水瓶，瓶身被切成两半，上半部倒扣在下半部上，呈漏斗的形状，瓶子里烟气缭绕；坐在沙发最中间的那人手持遥控器，飞速换着电视台，电视是静音的，他们不看也不想听，只是追求换台时那闪光的刺激；客厅最里面有三四个人穿戴整齐，正在往行李包中装着什么，他们不像是要出远门，包里没有衣服，都是各式各样的工具。

姑娘对着大家笑了一下，算是打过招呼，接着便带着程兵二人停在卧室门口。卧室房门紧闭，这次，姑娘郑重地敲了敲门。直到里面传出一声"进来"，姑娘才松了一口气，引着程兵和马振坤走进去。

卧室里有一对子母床，形似家庭房。单人床旁坐着一个戴着黑框眼镜的男人，他双臂拄在膝盖上，双手在鼻尖合十，似乎每时每刻都在思考。

姑娘轻声叫了句："干子哥。"

男人微微点头，示意三个人跟双人床上的男人打个招呼。

姑娘又叫道："于哥。"

被称作"于哥"的男人摆了摆手，姑娘留下一句"红中哥的东西就是他送到家里的"，便识趣地离开。

程兵二人都看向老于，这个人年龄比那个老干子还要小一些，无论怎么打量，都不像是某个地下链条的掌控者，更像是坐办公室的文弱职员或是精明的江南商人。

老于张嘴，一口标准的普通话："和红中一起蹲过大牢的，他信你，我就信你。"

程兵双手合十，作了个揖，用余光瞥了瞥，那个坐在床边的老干子微微皱了皱眉，这褶皱也瞬间爬上了程兵的眉头。

老于不仅瘦，还矮，他踮起脚尖，拍了拍程兵的脸，目光又落在马振坤脸上:"这位是?"

程兵不动声色:"我堂弟,他也干过。"

老于接着问:"干了几年了?"

"五六年。"程兵露出求人办事的表情,"跑长沙大半年,干得不顺手。"

老干子突然站起来,附在老于耳边,轻声嘟囔了几句。

老于略作思忖,颇为同意地点了点头,接着就抛弃了程兵,目光和马振坤交战:"想进门,得先拿个投名状。不是不信你们,这是规矩。"

马振坤和程兵一样低眉顺眼,但气势一点不差,显出一种对门道的熟稔。他和程兵对视一眼,一齐说道:"好的,于哥,规矩我们懂。"

老于伸手,老干子早就撕下宾馆的留言本,唰唰写了一行字,递过来一张纸条。老于没接,示意老干子递给程兵。

程兵定睛一看,那是一串精确到门牌号的地址。

"这地方在岳麓,你们今晚就去做一票,测测你俩的能耐,得手多少算多少。"

马振坤往后退了一步,显得有些猝不及防,下意识看向程兵,不过,他把这种情绪直接掩饰成对程兵的服从。

老于一皱眉:"有问题吗?"

程兵没说话,接过纸条沉默地看了五秒钟,随后说道:"没问题。"

十二个小时过去,凌晨两点,纸条上的地址变成真切的建筑物,出现在三大队五个人面前。月朗星稀,只靠星光也能看清建筑物外墙挂着的空调外机,冷凝水滴答而下,这丧钟般的响声已经跟随了五个人七年。

这样的天气不适合搞事,也不适合抓人。

这是条前后都看不到尽头的乡间小路,没有路灯,一辆湘A牌照的出租车关闭所有光源,急速停靠在黑暗之中的丁字路口。

蔡彬下意识地摸了摸中控台,才发现此处已经没有了警灯开关,他开的只是一辆出租车。他苦笑着摇摇头，熄了火，车钥匙没拔下来，以备不时之需；他轻轻摇下四扇车窗，没有防爆膜阻挡，三大队众人都能清楚看见路旁那电线杆子上手写的指示标。

"就是这儿。"程兵轻声说。

此处位于岳麓区最西侧，地处长沙、宁乡和韶山三市交会处，是标准的三不管地带。被五个人视线聚焦的，是一栋带院子的老旧二层厂房。纬度差异导致了私家作坊的生产性质大不相同，但依照台平的路子，三大队众人还是能分析出厂房建筑大概的走向。

蔡彬朝后一伸手，马振坤心领神会，扔过来半盒烟。蔡彬还挺有自己的规矩，只抽出一根点燃，又把烟盒扔回去："这破地方，有什么好盗的。"

后排中间的小徐动了动，廖健和马振坤给他让了些位置。小徐有点担忧："不会是个套吧。"

马振坤扒着前排座椅往前串了串："我倒希望它是个套，比让我和程队知法犯法好。"

程兵坐在副驾驶，目光在四周逡巡，终于锁定马路对面一座荒废的烂尾楼："带好东西，探一下就清楚了。"

这辆出租车从未像今天这么给力过，蔡彬轻轻一拧钥匙，它一下就着了。三大队其他人先下车，蔡彬把车斜停在路边水渠外的半边空地上，跟附近停着的车辆没什么两样，任谁看都是一个晚班司机在此处歇脚。车头朝外，四个门外都有位置，一旦出现危险，三大队众人可以迅速上车撤离。

五个黑影停在墙边，小徐殿后，作为基座，把四位"老同志"抬上围墙，最后自己也敏捷地翻了过去。

进入烂尾楼，程兵轻车熟路地找到楼梯的位置，手电筒一打，向下的楼梯只延伸了半截，剩下的部分就插进了反光的水面之中。程兵随手捡起石头一扔，回响深沉，地下起码有三层，因连日的降雨，已经完全浸泡在水中。

程兵带头向上迈步，他打了个手势，所有人站成一列，跟着程兵的脚印亦步亦趋。他不担心兄弟们的安全，多年的默契给每个人都上了一份保险。

一般的烂尾楼都会成为某些流浪汉的庇护之所，可这里一点人类生活的痕迹都没有，看来这地方连乞丐都不愿意来，长期待在这儿的人，必有见不得人的目的。

楼下几层还偶尔能看到残破的玻璃，等来到顶层，视线通透，暂时糊住孔洞的塑料薄膜被大风吹散到地面，这里无疑是观察对面厂房的绝佳位置。厂房一层亮着灯，人影闪动，二层漆黑一片。

小徐把一架民用望远镜递到程兵手里，黑夜在程兵眼中马上缩小成一个圈，厂房仿佛近在咫尺。

望远镜里，一层跟程兵等人居住的出租屋没什么两样，没有家具，四男一女都坐在搬家用的大箱子上。四个男人在打牌，一个男人坐在主位，肢体松弛，剩下三个人紧绷地坐着，明显是陪玩。主位男人每把牌摔在桌面上一下，铁链的甩动声和忽远忽近的狗吠声就穿过马路传到对面。

这就是说，蔡彬刚刚开车的声音比男人的打牌声还小，根本没引起看门狗的注意。

一层不远处，那个女人一边抽烟一边摆弄手机，时不时跟主位男人互相抛媚眼。整个一层就这一个箱子作为桌子，上面除了打了一半的牌，就是充当赌资的钞票、烟盒和吃喝剩下的饭盒酒瓶，一片狼藉。

拖布杆、棒球棍和开山刀斜靠在墙边，是主位男人随手就能抄起来的位置。

程兵露出不解的表情，望远镜在其他四人手中传递，等又回到程兵手里，蔡彬试探着说："这几个……像在这儿看场子的。"

马振坤马上附和："没错，肯定不是正路。走私、销赃还是做毒的？"

来这种地方"拿"东西，显然是黑吃黑。

廖健站到程兵身边："程队，还进去吗？"

程兵要了根烟，刚抽了一口就掐灭，也显得有些举棋不定。最后他说：

第六章 排查　137

"来都来了。老廖,你就守在这儿,有什么动静随时报告。老规矩,9频。"

这话一下解放了小徐,他欣喜地从刚刚拿出望远镜的口袋中掏出几个民用对讲机,众人熟练地别在腰间,用上衣遮住,又把耳机藏在耳蜗里,跟之前三大队行动前的装配环节别无二致。空旷的烂尾楼里响起一阵摆弄对讲机按钮的调频声。

廖健拿着望远镜继续观察,剩下四人朝楼下走,拉开了一段距离。程兵"喂喂"两声,测试通信无误后安排起任务:"老蔡守正门,小徐处理院子里的狗,我和老马从后院摸进去。"

程兵发现耳机中总是传来粗重的呼吸声,他分不清那到底是谁的,下楼走了两步,他愕然发现,自己的呼吸也粗重起来。

小徐压低了声音,但语调中依然难掩兴奋:"程队,感觉咱们又回三大队了!"

这句话让程兵稳住了心神,他沉稳地说道:"记住,咱们不是来查案的,没特殊情况别惹麻烦。有问题,报警——动!"

四道黑影越过出租车,来到厂房围墙外,他们分工明确,遵守规则,跟流窜的逃犯完全不同。

其他三人在几步外等待,蔡彬第一个走到厂房正门,他没上手,看了两眼就发现门是从里面锁上的。他做了几个手势,得到程兵几人的回复后,便独自站在丁字路口旁。

这回轮到其他人给小徐做基座了,有了借力,他得以在翻过厂房后墙时尽量减震,不发出响声。

但还是被狗听见了。

铁链响动,一只黑狗凶猛地起身,发出了含有敌意的呜呜声。

耳机里马上传来廖健急促的提醒:"动了,他们动了,有人往窗边走了!"

小徐不紧不慢。眼前的狗跟他在狗场驯的一样,也是杂交犬种,他一眼就看出了高加索犬的血统,便把小拇指贴近下唇,吹出了一声微不可察而非常有针对性的口哨。

看门狗马上不叫了,半蹲在地上开心地张着嘴,吐出舌头,尾巴兴奋地摇晃。小徐看准机会,一个箭步冲到狗身边,捋直了铁链不让它再发出声音,同时缓慢地开始抚摸,用气声叨着什么。这只庞大的杂交犬居然卧在地上,甚至翻起了肚皮。

"狗被小徐按下了……人也回去了。"

话音刚落,廖健的望远镜里已经有了新动向。

程兵和马振坤从院墙另一头落下,两个人打着配合,互相借力,没跑几步就来到厂房外墙。他们目的明确,一楼的一切他们都不感兴趣。

宝刀未老,马振坤在前,程兵在后,两个人都顺利地爬上了毫无借力点的通风管,挡在他们和二楼黑暗秘密之间的,只有一扇紧锁的窗户。

所有人的耳机中都传出马振坤轻笑的声音,只见他从兜里摸出一根铁丝,先给窗户撬出一道缝隙,接着单手伸进去,两三下,窗户打开,锁头稳稳落在他手里。

他潇洒地把锁头往兜里揣,没想到一滑,锁头脱手,看角度,就要砸在一楼的遮雨棚上——

马振坤猛眨一下眼,预想中的巨响没有出现。程兵稳稳接住了锁头。

两个人矫健地钻进窗户。仅凭月光探查脚边,跟一楼别无二致,呈一种荒废多年的态势。程兵打开手电筒,一道光柱射向对面墙角,程兵顿时被眼前的一切惊得目瞪口呆——那笼子没比小徐狗场里的大多少,里面关着的不是狗,而是五个四五岁大的孩子!

跟楼下一样是四男一女,四个男孩站在最前面,把唯一一个女孩挡在身后。包括女孩在内,所有孩子都只穿着一条内裤,最前面的男孩面黄肌瘦,看着比老于还单薄,肋骨支出来,肚子却病态地微鼓。他的眼神中带着生涩的敌意,看到眼前是两个陌生男人,他跟程兵和马振坤一样,也愣住了。

两双大眼瞪着一双小眼,男孩的眼珠滴溜溜转了几圈。

第六章 排查　139

马振坤把手指比在嘴前："嘘……"

这男孩突然嘴角一歪，程兵心中暗叫不好。果然，男孩咧开大嘴号哭起来。这哭声迅速传染，二楼一片哭天喊地之声。

"有人上来了！都拿着开山刀！"廖健急切地呼喊。

话音刚落，那个坐在主位的男人已经冲到了二楼，明明上一秒还有光线，走上来后二楼突然一片黑暗，他眼睛一花，连忙准备往下退。

廖健的望远镜调到了最大倍数，能清晰看见男人的目光由凶神恶煞变得迷惑。廖健瞳孔猛地一缩——

马振坤的黑脸无声地、鬼魅般地出现在男人的肩头。

随着一声叫骂，男人如被炮击般弹开，失去重心，直直摔向楼梯，后面几个跟上来的男人一愣，慌忙接住自己的大哥。

"别动，警察！"

程兵的声音震得每个人的耳机都发出了嗡鸣声，后面几个男人更似遭到重击，手中的武器被七零八落地扔在地上。

大哥吃了瘪，反手握刀还要往上冲，回头一看，那女人带头，其他人早已四散而逃，从不同方向离开厂房，朝大门冲去。

"老廖！"程兵眼睛都红了，"这是个人贩子窝，报警！"

话没说完，耳机里已经传出廖健沉稳的声音："您好，我们位于香山和大石坝之间的乡道二十公里处，这里有一个拐卖儿童的人贩窝点……"廖健讲了一半就不说话了，他如欣赏一部默剧大片般，看着厂房内发生的一切。

女人带头，来不及打开锁头，把厂房大门拉出一个缝隙钻出去，接着便再也见不到踪影。跟着她的三个男人中又钻出去一个，也没了声息，就像直直冲进厂房外的水渠，连落水声都没留下。

剩下两个男人发现情况不对，马上绕到后墙准备翻墙而出，只见那只五分钟前还忠心耿耿的看门犬直冲上去，咬着他们，把他们生生拽下了围墙。

"帅！爽！"廖健在烂尾楼顶层兀自挥起拳头。他其实看不真切，不知道厂房门口的斗法有多激烈。

蔡彬一直守着大门，听到廖健的提醒，他浑身的力量都蓄积在四肢，就等不法分子出来之后将他们一举拿下。大门铁链攒动，他直接上前一步，脑海中已经构思出要采用的擒拿方式——他马上把女人压在地上，抽下鞋带从背后反绑住她的双手，她的重心四散，别说继续逃跑了，连站起来都得费很大力气。

听不到女人的声音，铁门那头久久没有动静，蔡彬掐住女人的嘴，指了指门里，女人心领神会，喊了一句："出来吧，安全！"

铁门再次响动起来，那黑影刚钻出来，蔡彬就侧向面对铁门，接着借腰转的力量，右腿平扫，激起灰尘的同时直击对方的脚踝。他的足弓和胫前如鞭子般准确抽中来者的左脚，强大的力量直接带着来者的左脚击中右脚——就是说，来者失去平衡跟蔡彬没多大关系，他几乎是自己把自己绊倒的。

蔡彬刚刚抽出另一只鞋上的鞋带，还没来得及把男人捆住，铁门又翕动起来。他发了狠，瞄准位置，支起了肘——如同豺狼的利爪和虎豹的尖齿一样，这是人类进化出的独属于自己的攻击器官。肘部发力，跟甩动拳脚一样方便，且大臂小臂形成三角支撑，力传导非常通畅。这里只有一层薄薄的皮肤，除了头部，是全身软组织和肌肉最少的地方——一言以蔽之，这地方就是用来打架的。

但在三大队接受培训时，教官明确说过，不到万不得已，对方没有起杀心，千万不要采用肘击，轻则写检查，重则进去待一段时间。

进去？待一段时间？弹指之间，蔡彬还有空嘲笑自己一下：我进去待过，那可不止一段时间……

没有丝毫犹豫，蔡彬抬起右肘，准确地打中了男人肩膀和脖颈交界的脊骨。眼看着男人如蛆一般在地上蠕动，蔡彬手握鞋带，等待下一名出逃者。然而，他面对的不是抱头鼠窜的犯人，而是一抹闪烁的寒光。

对方拿刀了。

蔡彬迅速把鞋带两端缠绕在手腕上,面对对方慌不择路的突刺,冷静地露了个破绽,挺出胸膛。对方果然上当,朝着蔡彬身体中央一记劈砍,蔡彬马上后撤,双手把鞋带抻到最长,向上高举,对方的刀轻松划断鞋带,这没什么阻挡的命中让对方措手不及,他重心不稳,晃了个趔趄。

对不起了。蔡彬在心里说。他飞起一脚,直直命中对方的要害部位,这一下蔡彬用了全力,来者痛苦地在地上翻滚起来。

三个人,三双手,三对脚,怎么才能把他们都捆住呢?蔡彬如大战得胜的将军,放肆地让自己思考起这细枝末节。突然,他只觉得肩膀吃痛,回头一看,那女人竟然站了起来,她不但不跑,而且跳到蔡彬背上,一口咬住。

这一口,就是逍遥法外和认罪伏法的区别,女人咬得非常使劲。蔡彬疼得大喊一声,只觉得一块碎肉正在脱离自己的肩膀。他猛地一抖肩,刚想反制,却看刚才被肘击的那个男人也晃晃悠悠站起来。

蔡彬心里一紧。刚刚应该再用点力的。他想。

这时候切忌心绪紊乱,敌人再多,也要挨个解决。蔡彬准备处理身后的女人,却感到身后劲风拂过,后背一轻,肩膀上的刺痛感消失了,转而变成绵长难忍的疼痛。他侧过头朝后一瞥,那女人双目无神,缓缓从身后滑落。接着,她身后露出廖健如临大敌的脸。

廖健双眉一紧,朝着蔡彬扔出手中的望远镜,两个人的配合不言自明。蔡彬猛地一低头,那望远镜径直击中男人的胫骨,刚刚爬起来的男人一声没吭,如麻袋般声音厚实地砸在地上。

"质量真不错。"蔡彬擦了擦镜头,捡起望远镜递给廖健,看着廖健同样没拴鞋带的两只旅游鞋,两个人都哈哈大笑起来。

门突然又响了。

"小心!"廖健喊了一句,把蔡彬挡在身后。那两个人明明奔后院墙去了,怎么又回来了?

廖健手持望远镜，蔡彬迅速拾起地上的刀，两个人都聚精会神，呈防御姿态。没想到，铁门里钻出来的不是人，而是那条刚刚还凶神恶煞的看门狗。看到两个人，它欢快地摇了摇尾巴，接着，小徐从门里走出，似笑非笑地看着眼前的两位兄弟。

"下面是本台驻特警大队记者从一线为您发来的报道。"

湘A酒店，顶层套房。

房间里已经没有其他人，只有老于和老干子分坐沙发两角。晨间新闻正在播放昨晚的特别行动，记者的镜头随着警车转动，进而停在那个丁字路口。警灯闪烁中，五个黑影训练有素地钻进一辆出租车，疾驰而去，因出租车没开车灯，车牌照得不真切。但那黑影中的两位，无疑是程兵和马振坤。

镜头切换，画面中先是四男一女被鞋带绑在厂房一层大厅，紧接着，在特警的护送下，五个身披毛毯的孩子上了警车。

敲门声响起，老干子识趣地关上电视，打开房门，程兵和马振坤跟着他站在老于面前。

老于没抬头，把玩着放在茶几上的土枪，转了一圈又一圈。他不带感情地问道："东西呢？"

程兵不假思索地回答："什么也没拿到。"

马振坤一抬头，正好对上老干子阴冷的目光。

老于突然暴起，一枪托就砸在程兵的脑门上："你们是警察？！"

卧室房门被踹开，十余位彪形大汉鱼贯而入，程兵和马振坤没有任何逃出生天的机会。

第六章　排查　143

第七章　阿凯

确认了，昨夜的"投名状"就是个圈套。

到底是个圈套好，还是知法犯法好？马振坤不知道该不该收回在烂尾楼上说的那句话。

来者没有熟面孔，都不是上次来到套房时见过的那些人，在普通人眼中，他们更加凶神恶煞，更像是打手。不过，两位前刑警对这种邪恶之气向来免疫，在他们眼中，所有法外狂徒都比自己低一等，他们不会怕，只觉得这些人更难对付罢了。

人数比是十比二，这次一定要取巧了，就连警校的那些王牌教官也做不到一打五。听程兵说起过，老于年纪轻轻坐到这个位置，就是因为下手黑，他收纳老干子成为军师，靠的就是把老干子原来的老大做掉，他不杀人，只折磨人，听说那老大走的时候，在长沙再无落脚地，还瞎了只眼。手下的弟兄一定跟老于一脉相承。

听到门外传来杂沓的脚步声时，马振坤就开始构思，如果谈不妥——看老于的眼神，这事大概率会发生——该以什么形式金蝉脱壳。从大门走是不可能了，想着想着，他的目光瞥向套房窗外，那里向外支出了一个放置杂物的空间，一看就是后来自制的，同样被防盗栅栏保护着。

经过训练的人，铆足劲一拳能打出三到五倍自身重量的冲击，这样的击打重复数十次，方能折断栅栏。可力的作用是相互的，栅栏受损的同时，手骨也将承受相同的伤害，手指骨骼的硬度跟不锈钢可没法比。就算手能撑住，老于手下的壮汉们也不会给两个人这样的时间。

马振坤忽然灵光一闪。横向不行，可以纵向！

这种杂物台和建筑的连接往往采用榫卯结构，几根交错的铁钉承载了绝大部分重量，顶楼承受的水汽最多，铁钉肯定发锈，两个人趁乱钻进杂物台，用力踩蹦，腿部肌肉加上自身重力，动量高于拳击，逃生的机会大了很多。唯一要考虑的，就是和杂物台一起从三层掉下去会摔成什么样。

摔骨折也比在这儿受折磨要好。

马振坤不动声色地朝窗户的方向靠了靠，可老干子接下来的动作让他的脑门上渗出细密的汗珠。老干子直接站到窗边，朝外面看了看，似乎窗外正走来一个不自量力的可怜人。他轻声叹口气，手随便指了指，两个打手就站在窗边，还拉上了窗帘。

思维的速度往往超脱时空的禁锢，刚刚双方脑海里的博弈仅发生在一秒之内。就这一秒，马振坤败了。

老干子回到床边，啪啪几下关掉了房内所有灯。灯台是对称的，靠床的两侧各有一个老式点唱机开关般的旋钮，他拧开其中一个，床头灯幽幽亮起，昏暗的光线下，程兵和马振坤看不出他的任何面部表情。此人脸上没有刀疤，只有青春期没处理好形成的痤疮坑，而就是这张总让人感觉稚气未脱的脸，带来了前所未有的压迫感。

打手们全部隐入黑暗，藏匿得特别好，马振坤几乎听不到他们的鼻息，敌暗我明的态势让他万分焦虑，他强迫自己再寻出路。

在他的估计中，程兵和老于会做如下交流。程兵说"怎么可能，我是修空调的，我堂弟是开夜宵摊的，做这事，总得搞个正经工作打掩护，这在我们老家叫'麻雀'，来长沙半年了，还没听说你们这儿叫什么"。老于会说"别骗了，就是个套，试你们的，你们还真上钩，你们刚去，警察就来了。那个窝点已经被你们打掉了，你们真不知足，还敢再来我这儿，当卧底真是不要命"。程兵接着说"对吧，我们要真是警察，还敢再来你这儿报到？昨晚我们兄弟俩也是一脸蒙，到了那儿都不知道偷什么，总不能让我们偷小孩吧？正想着呢，就听到警笛声了。你不相信我们，我们还不信你呢"。

程兵一定会和老于周旋一会儿,马振坤需要立刻想出第二条离开的途径,并在这斡旋的过程中确保路径的安全。

嗡嗡嗡……这声音是——排风扇!

这卧室有独立卫浴,老式宾馆套房的排风扇往往放置在主卧的卫生间,因为只有这一个,加上为了方便检修,扇口会设计得很大,可供维修人员通行。

马振坤盯上了靠墙放置的扶手椅,新计划如参天大树般从他脑中生长出来。他可以佯装累了,坐在椅子上歇一会儿,趁两个人沟通,偷偷把椅子朝卫生间门口移动,局势一触即发时,他迅速把扶手椅搬进卫生间,招呼程兵进来,两个人锁好门,站在椅子上卸下排风扇,等门被撞开时,他们已经钻进了排风管道……

咔嗒。卫生间的门打开了,两个黑影走出来,就站在门口。

马振坤的心彻底凉了。如此周密的安排,不像是老于一个人能想出来的。他第一次正眼看那个老干子。这不是个一般人。

老干子轻咳一声,打破了僵持的局面:"于哥问你呢,是就是,不是就不是,哑巴了?"

"曾经是。"程兵声音平静,听不出情绪,但目光如炬,任谁都能看出他眼中的自豪。这句话让马振坤大跌眼镜,程兵居然直接承认了!

可细细想来,这句话颇显语言的艺术。不管程兵怎么说,老于在心中早已预设两个人的卧底身份,这时程兵先承认警察身份,不仅不会进一步引爆对方的情绪,还会给周围的打手一定的震慑,老于再怎么有领导力,那些打手对警察下手前,也得掂量掂量。

而"曾经"两个字蕴含了更丰富的内容。首先,这是说,程兵和马振坤现在不具备缉拿犯人的权力,不是冲老于来的。其次,这句话给了话题延伸下去的无限可能性——抓人贩子不是目的,和老于周旋不是目的,从这里逃走也不是目的——抓住王二勇才是终极目标。

然而，老于接下来所言，其爆炸性更甚于程兵："我知道你们的来路。"

马振坤明显感到程兵身子微颤了一下。

老于边说边朝老干子伸出手，老干子从床头抽屉里掏出了一个屏幕半掀的笔记本电脑——是当下最新潮的商务笔记本，键盘中间有个操纵鼠标的红点。老于把笔记本电脑放在腿上，单手操作着红点。最后，他把笔记本电脑往这边一转，黑暗中屏幕的亮光刺痛了程兵和马振坤的眼睛。

泪液溢满眼眶，眨眨眼，两个人终于能看清了，那是西南地区很有名的本地信息网站上的黄页截图。截图被设置成了自动播放的形式。

第一张。

《今日凌晨，我市发生一起性质恶劣的入市盗窃抢劫奸杀案，"英雄队长"表示，五天必破！》

配图一，31栋住宅楼楼外的空调外机上有一个浅浅的脚印，按下快门时，闪光灯没抢过警灯的光，整张照片有点偏红。显然，这不是王大勇的脚印，应该是记者跟宣传口的同事商量之后，采用低楼层空调外机做了代替。

配图二，受害人母亲跪倒在角落，枯尸般张大嘴。这场面一下就唤醒了程兵，她那没有泪水的干号直冲他的耳蜗，就像七年来都没有离开过。旁边是一地老旱烟的烟头，还有两只并不匹配的脚印。程兵认出来，一只是受害人父亲的，另一只是自己的。

配图三，陈局身着白色警监制服，面前三四个话筒差点撑到他嘴里，他单手高举，似乎在宣布着什么。

第二张。

《万民请愿！放刑警抓逃犯！市局局长表示，同样优秀的警察不止一批》

配图一，是网站开启的多选投票，数据显示，超过一万人点击了该网页，其中投"'9·21'恶劣案件主犯死得其所"的，占95.6%；投"刑讯逼供应当受到应有惩罚"的，占73.3%；而投"让主办刑警先抓人，再

第七章 阿凯

服刑"的，占 30.5%。

配图二，程兵、马振坤、廖健、蔡彬和小徐在医院门口被押上警车。图下还细心标注了每个人的名字，左起分别为市局刑侦支队三大队队长程兵……

程兵自然不会忘记那天，医院来苏水的味道还萦绕在他的鼻尖。那天天气明明不错，他却总能闻到一股烧纸的味道，鼻腔里火烧火燎的，等被带回去之后，用卫生纸拧成绳伸到鼻子里一转，都是急火攻心形成的血痂。

配图三，是杨剑涛别着一胸口的徽章，和陈局一起接受采访，代表着"9·21"案的主导权转移到他手中。

第三张。

《本年第三次，烈士魂归故土，细雨蒙蒙，群众夹道送别》

配图是本市第二公墓的鸟瞰图，下面附了长长的烈士名单，其中就有老张的名字，个人事迹中写了一条"在'9·21'案的侦破过程中做出突出贡献"。看到这儿，程兵欣慰地笑了。

最后一张。

《宣判！"9·26"刑讯逼供案主犯分别获刑八年、六年、五年》

看到一半，程兵就把笔记本合上，不忍再看下去。审判现场那威严的国徽从程兵的噩梦中钻到眼前，他跟七年来每次夜半惊醒时一样，汗意浸透全身。

马振坤也受不了了，他的鼻翼夸张地翕动着，如一头愤怒的公牛。他不在乎形势有多剑拔弩张了，自顾自点起一支烟，夸张地吸了一大口，心神终于稳定。

老于把笔记本电脑递给老干子，饶有意味地盯着程兵，等待他的下文。

马振坤把烟头一扔，火星四溅，崩到了老于腿上。老于没在意，轻轻拍了拍，还是在等程兵说话。马振坤又点起一支烟，烟头朝上叼在嘴里，不忿地说："知道我们的来路，那你还试我们。"

老于轻轻一摆手，老干子使了个眼色，接着窗帘拉开，屋里灯光再度亮起，一切恢复如常，那些打手全部离开了。马振坤松了口气，但程兵依然浑身紧绷。

"我们是盗亦有道，最恨那些刨绝户坟的。正好测测你们的用心。"全程老于都没看过马振坤一眼，他和程兵脸贴着脸站立，充斥烟酒味的气息直喷程兵。他对昨晚到底发生了什么不感兴趣，对程兵到底要干什么也不感兴趣，这一切只是他和程兵交流的由头，他真正感兴趣的，是程兵这个人。

"你俩肯定不是想入伙，也不是冲我们来的。"老于一句话，准确地给程兵和马振坤定了性，"说吧，到底想干什么？"

"我们……"程兵把手伸进内怀，掏出了王二勇的照片。这有点可笑，活到现在，半辈子了，和程兵"心贴心"的，不是家里的刘舒和慧慧，也不是工作上三大队的兄弟们，而是一个本该毫无交集的凶恶罪犯。他毕恭毕敬地双手递过照片："在找一个人。"

老于看了老干子一眼，老干子指了指笔记本电脑的屏幕，程兵点了点头说："他叫王二勇，是我们那个案子的主犯。"说到这儿，程兵咬牙切齿，他自知肯定做不到放下，但也应该心如止水，奔向目标，没想到，一跟外人提起这个名字，内心还是掀起波澜，"到现在还没有归案。我们在长沙找了大半年还是没消息，只能跑你这儿来碰碰运气。"

"我们这边肯定没这人。"没等程兵说完，老于就给出回答，显然熟悉自己庞大链条上的每个细节。"老干子，"他又叫了一声，老干子服从地站到他身边，"一会儿把照片拿去印几张，问问各道上的兄弟有没有消息。"

"好的，哥。"老干子微微朝老于欠了欠身，接着挺直腰板，接过程兵手中的照片。

程兵由衷地说了句"谢谢"，但紧锁的眉头依然没有舒展开，他给马振坤递了个眼神，对方心领神会，知道不能把所有宝都押在暗路上，他们必须再想出一条自己能掌控的寻找王二勇的通路。

老于拍拍床，示意程兵和马振坤坐下。程兵本来打算离开，但还是听了话，他有点迷惑，不知道老于还要干什么。

老于递了支烟给程兵，又死死盯着马振坤看，直到把马振坤盯得无所适从，避开目光，他才哈哈一笑，也扔了支烟过去，表示认可。

老于说话总没有前半句："一是冲红中，那是我过命的兄弟。"他盯着天花板，眼神一下清澈了不少，仿佛回到无忧无虑的过去。虽然走的是一条完全相反的黑道，但他和红中的感情，丝毫不亚于程兵和马振坤。

不过，程兵在想另外的事：红中是个死刑犯，老于和红中过命，那只能说明老于身上的事儿也不小，足够吃枪子了。

老于接着说下去，分别拍了拍程兵和马振坤的肩膀："二是冲你们这股劲，我钦佩。"

犯人帮前刑警抓犯人，还非常认可。

这世界果然不止有一和零，正和反，白和黑。

老于还是不放两个人走，他的话匣子打开了就关不上，说出的问题个个直插程兵的内心。

"那个王大勇是他哥吧？当初怎么就给人打死了呢？"

"找到王二勇之后能干啥？铐起来？你们也没那权力了啊。论功行赏官复原职？这么多年也够呛了吧。"

"我还没在里面蹲过这么长时间呢，出来之后还适应不？哈哈，警察被小偷问蹲号子什么感觉，不太开心吧？别当回事，我这人嘴上没把门的。"

"求小偷办事心里不太好受吧？"

"你们能来找我，肯定知道我是干什么的，不想抓我吗？"

每个问题程兵都无法回答。这些问题一直萦绕在程兵和马振坤心头，两个人都有点魂不守舍。回到出租屋后，马振坤并没完成逻辑自洽，他早就不是警察了，但心里的那种正义感并未消磨殆尽。他找王二勇，是个人行为吗？是要迈过他自己心里的坎吗，还是为了所谓的正义感，抑或是为了帮助程兵——这个他早就认定一生的好大哥？马振坤想不明白。

而程兵只能更加纯粹地扎进案情里，才能逃避掉这些灵魂拷问带来的内耗。等他钻出那迷雾重重的水面，抬头换气，拉开窗帘一看，发现已经日薄西山。

简陋的房间里，大家都显得无所适从。午饭终于不是粉了，可谁都没翻动几口，残羹剩饭也没人收拾，就摆在地面上，人来人往，总有人不小心给踹倒，汤汁洒了一地，味道更加难闻。

早过了该备菜的时间，马振坤坐在旁边一根根抽着烟，本该前往工作岗位的小徐和廖健都焦虑地来回踱步，而蔡彬也一整天没出车了，他盘腿坐在原地，面朝空空如也的墙壁，偶尔嘴巴努动，似乎在和什么人对谈。

所有人都不知道该不该回到那古老、原始且低效的摸排工作当中。大家心里都很矛盾，想听到老于那边的来信，这意味着他们的修行时间将缩短一大截；又不想听到老于那边的来信，一旦有了王二勇的消息，就证明他们之前所做的摸排都是无用功，早找暗路，早就解决了，何苦在长沙蹲守大半年？

嗡嗡的振动声响起，又是马振坤的手机。这一下午，从铃声变成振动，还在响，马振坤看了一眼，还是给挂了。

小徐火冒三丈地说："要不你就接，要不你就给调成静音！"

马振坤马上回骂："我这手机就没有静音功能！"

程兵摆摆手，马振坤得到示意，拿起手机走出出租屋。

小徐急火火地坐在程兵面前，没带称呼，表面上是跟大家讨论，实际上是在询问程兵："咱们就这么干等着？"

廖健看出了小徐的心思，直白地问道："程队，要是那边一直没消息怎么办？"

程兵的回答斩钉截铁，他早就想好了："……那就回到原点，再来一遍。"

马振坤轻手轻脚地走回来，和以往大大咧咧风风火火的样子完全不同。

"哎，马哥，你关门啊，是不是因为刚才我态度不好你不给我好脸？我跟你道歉还不行嘛。"小徐把马振坤身后的门带上，嬉皮笑脸地站在马振坤面前,想打两句哈哈,看见马振坤的脸色时却愣住了。

明明昨晚睡了个踏实觉,马振坤的眼圈却比灌满烟水的一次性纸杯还要黑,刚刚还没这样。他的头发一看就被掐揉过,根根直立,纷乱得就像伸出的无数双手,要把他丢掉的魂奋力拽回来。

廖健也关注到了马振坤:"你怎么了?有事?"

"我……"感受到众人的目光,马振坤烦躁地晃着脖子,坐也不是站也不是,拿起烟盒又扔掉,又捡起,抽出一根烟叼在嘴里,廖健拨开打火机递过来,他却一偏头躲掉了。

终于,他把烟蒂一吐,下定决心要说些什么,程兵的电话却突兀地响起。看到来电显示,程兵霍一下站起身,其他人的目光也随之紧盯着手机。

"喂?"程兵做出了一个反常的动作,一手拿着手机举在耳边,一手按在心口,从上到下顺着抚了抚。

"哦……"电话那头说了几句什么,程兵顿时眼光黯淡。

"喊。"不知道是谁发出的声音,众人四散而开,双手都沮丧地甩动着。

"哦?"程兵声音提起来,其他人又颇为滑稽地围到他身边,只见程兵用力点了点头,"好!好……明白!"

程兵轻轻地把电话放在兜里,他的手在抖。

迎着众人期待的目光,他深深呼出一口浊气,嗓音沙哑:"有王二勇消息了。马上出发。"

每个城市里都会有这种建筑,看外观根本判断不出用途——商场?酒店?KTV?洗浴中心?——装修得金碧辉煌,以巨大的立柱和金铜色的外墙为标志,招牌上只有个名字,大多跟虎豹之类的动物有关,保安都高,穿着类似西方校服的制服,一刻不停地指挥着,门口的停车位从来没空余。

蔡彬的出租车刚拐到这条街上,就看到了闪亮万分的霓虹灯。车停在远处，几个人藏在灯下的阴影里，避开门口保安的视线，等待老干子接应。

马振坤给众人散烟，这会儿显得有点沉默。

就像刚到三大队出警时一样，小徐又滔滔不绝地分析起来："上学那会儿，看到这种门面，我下意识就觉得肯定跟洗钱之类的灰色产业有关，到咱队里一看，嘿，还真八九不离十，小时候没错怪它们。"见没人接话，他又说下去，"那句老话说得真对，最危险的地方就是最安全的地方，这是钻了惯性思维的空子，大家都觉得，这么大的招牌，里面肯定非常干净，估计本地警方也很少来这里……"

"这你可说错了。"老干子的脸从黑暗中浮现，被霓虹灯映得红紫相间，他熟络地跟保安打了个招呼，接着说，"这地方能开到现在，只有一个原因——上面有人。"

小徐讪笑一声，不再说话，老干子打量着三大队众人，似乎在查人数。"别都上去了，这么多大老爷们，凶神恶煞的，再把姑娘吓着。"他点了点程兵和马振坤，"就上午这两兄弟一起过去吧。"

"我跟他交代几句。"程兵说完，拽着马振坤来到更深处的阴影中。

"老马，"程兵盯着马振坤兜里的方形凸起，那里装着他的手机，"刚才出发前，你要跟我说什么？"

马振坤魂不守舍，心不在焉，程兵又叫了几声，他才如梦方醒，回答道："啊！没事，没事，程队，要交代什么？咱什么时候上去？"

程兵摇摇头，把马振坤拉回队伍里："老蔡脾气好，他跟我上去吧，你们就在这儿等。老蔡，你把车钥匙留给老廖，以防万一。"

程兵和蔡彬跟着老干子走进大堂，这时节的长沙太潮了，还闷热，洗浴中心内外的体感湿度竟然没什么差别。程兵以为老干子会带他们直冲办公室，或者从暗门之类的地方进入，没想到老干子对点头哈腰的服务人员非常受用，像普通游客一样开了三个手牌，拿着手帕，换鞋的时候还不忘嘱咐一句："给我这皮鞋好好擦擦。"

到了更衣室，程兵还是以为老干子有什么其他的门路，老干子却示意程兵和蔡彬跟他一起换衣服,三个大男人就这么赤裸相见。

蔡彬站在程兵身边,彻底摸不着头脑,开玩笑似的说了一句:"拍电影呢?黑帮谈判,必须在池子里,防止身上带武器。"

三个人分别进入半开放的淋浴隔间,莲蓬头打开,水柱打在程兵头上,洒满全身。难道是套里又带了一个套?上午老干那些话只是缓兵之计?今晚的行动是完全拿他们几个当消遣?问号挤了程兵一脑袋,他的注意力都放在老干子身上,可水汽氤氲,阻隔了他的视线,程兵太专注了,连莲蓬头喷出的是凉水都没有发现。终于,他听到一声呼喊:"哎!给我排个搓澡!"

程兵一个箭步蹿出去,正想对老干子发难,没想到老干子先他一步按住了他的肩膀,接着双手向下按,那是少安毋躁的手势。

"别急——"老干子的尾音拉得长长的,故意要让程兵平静下来,"我跟你交个实底,听完你就明白——这儿认识我的不止一个人,盯着我们的眼睛也不止一双,这些人干别的不行,好事第一名,见到我带新人来,肯定要问。你也不想被人知道自己是前刑警,被我这种人带过来是为了查七年前的案子吧。"

这句话比刚刚的凉水还冷,醍醐灌顶,彻底让程兵冷静下来。他这才发现,淋浴间的、泡温泉的、桑拿房内的、等待助浴的……确实有来自四面八方的目光射过来。

老干子指了指刚从淋浴间出来的蔡彬:"跟兄弟好好说说,来都来了,好好放松一下,事儿是得办,不耽误洗澡。"

交谈之间,三个人浸入温泉池。手帕搭在肩膀上,程兵让自己的身体随水流上浮,一时有点恍惚,好像有另一个他飘在棚顶俯瞰着自己。出狱后,他如一位苦行僧一样生活,简单的泡澡对他而言都是莫大的享受。

身旁的蔡彬开口:"早知道这样,给他们几个也叫进来好好洗洗,天天风餐露宿的,都臭了。"

老干子顺着话头打起哈哈:"到这儿了都,我能让你们花钱?不让他们来,那不是因为多一个人多一份浴资嘛!"

蔡彬跟着笑起来,老干子看向不动声色的程兵,凑过来小声说:"对吧,程队?"

程兵没接话茬,低头看到了老干子纵贯胸口的刀疤:"我听说过,你跟原来的大哥闹掰了,老于给你接了过来。这一刀是大哥砍的?"

老干子讳莫如深地摇摇头:"这是老于砍的。"

程兵眉头一紧。

老干子却一副无所谓的样子,把整个身体都浸泡在水中,就露出一个头:"人这东西,活一辈子,好的坏的,近的远的,谁说得准呢,是吧程队?你当了这么多年警察,看得比我明白——我就喜欢当二把手,有钱有势,真进去了吃枪子的活儿也轮不到我,谁是我的一把手,我其实无所谓。"

这话引起了程兵的深思。老干子之前说的没错,但程兵心里还是急,一想到自己在这儿享受,兄弟们在外面吹冷风,他更过意不去,又张不开嘴催老干子,只好带着蔡彬一起跟老干子搓了澡。老干子像在故意吊程兵胃口,在每个功效不同的桑拿房里都蒸了一会儿,才回到更衣室。

"我就穿我那套,给他俩拿一次性的,都是贵客,体贴点。"

服务人员点头哈腰,拿来三套浴服,三个人换装完毕,坐着电梯上了顶楼。终于要来了。程兵心想。

一出电梯,幽长的走廊里飘着摄人心魄的香氛味道,每隔几米就亮起一盏小粉灯,暧昧迷离的光线下,这层的功能昭然若揭。临近深夜,客人还不少,大部分房门都紧闭着,里面亮着微光,透过磨砂玻璃,能看到每间房内都起码有两个人。朝前走了几步,走廊支出一个拐角,那是休息室,无数身着轻薄制服的女孩靠坐在墙角,不知道等待着什么。

程兵无意中和其中一个女孩对视,那女孩马上站起身,媚眼如丝地走过来,柔若无骨地靠在程兵的肩膀上:"大哥,给你做个按摩呀?在这儿做得舒服,还可以回家接着给你做。"

老干子皱了皱眉,轻轻推了推女孩,摇摇头:"你不知道我啊?"

女孩没走，仿佛自己没有重心，整个人都贴在程兵身上，手上还似有似无地做着撩拨的动作："就是因为知道干子哥我才过来的呀，干子哥带来的人，肯定是大官大财。"

好说歹说，老干子才把女孩劝走，看着她飘然而去，程兵不禁想到在三大队时处理的一起案子。组织卖淫案，提供场地的、看场子的、提供服务的，男男女女，加起来小二十人，平均年龄二十五岁，犯罪链条顶端站着的掌控者，竟然是个十四岁的少女。审讯时，这名主犯很配合，问什么答什么。换上蓝色马甲，剪短头发，洗掉脸上的浓妆，她跟在学校琅琅读书的女孩没什么区别，深入了解后才知道，她家里极穷，不想上学，出来打工补贴家用，遇到个男孩，以为是真爱，结果不仅被骗，还被卖到了窝点里……这生活都把人逼成什么样了。

"这儿按摩的一个姑娘……"老干子把两个人引向最里侧的包间，接着双手在耳朵尖竖起来，程兵看懂了，那是王大勇王二勇两兄弟共有的面部特征，"说像她接待过的一个熟客。"

他边说边推开一个包间的门，门里灯光更加幽暗诱人，那香气浓重到有点惹人反感，屋里布置得还很豪华，一张宽大的单人沙发，一张床笠包裹着的带弹性的双人床，床头柜整理得干干净净，上面整齐地摆着一套套按摩工具和采耳工具，中间的香氛盒带着北欧风格。整体看上去，跟路边那种亮着小粉灯的快餐式的洗头房没有本质区别，透着另一种感觉的奢靡。

一个身材高挑、化着淡妆的女孩就坐在单人沙发上，气质跟房间的风格有些格格不入，反而更显得清秀。

老干子大剌剌坐在床上，还兴致盎然地弹了两下，就像回到家里一样，他示意程兵二人也坐，他们却站在了最远端，离老干子和女孩都有一段距离。来这种地方抓嫖客，程兵和蔡彬都经历过，伪装成客人听失足少女讲故事，两个人都是第一次。

女孩一笑，起身把门关上。老干子递给女孩一支烟，她恭敬地接过来。程兵一看，那是一支细杆女士烟，老干子平时不抽，这是特意买的。

不知道这个形容合不合适，程兵心想，成大事者必须拘小节。

女孩点上烟，颇为享受，做了个来者不拒，问什么答什么的表情。

老干子一摆手，招呼程兵上前，给双方介绍："小莫，这是我朋友，有什么说什么。"

"没问题。"小莫眼神亮晶晶地朝程兵叫了一句，"哥。"

程兵看向老干子，老干子点头示意——前期铺垫自己已经做好，程兵就放心地拿出王二勇的照片递给小莫："你确定是这个人吗？"

"是我的一个熟客，做空调维修的……"听到这儿，程兵和蔡彬的心都狂跳起来，两个人恨不得给小莫的声带按个快进，让她一股脑把信息都抖出来。不过，小莫后面的话让两个人恢复冷静："但不叫王二勇，叫阿凯。"

蔡彬马上上前一步，追问道："他有什么特征？"

此话一出，老干子和程兵都皱了皱眉头。正常的浴客根本不会这么说话，最多说一句"他长什么样子"，"特征"这种词太暴露身份了。

不过小莫好像不太在乎，她的总结能力很好，寥寥几句说出的特征都是程兵最想听到的："他不是本地人，说话有点四川那边的口音，脾气也不太好，几乎每天都在骂人，三两句话说不对付就朝我动手。啊对了，他喜欢看电视，就看社会新闻和法制节目……"

小莫的话如一把螺丝刀，把程兵掌握的王二勇相关资料和这个阿凯严丝合缝地拧在一起。追了王二勇大半年，这是第一次看到他露出狐狸尾巴。

别急，别急，眼前的小莫又不会跑。程兵强迫自己镇定下来，把该问的都问完："你最近见过他吗？"

小莫摇了摇头，把烟精致地斜放在垫了一层湿巾的烟灰缸里："好久没见了。有一年多了……"

蔡彬心里一沉，和程兵对视了一眼，两个人都在管理彼此的心理预期。王二勇相当狡猾，轻易不和陌生人接触，有性欲却必须发泄，他突然放弃一个长时间陪伴的、交好的性伴侣，大概率就是不在本地了。

见到棺材才能掉眼泪。程兵接着问："知道他住哪儿吗？"

"知道。"小莫点了点头,手朝着一个方向伸了伸,"他在南郊那边租了个房子,我去过几次。"

"你能带我们去一趟吗?"程兵直接起身,他没看小莫,而是看向老干子,"现在。"

"稍等,我穿件衣服。"小莫轻笑一声,"这个点出钟,要加钱的。"

如群狼环伺猎物,夜半时分,几道黑影分批次集中于南郊一个老旧小区。

程兵和小莫乘坐蔡彬的出租车,佯装一对晚归的情侣;马振坤、廖健和老干子打了另一辆车,跟着蔡彬的车无声地进入。小徐从小区另一个门包抄,步行逼近目标地点。

"程队,我刚刚查了一下,这个小区不简单。"跟昨晚一样,每个人都挂着耳机,小徐的声音夹着杂音传出来,"名叫阳光小区,其实里面一点也不阳光!这两年来,在这儿落网的逃犯不下五个。"

小徐的潜台词依然在管理众人的预期。王二勇如此关注社会法制新闻,不可能不知道自己所居住小区的"危险系数"呈指数级上升,可能早就溜之大吉了。生活不是小说,没有那么多悬念和伏笔,一就是一,二就是二。即便心里知道希望不大,程兵还是按照王二勇仍在此藏匿的情况指挥工作。

万一呢。

小区里没什么车辆来往了,蔡彬的出租车横停在唯一能出入的主干道上,所有人都下了车,跟着小莫一起围在一栋居民楼周围。

小莫一指二楼一扇漆黑的窗户:"就是那屋。"

程兵迅速观察起周围的环境。楼道一梯两户,属于这间屋子的有三扇窗户,两扇跟单元门同一朝向,都没安装防盗栅栏,另一扇是洗手间的气窗,虽朝向另一头,但非常小,人无法通过。

程兵条理清晰地发出指令:"二楼,小徐守窗下,防止他跳窗。老廖去查一下房屋中介，搞清楚这个房子目前的租住人情况。老马、老蔡跟我上去，一旦确认是王二勇，先拿下，再报警——动！"

"好！"

程兵带队走进单元门，迈上步梯。楼道里很空旷，常见的鞋柜、自行车和暂存杂物的箱子都看不到，声控灯上的灯泡也都被拧下来了，只剩下张牙舞爪的电线。看来，不止二楼这一户，整个楼层的入住率都不高。

二楼这户拥有一扇非常老旧的防盗门，铁皮还不如木门厚，轻轻一敲，感觉里面是空心的。即便再隐藏脚步声，这么多人肯定还是会发出声音，加上敲门声，如果住了人，怎么着也该有反应，可里面死寂一片。

蔡彬耳朵贴在门上听了听，没听到空调或冰箱压缩机运作的声音。他又找到这一户的电表箱，上面积了一层浮灰，很久没被人打开过了，他盯着电表上的尾数看了一会儿，数字一下都没动——屋里没有运作的电器。

蔡彬小声说："应该没人。"

马振坤轻轻拍了拍程兵，示意他过来看自己的发现。在门一旁，马振坤抠掉了新贴上的开锁换锁小广告，露出一个小小的标记，看痕迹，起码刻了半年。

老干子上前一步，说道："这是本地惯偷的标记，意思是，这家长期没人在，可以闯空门。"

"等中介消息吧。"

程兵话音刚落，老干子就上前一步，手里拿着一个薄薄的塑料垫片。"要不要先进去看看？"老干子坏笑着说，"别看这防盗门老，门锁材质硬度高，不怕砸也不怕撬，只有锁芯是制式的，只需要用个薄薄的东西……"

程兵打断了他："用薄东西动一下斜舌和锁芯就行了。"

老干子愣了一下，接着讪笑："程队懂行啊。"

"在里面学的。"程兵示意老干子可以动作。三下五除二，房门应声打开，扑鼻的灰尘呛得所有人直咳嗽，接着，一股潮湿发霉的味道涌入整个楼道。

第七章 阿凯

单人间，一个客厅，一个小卧室，一个卫生间。可笑的是，这屋子的户型竟然和程兵他们租住的屋子如此相似。一张折叠的简易餐桌落满灰尘，一把塑料椅子，老旧的电视柜上有一台旧电视机，透着同样的简陋和对生活质量的不在乎。

这地方不可能还住着人，没有半年内有人生活过的痕迹。程兵做了个手势，众人四散而开，分别查找有用线索。

程兵问小莫："你上次来是不是这样？"

小莫长期在湿热的环境下工作，大半夜出来，裹了件薄外套，还是有点发抖："差不多。就觉得他住得挺差的，不像要踏实过日子的，一切都很凑合。"

马振坤一个箭步走到电视柜前，直接把抽屉拉出来放到地上，先查看里面的空隙，没发现什么有价值的线索，之后才仔细检查抽屉。抽屉里都是些简单的生活用具，透明胶、指甲钳、各种型号的电池。

"我估计这个房子里一个有用的指纹都提取不到。"马振坤指了指抽屉最下面垫的一叠叠报纸，"这孙子太小心了，我怀疑他每次剪指甲，都把指甲崩在这抽屉里，然后用报纸一卷，直接扔掉。"

蔡彬走进卧室，卧室里空得好像被 X 光机照射过，只剩下骨骼般的床架子和衣柜架子，他上下打量了一番就出来了。

蔡彬出来后，看见程兵趴在客厅窗台，望着窗外，不知道在看什么，便凑了过去。程兵拉过蔡彬，朝外面一指，昏黄的路灯走向明确，显出小区出口的方向："发现没有，这个位置能同时看到小区的三个进出口。"

像刚刚那样进入小区，程兵觉得已经很小心了，但对于这间屋子的视野来说，那跟光天化日大摇大摆进来没什么区别，就算王二勇还住在屋里，他肯定也早就有所察觉。

蔡彬把指节捏得咔咔作响："这畜生应该是早就搬走了，又晚了一步。"

程兵走进洗手间，里面潮湿的霉味更重，肮脏不堪的洗漱台堆了很多还没拆封的一次性牙具，墙上挂了一面沾满牙膏渍的梳妆镜。程兵没发现什么有价值的线索。

小莫则回忆起了什么:"每次上厕所,他都会玩他那个掌上游戏机,最老土的那种,俄罗斯方块,傻得很。"

这是个挺重要的信息,程兵马上记在自己的笔记本上。

"嗯?"刚准备转身离开,程兵眼睛一瞟,发现了一处不合理的痕迹。他转身走回洗漱台,靠墙的地方有一道奇怪的划痕,不像是长期应力产生的,这痕迹直连到镜子边缘,他顺着划痕将镜子移开——

水泥墙上赫然出现一张刀刻的人脸,眼眶里没有眼珠,其状可怖。

挑衅?程兵轻笑着摇摇头。又有了一个必须抓住王二勇的理由。

程兵走回客厅时,廖健刚好跑进来:"找到这儿的房屋中介了!说上一任租客叫王凯,一年半前就退租了,说是回了老家四川德阳。这边的房子一直不好租,所以这屋子一直空着。"

"王凯,阿凯……"蔡彬喃喃自语,"看来这畜生改头换面了。"

"德阳,"程兵迅速回忆起地图上的方位,脑中一下出现了几条通往四川的公路铁路路线,"难怪我们在长沙找不到他。老蔡,马上订票!"

"咱们明天就动身去德阳。"

回到出租屋,众人收拾行李,打扫房间,跟长沙做最后的告别。

窗帘上挂着的黑板已经撤了,这东西带不走,小徐用数码相机拍了多张照片,仔细检查过照片上的每个字都能看清楚之后,程兵亲自把黑板擦得非常干净,不留下什么痕迹,以免引起不必要的询问和怀疑。说要像王二勇一样,老鼠般生活在城市里,这"反侦查能力"是越练越好了。

窗帘被拉开。住了大半年,程兵还是第一次看到出租屋外的夜景,这儿的人睡觉就是比老家晚,都这个时间了,对面的老式居民楼依然灯火通明,窗户大多没拉窗帘。

有的窗口里一家人其乐融融地看着电视,母亲端过来一盆水果,递给孩子一个，递给父亲一个，最后自己才拿起来一个。

这场景让程兵忍不住想到刘舒和慧慧。他才发现，自从来了长沙，他根本没联系过这对母女。慧慧应该已经上大学了，不知道她考到了哪儿，现在离自己多远……程兵一阵心悸，看向下一个窗口。

这里显得更加混乱一些，是群年轻人，屋里改建成了家庭KTV，一个简陋的自制灯球反射着屏幕MV上的光线，整个屋子像个花园，姹紫嫣红。

程兵忍不住对这个窗口重点关注起来，看了一会儿，他发现这应该是附近大学的同班同学。他们玩得非常"干净"，桌上连烟酒都没有，只有零食和饮料，更别说想象中的K粉或摇头丸之类的毒品。

下一个窗口是个小书房，一个年轻白领看着电脑屏幕，房间被她收拾得井井有条，一个风格独特的杯子就放在手边，程兵似乎能看见里面的咖啡冒出的热气。看到动情之处，那女孩掉了两滴泪。

这就是老百姓的日常生活，安宁，祥和，美好，没给黑暗和罪恶留下任何可钻的空子。但这样的生活已经和他无关了。

那么，等真的抓到王二勇，他应该干点什么呢？回到刘舒和慧慧身边吗？说心里话，他真的想，但是她们还会接受自己吗？就算接受了，自己还配吗？这些提问打了程兵一个措手不及，他急忙点燃一支烟，用力吸了两口，强迫自己转换思维。

烟头在窗口明灭，程兵直接把烟灰弹到窗户下挂着的空调外机上。这空调外机上尽是烟头和厚灰，没有脚印，冷凝水的声音一如七年前，滴答，滴答，滴答……此刻的程兵还没有意识到，每次他在安静中听到这个声音，事情就会起变化。

一支烟抽完，回头看去，几个人已经把东西尽量精简地装在包裹里，大家都不需要生活，都没什么日用品。小徐和蔡彬一起做了精准的分类，纸质资料放在廖健的包裹里，电子产品归小徐保管，一些必要的大件蔡彬背着，剩下细碎的物件，两个人正在逐一检查，有用的就放在程兵包里。

"不出摊你不习惯啊？"廖健给了坐在角落的马振坤一下，"你发什么愣呢？明天可是一大早的火车。"

大家热火朝天地收拾着，听到廖健的话看过来，才发现马振坤的异样。

所有人的铺位都分开叠好了，床垫放一层，褥子放一层，被子放一层，枕头排列整齐放在最上面——只有马振坤的铺位还散在地上。他就坐在铺位上，翻盖手机掀开，一直盯着屏幕，最开始程兵以为他在玩游戏，凑近一看，那屏幕上一片空白。

感受到众人的目光，马振坤手足无措地站起来，先摸了摸后脖颈，又捋了捋头发，还挠了挠皱起的眉心，最后双手一直在喉结附近揉搓，仿佛那里堵着千军万马。他终于张大了嘴，程兵以为他要说话，他却俯下身，病态地干呕起来，涎水流了一地。

"病了怎么不早说呢。"廖健过来拍拍马振坤的后背，却被他躲开了。他抹了一把嘴，喉结滚动几下，那呢喃仿佛不是说给其他人听的，而是告诉自己的。

"程队，我媳妇的脚让热油烫了，地都下不了了。我要回趟家。"

就像被施了什么法术，所有人都定在原地，对面楼家庭KTV的欢唱声隐隐约约传过来。

一座大山忽而压在程兵胸口，他只觉得堵得慌，也想像马振坤一样呕出去。

马振坤说的不是"程队，我家那傻娘们脚给烫了，我赶紧回去看一眼，你们在德阳等我"，他的口气里没有商量，没有后路，那只是一则通知。

那不是退缩的借口，而是离别的终章。

蔡彬第一个动起来，他加速收拾起东西，其他人都像他一样，埋头干自己的事儿，好像不接话，马振坤这句话就没说出口。

蔡彬把行李包拉链拉上，突然发问："你走了，就不回来了吧？"

屋里仿佛被按了快进键，每个人都不给思考留空隙。马振坤没否认，他从床铺下面翻出银行卡，递到程兵手里："这是夜宵摊赚的钱，我一分没动，留给你们。"

第七章 阿凯

程兵没接，廖健的话就跟上来："老马，你什么意思？当初说出来抓王二勇，除了小徐，数你叫得最凶，怎么这就成缩头乌龟啦？"

火药味一层一层向上叠加，只差一个引爆的新捻。马振坤猛地一回头，甩开廖健还抚在他后背上的手，声音倏忽变大："行了！这里还轮不到你说我，别屎堆里插喇叭！"他的意思是：说屁话。

廖健摆摆手，示意自己不跟他争辩，转头一把扯过马振坤的床铺甩到墙角，接着走到其他人身边，好像要故意气马振坤，大声喊着什么。

"程队！等抓到王二勇，咱吃点好的。"

程兵如置身事外，直勾勾地盯着上面已经空无一物的黑板。

廖健笑着拍了拍程兵，又大大咧咧地来到小徐身边："你小子，照片确定都清晰吗？等到了德阳，咱没有黑板，之前留下的线索可全靠你了。"

小徐也没接话，直接蹲下来，他在墙角发现了一只壁虎，那是他最后的稻草。他朝着壁虎伸出手，发出逗狗一般"啧啧啧"的声音。

果然啊，小徐心想，还是跟狗打交道简单，人要考虑的事情太多了。即便是跟三大队的兄弟们在一起，也是如此。

"老蔡，要不你增驾个驾票吧。"廖健一点没闲着，没人搭理他，他也不在乎，这回他站到蔡彬身边，"咱们五个人，真抓到王二勇那天，五座车就坐不下了……哦，我忘了，到时候咱们就是四个人了。"

蔡彬看向程兵，希望他出面制止，可程兵悲戚的目光让他心头一紧。程队都这样了……蔡彬双目紧闭，站在房间的角落，无所适从。

最后，廖健来到马振坤身边，他没看马振坤，完全是路过，两个人的肩膀碰撞了一下，马振坤一个趔趄。

廖健轻声说道："半途而废，我瞧不起你。"

"你爱瞧得起瞧不起！"马振坤突然咆哮起来，"当年在三大队我在一线出生入死，你坐办公室写文件拍马屁的时候，我还瞧不起你呢！"

廖健身形一晃，从马振坤身边离开，程兵一看就知道这事还没完，廖健的脸上分明写着："好好好。"

廖健突然转身，抡圆了拳头直击马振坤的脸颊，这一下马振坤完全没有准备，他吃痛一声，往后退了好几步，失去平衡，撞倒了众人刚刚收拾好的铺位。

以往在三大队，大家想要切磋切磋，基本不使全力，真练技战术，也是拿非惯用手出招。而廖健这一拳是右手出的，一点情面都没留。

马振坤朝身后的墙上一蹬，直冲廖健而去，一下就把他扑倒，两个人就在地上扭打起来，身上都蹭了不少烟灰。他们把工作中练习过的技巧用到了极致，一个用脖颈擒拿，另一个就用反关节擒拿，一个想靠着墙借力站起，另一个就用单脚侧蹬扫倒对方，大王乌贼对抹香鲸，两个人遍体鳞伤，谁都没占到便宜。

蔡彬和小徐想把他们拉开，却根本找不到切入点，直到程兵喊了一句："你俩行了！"两个人这才自动分开，都盘腿坐在地上，揩拭嘴角渗出的鲜血，两头败落的公牛喘着粗气盯着对方，落寞而苍老。

斗败他们的不是彼此，而是命运。

马振坤吐出一口血痰，叼起一根烟，烟嘴碰到了伤口，他疼得嘶嘶两声，翻遍裤兜没找到火。他朝着小徐做出了一个按动打火机的手势，一个打火机带着劲风飞过来，准确地砸在马振坤脚边。

马振坤抬头一看，是廖健扔的。马振坤突然低头呜咽了一声，等再抬起头，脸上没泪，嘴角竟然挂着惨笑。

"坐牢的时候，家里都靠我老婆……"

程兵突然重重咳嗽起来，仿佛一个肺痨患者，那声音似乎永无终结。这样其他人才不会发现，他刚刚流了泪。

马振坤自顾自地继续说道："她晚上开大排档赚钱，白天还要照顾孩子和卧床的我妈，后来都靠她给我妈送了终。"

小徐终于不再看壁虎了，抬头望向天花板，似乎那里有人生该去往何处的答案。无疑，他想自己的爸妈了。

"我坐牢五年，她老了二十岁，我一直觉得欠她的……下午她给我打电话,哭着说她实在扛不住了……"

听到这儿,蔡彬也扛不住了。他想起自己的妻子。记忆的触角在大脑中死命搜刮,最后的印象竟然是判决当天的庭审现场,他记得自己往后瞥了一眼,妻子没跟其他人的家眷站在一起,而是孤立无援地接受记者长枪短炮的审视。蔡彬回忆起两个人刚刚确定关系的时候——那样明媚的女孩,为什么要承受这些?

"程队,兄弟们,我再不回去,我的家就没了。我现在什么都没了,我不能再没了她……"马振坤双手捂着脸号啕大哭,像个小孩。

廖健狠狠凿了一下墙,血从他的指缝中流出,他想上前一步抱住马振坤,两个人中间却似隔着千难万险,最后,他双臂环抱,内里只有出租屋内混着烟味的浊气。

我真该死啊。廖健在心里对自己说。

"老马,你回去吧,我们理解你。放心,剩下事的交给我们。"程兵说。

马振坤哭喊得更大声了。此刻,他最不需要的就是理解。

长沙站。天气灰蒙蒙的,站前广场尤甚。现有车站规模已经无法匹配日益提速的列车和人们的出行需求,先期改造已经开始动工,蓝色的施工挡板把人流分隔,广场如主干道般拥堵。

时针、分针夹出一个完美的角度,整点了,深沉的钟声绵长而悠远,蛊惑着旅人的心脏不得不与其共振。

钟声渐息,人群嘈杂的声音再次钻出来。

有人在笑,有人在哭;有人抱住冲出出站口的恋人,有人被迫撒开至亲之人沾满眼泪的手;有人举着电话,开怀商量着旅途终点应该匹配何等规格的接风宴;有人在手机短信框里键入"千万注意安全",泪珠掉下,打湿了本就不清晰的屏幕;有紧贴的嘴唇,依偎在一起说着"我们再也不分开";有大大咧咧拍向后背的手,伴着"别整那事,又不是死之前见不到面了",生死的玩笑并不能冲淡离别的悲伤,这手终于抹向湿润的眼角。

有人要上行,有人要下行;有人要去德阳,有人要回老家。有人在奔赴,有人在告别。

"长沙",两个遒劲的汉字立在那大钟两侧,审视着自1977年建站以来的每一次相聚,每一次分离。

马振坤走在最后,前面是程兵、小徐和蔡彬的背影,四个人行李寥寥,大多是这大半年总结的关于王二勇的资料。他抬头看了看,长沙站的标志中,屹立于最高处的火炬隐匿在模糊的天空中,若隐若现,似乎熄灭了,且永远不会再燃起。

站外电子大屏不停滚动播放着车次信息,车次每一跳动,都有旅人进入无法掉头的列车。前往德阳的车次信息由灰变绿,开始检票。

终于,轮到三大队了。

"进站吧。"程兵回头朝马振坤招了招手。

马振坤四下看看,似乎在寻找着什么却不得,最终他的双眼也被灰蒙的天气覆盖,他低下头,跟着其他人钻进安检口。

作为特等站,长沙站三百六十五天不休息,人流没少过,但排队前往德阳的旅客却不算多,始发站,离发车还有一段时间,正好留给三大队做最后的道别。

"马哥。"小徐先转过身,放下行李,和马振坤拥抱,他的手环住马振坤,似要把对方捆住,不放他离开,"你骂我最多,我知道你是让我快点进步……"说到这儿,小徐的语调突然变得狡黠,"你不用内疚,我根本没往心里去。"

马振坤笑骂道:"我内疚个屁!"

小徐也哈哈大笑,毫无征兆地,他的嘴角猝然向下一咧,下巴控制不住地颤抖起来,他连忙拎起行李,转身朝检票口走去。

"回去一起喝酒,给我炒蛏子吃。"和马振坤拥抱后,蔡彬心里五味杂陈,只能用不知何时才能兑现的承诺尽量冲淡这离愁别绪。他转身离开,把票递给检票员，检票刀在红色车票上留下两个小圆孔。

蔡彬心中忽然生出一段有点诗意的话。最近这半年，三大队见面太多了，才让现在的他觉得，三大队见面太少了。

轮到程兵，他像个老大哥一样，单手搂住马振坤的肩膀，没说什么，只是用力紧了紧胳膊。

"程队，你别怪我。"这不期而至的离别，马振坤觉得最对不起的就是程兵。

"老马，你也别怪我。"程兵说出这句意味深长的话，头也不回地离开了，似乎再看一眼，他就要把马振坤装进行李中"绑架"到德阳去。小团体相聚再分别，最难受的永远是那个攒队伍的人。

马振坤回头，视线越过排队安检的旅人，不知道第几次落到进站口，还是没等到他要找的人。那句道歉不会一辈子都说不出口了吧？堂堂七尺男儿，马振坤第一次如此矫情和悲哀。

他刚要离开，忽然觉得手下一沉，行李包拉链被轻车熟路地拉开。

见鬼，这时候还有小偷上眼药，真是不分场合。马振坤想着，正要把全部的愁绪都宣泄在这个不速之客头上，却看见两条鲜红的中华烟整整齐齐落入口袋。

他猛地抬起头，看到廖健气喘吁吁地站在一旁，似乎刚刚是一路小跑过来的。廖健上气不接下气地说："这些年一直蹭你的，今天还你两条。"

马振坤鼻子一酸，廖健两只因当保安磨出大泡的手箍在他头上，八指按在马振坤的后脑，两根拇指贴上马振坤的下眼睑，擦去上面的泪痕。这不符合年龄的亲昵动作，平日里绝对会让马振坤觉得别扭，今天他却特别受用。

"老廖……"马振坤只喊了名字，话却再也说不下去。

"老马，"廖健松开手，又死死抱住对方，"不管你怎么看我，我永远把你当兄弟。"

"要发车了，去德阳的，没检票的快点了啊！"车站工作人员发出催促。

廖健掏出三个打火机，分别揣在马振坤的衣裤兜里："以后自己看着点，别一想抽烟就找不到火。"

廖健拎起行李，飞速向前，程兵、蔡彬和小徐就在站台长廊等他。四个人站在一起，回头朝马振坤挥手告别。突然，程兵似乎喊了句什么，四个人笔直挺立，朝马振坤敬了标准的礼。

咣。行李包掉在地上，两条中华散出来。

马振坤没收拾，就愣在原地，直勾勾地盯着其他人离开的方向。他第一个入队，接受老张的培训后跟了程兵；廖健和蔡彬随后入队，五个人一起办了不少大案；小徐这个警校高材生被特招进来，三大队人员齐整；"9·21"案发，老张意外身亡，王大勇露头，被抓后死在审讯室里；五个人一起被前同事押上警车，度过号子里没有自由、粗茶淡饭的日夜；审判锤落下，七年时光一晃而过，三大队再次聚集在自己的夜宵摊，明明刚吃上饭，酒还没喝够，怎么又要走了呢？

半辈子的时光走马灯般在马振坤眼前飞过。马振坤用力捶了两下胸口，手背青筋暴起，单手抓在左胸，衣服被抓出了褶皱。他只觉得血液倒流，憋得他难受万分，眼前一片模糊；那走马灯也开始倒转，2009、2007、2002……直至回到马振坤刚刚来到三大队报到那天。

念完宣誓词，马振坤回到办公室，和程兵对坐。程兵笑着说："那些东西是要遵守。但是在我看来，能和兄弟们一起抓坏人，就算是个好警察。"

马振坤突然动了，低头把中华揣进包里，连拉链都没拉就一跃而起。

这烟得还给老廖。马振坤颤抖着在心里喃喃自语，没有他蹭，再好的烟抽着有什么意思？

他大步飞奔，跨越过几个在车站打地铺的旅人，前面却再无通路，下一趟列车等待检票的人员已经把检票口完全堵死。他四下一打量，先把行李包一甩，让它稳稳落在隔壁检票口排队处的空隙，接着双脚一蹬，在手上没支点的情况下，以跨栏运动员的姿势直接飞到了隔壁。

他朝着检票口飞奔而去，这边的列车还有许久才开始检票，检票口半人多高的铁门紧锁着,只有一个工作人员在一旁整理着文件。

听到急促逼近的脚步声,工作人员一抬头,轻车熟路地拦在铁门旁边:"同志,你去哪儿的?这边还有两个小时才检票呢!"

马振坤也不回话,把行李包放在铁门上,单手一撑就越过去,撞开工作人员的手臂直冲站台长廊。一张红色的车票不经意间飘落在地,上面印着马振坤的名字,目的地是西南大地。马振坤注意到了,但他捡都没捡。

来到月台,马振坤一下蒙了。预想中摩肩接踵的情况并没有出现,月台之上空无一人,连送站告别、涕泗横流的时间都过了,送站人员纷纷通过楼梯回到车站内,该上车的旅客早都坐定了,也没有维持秩序的车站工作人员,月台电子显示屏不再提示车次信息。月台两侧的铁轨上停着绿色的车厢,看不到尽头。天地之间仿佛只剩马振坤一人。

他们已经走了吗?马振坤呆立在原地,浑身的力气一瞬间完全泄出。

"开往四川德阳的K578次列车即将发车,请还没上车的旅客抓紧时间上车!"

还没发车!车站广播声就在头顶响起,震得马振坤再次奔跑起来。

长长的鸣笛声响起,马振坤的目光疾速逡巡,突然在一扇窗子里看到了一个熟悉的行李包,拎着它的人似乎就是廖健,那人正背对着马振坤,把行李包高举,放在行李架上。

"老廖!哎,老廖!"马振坤冲过去,车窗玻璃被他拍得啪啪作响,座位上的旅客疑惑地看着他,那神似廖健的背影的主人却依然没回头。

月台两侧的列车开始相向而动,马振坤眼前一花,已经看不清车厢外壳中部贴着的水牌。来不及了,守在门边的列车员已经收起车厢板,下一秒就要关上车门。马振坤一个箭步蹿了上去。

车门关上,车厢连接处挤着许多还没找到座位的旅客,马振坤的力量在这一刻被抽干了,他靠在门边的铁皮上,任由身子滑落,箕踞以坐,欣慰地点了一支烟。

又是列车,又是重新开始,马振坤一想到马上就能跟大家一起喝啤酒啃鸡腿,看着程队掏出一张德阳市的磁力地图,就连蔡彬睡觉的呼噜声都变得没那么难听了。

烟气触怒了旅客,人群中响起骂声。马振坤终于引起列车员的注意,对方示意他站起来掐灭烟,他听话地照做。

对方问道:"请问您的座位号是?"

"我要补票,"说着,马振坤就要掏出钱包,"补到终点站。"

列车员点点头,从兜里掏出一联补票的票根:"去佛山,是吧?"

"啊?"马振坤浑身一震,只觉得天旋地转,他捂着脑袋,列车员看他站不住,赶紧扶住他。

"这是去广东佛山的,你是不是上错车了?"

马振坤的耳朵里响起了嗡嗡的声音,好像什么人在对他说话,但他听不真切。

随着一方车窗外的景物越划越快,马振坤不再对和三大队其他人会合抱有任何希望,钻牛角尖似的,他抠了抠耳朵,想听清那个耳内之声到底在说些什么。那似乎是列车员的声音,但说的话跟补票和车次都没关系,马振坤停了一会儿,终于听清了。命运是没有嘴的,但此刻,列车员的声带成了它的化身,一字一顿地告诉马振坤:"接受安排,和三大队告别,彻底地。"

行尸走肉般补了到下一站下车的票,马振坤来到自己的座位上。旁边坐着一个差不多上高中的学生,正在默背着杜甫的古诗词。

"人生不相见,动如参与商。

"今夕复何夕,共此灯烛光。

"少壮能几时,鬓发各已苍。

"访旧半为鬼,惊呼热中肠……"

听着听着,马振坤趴在桌子上,把头埋在行李包里,双肩耸动,再次像个孩子一样哭起来。

第八章　新年

列车缓缓开动，车头拉着数十节车厢驶出车站棚。作为特等站，长沙站拥有多个站台和数条正在使用中的行驶线，巨大的吞吐量下，同一时间，无数或新或旧、或绿或红的列车进站、出站，它们并排行驶，气势雄浑；复杂弯曲的道口和道岔在列车调度的精心控制下，井然有序地把旅人快速安全地送往目的地。

开往四川德阳的K578次列车上，廖健、蔡彬和小徐都显得有些心不在焉。

廖健不停翻看着手里的打火机，似乎上面有什么不得不记住的重要信息。可是，上面只印了长沙一家饭店的广告，跟其他一块钱的火机并无不同。

蔡彬和小徐凑在一起，两个人盯着眼前的虚无，蔡彬的双手悬在空中，左手是分针，右手是时针，搭在一起呈"三点"的形状。蔡彬手指不停松握，时不时晃动两下，小徐颇为受教，点了点头。而后，蔡彬把右手往前一伸，接着一拍自己的脑门，很懊恼的样子，小徐哈哈大笑。

这是蔡彬在教小徐开车的门道，他手一伸，似乎又忘了自己开的是出租车，还想着要把警灯按亮。

离得很近，但是两个人的声音在程兵听起来不太真切，那并非因为车厢之内人多嘈杂，不知道为什么，一瞬间，程兵觉得自己身在水下，而另外三个人则站在岸边。

见没有人看自己铺在桌面上的资料，程兵索性一收，摆了摆手，合上沉重的眼皮，在桌上趴了一会儿。在里面的时候，程兵每天起得比今天早多了,可他现在只觉得疲惫。

车头经过铁路交叉口,车厢一阵晃动,程兵睁眼望向窗外,几辆列车正沿着扳道岔调整过的铁路,或平行,或曲折地错过。京广线、沪昆线、湘黔线……火车头没有方向盘,列车只能沿着铺好的铁路抵达预设的终点,无法跨线,无法掉头。

突然,程兵在并排的车厢内看到了一个熟悉的身影,他跟程兵一样,穿着灰夹克,眉眼间藏着警务工作磨出的锋芒,程兵耳边似乎响起了熟悉的骂声。他一阵恍惚,眨眨眼,再仔细看时,两辆列车错车结束,车窗外只剩下灰蒙蒙的湘潭大地。

程兵宁愿相信,刚才那只是对面车窗反射出的影子。

他看到的就是自己。

他再次弯下倦怠的脊梁,趴在一方桌面上,又抬起头时,列车已经穿过巫山山脉,一头扎进四川盆地。窗外细雨连绵,在车窗上形成倾斜的细线,秋风把一片尚未泛黄的树叶拍在窗户上,茎脉分明。

另外三人正热火朝天地讨论着什么,语气兴奋。见程兵醒来,小徐递过手机,指了指屏幕。屏幕上是一如往常的桌面,几个零零散散的图标之间看不出什么有用的信息。程兵露出疑惑的表情,小徐又指了指屏幕上的日历。

"程队,9月21号了。"

想不到已经过去了整整七年。程兵一会儿觉得七年颇有分量:时代变迁,信息爆炸,压得他喘不过气;一会儿又觉得这七年轻飘飘的,似乎每天都在做同样的事,期待同样的结果。

蔡彬正在旁边啃一个酱鸡腿:"刚刚我问了问菩萨,菩萨说这是个好兆头,解铃还须系铃人,哪天出的事儿,哪天给事儿了了。程队,没准我们下车就能在车站堵住王二勇。"

"只是个普通的星期一罢了。"程兵不动声色地把小徐的手机推回去,又把收起的资料摊在桌面上。

第八章 新年

追逃工作从没有一步到位的捷径，如果真能快速得到结果，那也是竭尽全力之后的幸运。

"现已确认，王二勇弄了张假身份证，改名王凯，潜伏回了四川德阳。我已经把这个消息同步给了杨剑涛。更可以确定的是，他一直没换行当，咱们就从德阳的各个空调维修公司开始摸排。"

"是！程队！"

"这次我们的打法有所不同。"程兵再次用上了磁标和地图，"长沙的经验让我明白了，效率是最重要的，王二勇狡兔三窟，在一个地方根本待不长，很可能再次离开，或许我们已经在错过的过程中了。因此，不能像我之前一样，在同一家维修公司干太久，摸排清楚该公司的人员情况，就尽快离开，去下一家。"

"程队，"廖健举起手，"这样会不会有问题？"他想起了之前在长沙时，保安公司都会互通有无，这样频繁跳槽势必引起注意，没等摸排到王二勇，自己先变成了易被王二勇发现的目标。

"这里跟长沙不一样。"程兵狡黠一笑，示意众人看向地图，"因为山峦和水系的分割，德阳不像长沙一样呈中心放射状，而是沿交通要道和铁路线建城，有点深圳那种卫星城的感觉，中心和中心之间离得比较远，沟通不会太多。"

"看着可不小。"蔡彬开了句玩笑，"这要开出租，感觉比在长沙挣钱……"

小徐点了点地图："程队，这样的话，我们是不是得……"

程兵表示肯定："对。我的计划是，我们下车后先在车站附近找个地方暂住，我把空调维修的整个流程和主要技巧教给你们，这段时间大家也可以在四周摸排摸排。万一真像老蔡说的那样，在车站就按住了王二勇，你们也不用学会修空调了。"

最后，程兵又把磁标分别落在地图各处，像一位通览沙盘、指挥大型作战的高级将领。

"小徐，你之前一直在网吧值夜班，比较辛苦，我把罗江区留给你，这里环境稍微好点。"

小徐摆着手就要起身移动磁标，被另外两个人伸手按在座位上。

"听程队话！"廖健和蔡彬异口同声。

"剩下三个距离较远的德阳下辖的县级市，我们三个人分一下。"程兵飞快地把磁标固定好，"老蔡去广汉，老廖去绵竹，我去什邡。先分开一段时间，如果没有排查出结果，我们再会合到车站附近，重点盘查情况最复杂的旌阳区。"

分开行动，在紧急情况下四个人不能马上互相照应，他们又敲定了很多细节。

比如说，遇到疑似王二勇的人，千万不要轻举妄动，要在保证不丢失线索的情况下，第一时间联系其他人，四人会合后再商议下一步情况。实际上，这会导致一定程度的行动滞后，错失一些转瞬即逝的机会。但看着程兵坚定不移的表情，其他三个人都接受了，并且心领神会——程队这是想起老张了。

再比如说，遇到其他不法行为，能不出头就不出头，第一时间报警，让警方来解决问题。

"别说你们了，我估计也忍不住。"讲到这儿，程兵自己都笑了，"都不是新人了，大家心里都有杆秤，自行把握吧。"

入夜后，列车晃晃悠悠，缓缓驶入德阳站。细雨绵绵，四个人都没打伞，步伐急促地穿梭在德阳市陌生的街道上。程兵抬头，任由雨点打在自己脸上。

陌生终会变成熟悉，今夜没有月光，并不影响第二天是个晴天。

"哎，哥，咱这儿有没有一个叫阿凯的啊，本地人，说话跟你差不多口音。"

黄色的空调维修面包车被拆得只剩下三四个座位，后面大部分位置都留给了空调主机、外机和工具箱。小徐开着车，把头埋在方向盘上，眼神顺着挡风玻璃向最上方看，查看着路口的路标。

"哎！左拐！又占错道了。"副驾驶坐着一个跟小徐年龄相仿的空调维修工，他伸手过来，猛拉了一把方向盘，车终于回到直行路上。看他手上的纹路和指甲缝里的润滑油泥垢，此人的工龄似乎和程兵的警龄一样长，年龄不大，已经是空调维修界的资深专家。

他胡乱搅了搅小徐的长发，把座椅靠背一放，恢复了双脚搭在车窗外的躺姿："你这小子又心不在焉了吧，这路开过几次了，还不记得。你挺灵巧的，手上活儿也细致，怎么天天惦记打听人的事儿呢？什么阿凯，跟你有仇啊？"

小徐不好意思地笑了笑，话里话外却还是向着线索的方向探寻："不是，我听说阿凯干的时间挺长，跟着他……"

"资深专家"不满地推了小徐一把："什么意思嘛，嫌我技术不过关，跟着我你吃亏了？"

小徐连连摆手："不是不是，哥，你误会了，跟您我学了特别多东西，就是咱公司工资确实有点低，我还等着攒钱娶媳妇儿呢……"

"这话说得还对点路子。""资深专家"点起一支烟，颇为享受地抽了一口，"咱们这片儿应该没你说的这个人。"

"哥，你先下，我把车停好再把工具拿过来。"车辆缓缓驶入一所学校的停车场，放下"资深专家"之后，小徐默默掏出包里的文件夹，在这家公司的名字上划了一道。

这是成都一所重点中学在罗江区设置的新校区，师资力量雄厚，很多老师都是"985"师范高校毕业的，还有一些返聘的资深教授，校区环境优美，设施完善，有可承接大型比赛的体育馆，教学楼设计合理……

就是空调都不工作。

这不单是空调外机的问题。小徐跟着"资深专家"来到教学楼顶层，找到了配电箱，还没等"专家"工作，小徐先把电笔一插，观察上面或红或蓝或不亮的灯光提示，接着把万用表分别接在零地、零火、地火等线路组合上，最后拍了拍手，下了结论："这儿负责空调的线路是独立在其他供电线之外的，输入电压都不好，应该不是学校配电箱的问题，是上一级对应空调的零线和地线接反了。"

"真的假的，你别诓我。"见小徐三下五除二就排查出了问题，"资深专家"有点不相信，亲自上手操作了一遍，得出的结论跟小徐相同。

他竖起大拇指，接着对旁边跟过来的校工说："不是空调的事儿，你得找本地配电站的人，电路调整好之后，我们再测试一下空调，看内部有没有烧坏。"

顺着校工离开的方向看去，绵远河绕城而过，水面平阔，碧波荡漾，初升的朝阳射下几缕阳光，在河面洒上一层金粉。微风拂过，学校早课的铃声恰到好处地响起，小徐刚刚沉入这片刻的宁静中，"资深专家"的声音就破坏了氛围。

"哎，你不羡慕吗？"

小徐挠挠头，有点不解："羡慕谁？校工啊，他挣的有我们多吗？"

"资深专家"恨铁不成钢地摇了摇头："一看你就没文化，我说的是学生！我们脚下正在楼里上课的学生！无忧无虑，还能学知识，多好。我当初要是好好上学，现在也不至于干这破工作。"

"哥，那你本来想干什么啊？"

"考警校，当警察！"

小徐一愣。

"资深专家"的表情中透出和阅历不符的幼稚："每天抓坏人，还有钱赚，惩恶扬善，百姓爱戴……"

小徐表情微变，语气低沉地打断了他："我不羡慕，我高材生。"

"你高材生？""资深专家"露出一副"你别吹牛了"的表情，"你要是高材生，我就是清华毕业的，你高材生你修空调？"

小徐不再搭话，目光落向地平线尽头，那里一片白茫茫，分不清是云还是阿坝州那终年不化的山巅之雪。

"资深专家"也没了兴致："你在这儿等着吧，电工来了之后看看情况，我去车里躺一会儿，早上起得太早了。"

他离开之后不久，配电站的工作人员就到位了，表示已经重新接了线路，小徐快速地排查了一下各个教室内的空调，都能正常运转。他在教室最后检查空调的时候，学生们都目不转睛地盯着黑板，学期刚开始不久，连坐在最后排的同学都聚精会神的。

小徐顺着他们的目光看过去，盯着讲台旁那个头发花白，戴着一副老花镜，穿着中山装的男教师，一阵恍惚。鬼使神差般地，他没有离开，就在教室后面静静站着，直到下课铃响起才如梦方醒。

学生的天性还是爱玩，一到下课，大家就四散出教室，来到操场上。那位老教师收起教案后，来到小徐身边，老花镜搭在鼻梁上，目光从上面的缝隙射出来："小伙子，你也对物理感兴趣？"

小徐摇摇头，有些害臊地离开了。他心里想说的是：我其实对您比较感兴趣。

这个瞬间，他无比想念自己的父亲母亲。

日头已经攀上天空最中央，火辣的阳光直射下来，空气蒸腾，似乎具象化成了浮在半空中的沙砾。这沙砾混着工人们的汗水一起，形成地基，形成水泥，形成砖瓦。

尘土飞扬，透过建筑工地蓝色挡板的缝隙，蔡彬能看到一座似乎在电影中才会出现的建筑——灰色的圆锥状主体拔地而起，四周有祥云般的步道蜿蜒环绕。圆锥的顶部做了镂空处理，三根"绳索"拴着一个碟状的圆盘垂下来，把整个建筑变成了自远古洪荒时代夺路而出的祭祀台。

这里是广汉市三星堆博物馆青铜馆陈列改造工程的收尾现场。工程早在去年就基本竣工,"三通一平"工作完成后,空调系统的更新迭代开始了。一大早,蔡彬就坐在皮卡车后斗,跟几个工人和空调部件一起吹着风来到此地,忙活了一上午,连水都来不及喝上一口。

连续几天的盒饭吃得蔡彬有些难受,他到工地外转了转,有很多附近的村民骑着三轮车,驮着自制的炉灶在门口做起生意,炸串炒饭,炒菜炒粉,花样很多。蔡彬看了一圈,点了一份炒粉回到工地,跟其他工人蹲在一起。

几位老工人边吃边喊,大声交流着只有他们能理解笑点的俏皮话。

"老赵,天天在这儿做活儿,那三星堆你看过没?"

"你白在这儿生白在这儿长了,三星堆,广汉人谁没去过?"

"这话你可错了,那北京人天天去故宫啊?小区里宣传画都看腻了,谁花钱进来买票看那些土疙瘩。"

"我还真进去过。"

"你讲讲,里面啥样?"

"那三星堆面具,眼睛支出来一大块,跟大螃蟹似的,说是根据他们首领的样子造的,那首领叫什么……"

"蚕丛嘛,蚕丛及鱼凫,开国何茫然。你到底是不是本地人?"

"哎,对,就这名,我进去一看就乐了,眼睛长这样,那不是甲亢吗?只有得这病,眼睛才凸出来一块。"

"哎?你说话就说话,别夹枪带棒的,我甲亢好多年了一直吃药控制,你不知道啊?"

"就知道才这么说的。不知道我还不这么讲了呢!"

这时,一个不合时宜的外地口音打断了众人的笑骂:"哎,兄弟们,咱这儿有没有一个叫阿凯的啊?"蔡彬摘下安全帽,脱掉工服,光着膀子大口嗦粉,跟身边的工人们没什么两样。

其中一个年岁偏大的工人把头从盒饭里抬起来,嘴边油光锃亮,拿筷子一指,含混不清地说:"那不就是阿凯吗?"

第八章 新年

蔡彬忽而失重了，仿佛从万米高空坠落，心就堵在嗓子眼狂跳不止，下一秒就会蹦出来。他用力呼气，终于平稳落地。

他顺着老工人手指的方向看过去，一个身着工服、头戴安全帽的工人缩在角落里，独自一人吃着午餐，显得和其他工人格格不入。但他面对着施工挡板，背对着众人，蔡彬换了几个角度都看不清他的脸。

蔡彬手心出汗，他掏出手机，长按"1"——那能直接联通他的紧急呼叫人程兵——手机屏幕刚跳转到拨通界面，他一下就把电话挂掉，放下手里的炒粉，朝那人走去。

蔡彬尽量让自己脚步轻盈，直到走到那人身后，对方也没有发现他。他点了点对方的肩膀，喊了一句："阿凯？"

对方吓了一跳，一下就站起来，做贼一样回过头。

不是，不是王二勇。那是一张蔡彬完全没有见过的脸。

他手捧着铁质饭盒，嘴里塞着半根鸡腿，一看就是家里给准备的午饭。

蔡彬笑骂道："你这人，自己吃独食是吧，好像怕我们跟你抢似的！"

那人不好意思地挠了挠头，蔡彬迅速给自己找了个台阶，向身后指了指："那边老几位让我来看看，你为啥不跟大家一起吃饭，怕你有啥问题。没事儿了，你自己慢慢吃吧。"

蔡彬失落地走回众人中间，重新捧起粉，一筷子就卷掉半盒。

那边是说通了，这边的老工人却露出了狐疑的目光："你打听阿凯做啥子？"

蔡彬把早已考虑好的答案说出来："我总听你们说阿凯阿凯的，对不上脸，我刚来，认认人，以后跟大家好好处。"

老工人继续追问道："你就单问阿凯？我们几个叫啥你都知道？"

蔡彬拿筷子点了点，学起了老工人的口音："老赵、老王和老陈嘛，天天一起做工，还能不知道你们？"

老工人的表情终于放松了，他吃完了盒饭，用胳膊肘撑了撑蔡彬："你是湖南人？"

蔡彬一愣，下意识点了点头。

老工人笑了："早看出来了，吃粉吃得比盒饭开心多了，里面都是辣椒，跟我们一样能吃辣。"

蔡彬看着盒里只剩一点的炒粉，恍然意识到，跟着程兵追拿王二勇的这段时间里，自己的改变之大。

他突然一皱眉，一股异样的感觉从身体内部传出来。他干呕两声，赶紧拿出自己的水壶，灌了几口温水，捂着肚子把炒粉扔到垃圾箱内。

窗帘薄厚适中，如博物馆里的影壁，午后的阳光照进来，把窗帘上梅兰竹菊的图案打在房间里，投射出好看的剪影。二楼放着舒缓的音乐，还能微微闻到艾草的香味。十余人两两一组，大多是闺蜜或母女，她们分别围在自己的工作台旁，把植物根茎修剪出错落有致的长度，接着把五颜六色的花朵固定在形状各异的容器中。

这是一间插花培训班的教室。老师的头发烫了微卷，发质很好，在并不强烈的阳光的照射下也反着光，她穿着朴素大方的长裙，轻巧地在工作台之间穿梭，尽量不打扰学员的工作。偶尔，她会俯下身，轻柔地对学员指导两句什么。

突然，窗户打开，电钻工作的声音生硬地插入，一把螺丝刀和一把扳手被从窗外递过来，风把窗帘吹起，室内温和恬淡的气氛一下子被冲淡。

老师傅在里面接应，程兵解开安全绳，满头汗水地跳进来。

眼前的老师傅是程兵见过的岁数最大的空调维修工人，不知道为什么还在工作，他对待程兵像父亲一样体贴，似乎跟长沙那位一样，又想把一身技能都传给程兵。一想到这里只是人生的中转站，程兵心中就冒出一阵愧疚。

老师傅甩过来块手帕，程兵擦擦汗，说了句："搞定了，试试空调吧。"

令人愉悦的启动提示音响起，室内正在插花的学员们都停下手头的工作,三三两两鼓起掌。插花老师递给程兵一瓶水,柔声说了句:"辛苦了。"

程兵摆手不要,对方执意要送,程兵抬头一看,瞳孔猛地震颤起来。

身高、体型、长相、发型发质……眼前的老师跟刘舒的气质有某种天然的贴合,两个人连职业都非常相近,程兵甚至不敢直视她的眼睛。

那是原来的刘舒,准确地说,是"9·21"案发生之前的刘舒。

程兵无法想象现在的刘舒的眉眼。想到这儿,程兵眼神黯淡,轻声道了谢,老师傅收了钱款之后,两个人便一起下了楼。

来到户外,程兵双手擎着绳子,用滑轮把刚刚松绑的外墙工作台缓缓卸下。

老师傅朝嘴里塞了两支烟,都点着了,抽了一口,把其中一支递给程兵。程兵用嘴叼过,接着朝绳子使劲。

老师傅突然说:"刚才怎么盯着那老师看?喜欢人家?"

程兵随即否认:"哪儿能呢,就看了一眼。"

老师傅问:"没成家?"

程兵回答:"成了,又离了。"

老师傅接着问:"感情不和?"

程兵沉默了一会儿:"遇到点事儿,过不去了。"

老师傅直插核心:"她过不去,还是你过不去?还是你们两个都过不去?"

程兵不说话了,安静地把工作台放下来,从皮卡后斗卸下推车,拉过来,自己弯腰把工作台放上去,说什么也不让老师傅帮忙。

工作告一段落,两个人站在车外,把烟抽完。

老师傅突然说:"我早知道你干不长。"

程兵一惊,问:"师父,这话从何说起?"

老师傅看着程兵的眼睛,笃信自己的看法:"你干得很好,很卖力气,活儿也出色,但你本来不是干这个的。你心里有事,具体什么事我不想知道,可能跟你总打听人有关系,你的正事没什么结果,所以你把力量都使在空调这事上，好像在跟老天爷做什么交易，这样就能让你的正事也有所推进。"

程兵听到这儿，没再说话，而是恭敬地朝老师傅点了点头，还露出了抱歉的表情，那意思是：不好意思，不能陪您干太久，也不能继承您的技术。

老师傅拉过程兵的手，指了指远处，街对面不远处是一个个工地，它们跟正常工地有所不同，没有专业的施工挡板，做活儿的人更像是普通住户，工地范围内多了不少残砖碎瓦。

"那儿，是我原来的家，我和我儿子、老婆一起住。"老师傅又指了指别处，"那儿，是我儿媳妇原来的老家，她和她父母一起住。"

程兵忽然想到什么，那想法像针一样刺进他的头颅。

"〇八年五月份，房子都没了，人也都没了，家里就剩下我一个。"老师傅的声音透着一丝沉静的悲伤，"没别的意思，你不是本地的，就是给你讲讲这儿的人。地震之后，大家哭够了，骂够了，剩下的力气只好用来笑……遇到这种事，还能怎么办呢？人，得向前看。"

程兵瘪了瘪嘴，想说点什么，但一句话都说不出口。

身后一阵嘈杂，程兵回头一看，是插花班下课了。几对母女捧着花，嬉闹着从门面房的出入口走出来，叽叽喳喳商量着接下来要去哪儿犒劳彼此。

那声音吵闹，但幸福。程兵再次陷入恍惚之中。

这条不起眼的小吃街被绵竹市的几所高校环抱，天然的地理优势让这里的日营业额超过了绵竹最大的美食广场。初中生、高中生、依偎在一起的情侣、呼朋唤友扒拉两口饭就冲向球场的运动健儿……无数人发出无数声音，把这最平常的夜填充得五光十色。

廖健结束一天的做工，回到宿舍，又在A4纸上划掉几个名字，接着像其他工人一样，把工鞋、工服和安全带一起扔到洗衣机里搅。他冲了个澡，换了身衣服，来到楼下的夜宵摊，坐在塑料凳上，面前还放着一个塑料凳。他点了两份凉菜，没什么肉，加了两瓶啤酒。

酒菜放在塑料凳上，他自己和空气吃起饭。

看着眼前活力四射的大学生，廖健又掏出手机，点开短信界面，草稿箱里的短信他抽空编辑了整整一天，还是没有发出去。

收信人一栏写着：儿。光标在"发送"上停留半天，他还是没有按下去。廖健轻声念了一遍短信内容，接着一个字一个字删除，重新把手机揣回兜里，一口干了瓶中酒。

旁边那个卖臭豆腐的夜宵摊，嘈杂声越来越大。

也不知道是到年龄了，还是肚里没什么东西，酒劲上来了，廖健眼睛有点花，只好侧着耳朵仔细听。加上朦胧的身影，他明白了，两个初中女孩排队买臭豆腐，被四五个大学生插队了，大学生说自己着急去上网，女孩说那也不能插队啊，大学生们就不说话，梗在女孩前面，老板忙着做生意也没法管。

眼看着六七个人已经推搡起来，廖健拎起酒瓶子就要往上走，刚迈出两步，他又想起程兵的话，把酒瓶子放回去，晃晃悠悠来到男生和女孩中间。

见有人为对方主持公道，血气方刚的大学生们作势就要打，廖健被推着往后退了好几步，还撞倒一个塑料凳。他一下有点后悔，刚才应该拿着那个酒瓶子的，这玩意儿跟电棍差不多，光放在手里就有威慑力，没它总觉得没安全感。

大学生还在不依不饶，骂得越来越难听，在某个时刻，廖健觉得今天这事，自己不动手，有些没法收场。他心思刚转换，就见一个膀大腰圆的男人一手拎一个后脖颈，把大学生们拉开，冲散了人群。

男人操本地口音，大声疾速地说："书都读狗肚子里了吧？男孩应该谦让女孩，现在你们还插人家队，倒反天罡啊？这兄弟是你们长辈，来劝架，还听不明白，不给人女孩道歉不说，还要对这兄弟动手，纯欺负人。我今天就在这儿，我看你们敢动我一下？"

越来越多路过的食客帮腔，大学生们灰溜溜离开，臭豆腐也没吃。

等人群散去，廖健拍了拍男人的肩膀，感激地说了句："谢谢。"

"就是看不惯他们欺负老实人。"男人满不在乎地摆摆手，递过来一支烟。

看到烟嘴上写着"中华"二字，廖健心里一下有点不是滋味，他想起自己送给马振坤那两条烟了。自从那天打了一架开始，两个人似乎发生了灵魂互换：马振坤变得圆滑、懂事，考虑问题面面俱到，最后毅然决定回家陪李春秀；而他倒变得易怒冲动起来，遇到事就想上，还想拿酒瓶子……

身旁的男人自己也叼支烟，拍这儿拍那儿，没找到打火机，刚把目光转向廖健，廖健已经举着火等他了。

廖健说："兄弟，咱俩喝点。"

男人连连摆手："不了不了，我就路过，还有点事……"

廖健的声音斩钉截铁："必须喝点。"

香樟树叶被冷雨打进绵远河中，微雪飘落易家河坝，消弭于无形，春风穿过中江羚羊谷的石林洞峡，和海田园沙滩上孩童的嬉闹声传遍整个盛夏……不知不觉，三大队四人已经看遍德阳四季之景。

这实在算不上什么好事。长时间的无功而返折磨着众人，更折磨着程兵。

分散打探早已结束，几个人回到旌阳区，开始了和在长沙一样的细致摸排。

这天，程兵和小徐没有出工，而是穿着便装来到一家陌生的空调公司。重复的工作让他们已经形成了一套自己的标准操作程序，两三句话，这家

第八章　新年　185

公司的负责人就打开心结："想问就问，知无不言，言无不尽。"

程兵双手递过一张王二勇的照片。比起在台平和长沙，这照片像素似乎又高了一些。

负责人盯着照片看了两眼，轻轻皱眉，抬头望向天花板，忽而低头，再次仔细辨认起王二勇的五官："这有点像在我们这里干过的一个……"

小徐在一旁急火火地问："是叫王凯吗？"

负责人想了想，终于从深远的记忆边缘拉出了对方的名字："不是，姓赵的。他的邮寄地址我倒有，给他寄过东西。"

程兵问："他现在人还在你这儿吗？"

负责人摇摇头："不在了，他在我们这儿干了没多久，就去贵州了。"

小徐似乎有些不耐烦，他已经预感到这次的调查和之前的百次千次一样，都像是在号子的墙上刻正字。他晃了晃脖子，轻轻敲了敲肩膀。

程兵接着问："知道他为什么去贵州吗？"

负责人说："他媳妇是贵州人。"

程兵停止了手上记录的动作，小徐丧气地摇了摇头，直接出门了。

"他结婚了？"程兵再次探询，以求确认。

"对啊，还有个五六岁的孩子……"

程兵在笔记本上划掉记录："那应该不是，谢谢你啊。"

又查了几家，结果毫无变化。程兵自己回了出租屋，对着窗外发呆，眼看着太阳坠入黑夜。

天色暗淡，程兵离开窗边，他没开灯，家里连一个带指示灯的电器都没有，住得还不如阳光小区里的"阿凯"。空荡荡的四壁和程兵一起隐入黑暗。

程兵从包里翻出一把壁纸刀，来到卫生间的一面水泥墙面前，接着在上面雕刻着什么，随着粉尘缓缓落到衣裤上，那张人脸已经完成了鼻子以上的一半。

和在长沙一样，程兵再次和这张可怖的人脸对视。

他强迫自己像王二勇一样思考：从小不爱上学，和哥哥一起折腾，在本地学校"打"出一片天之后退学，外出务工；五光十色的大都市，每个穿着清凉的女孩都让他悸动，可他连找一个风尘女子的钱都没有；他和哥哥都没什么手艺，修空调也是学了个半吊子，那次入室给人安装空调外机，对方家里的装潢刺痛了他的眼……

他走上了一条不归路，直到现在。

这时候，王二勇在想什么呢？

程兵暗道可惜，"9·21"案发生以来，他最大的遗憾就是，没法把自己完全变成王二勇。

出租屋房门打开，外面亮起灯，响起两个人的脚步声，蔡彬和廖健回来了。不用看他们的样子，听鞋底在地面拖拉的声音就知道，两个人和昨天一样累，结果也和昨天，包括之前任何一天一样，没有进展。

电热水壶大概是这个出租屋内唯一一件像样的电器了。蔡彬从厨房的水管里接了点水，把水壶放在底座上。嘈杂声哗啦啦响起，壶嘴刚冒出白气，蔡彬已经忍不住了，他用拳头捶了两下胃部，佝偻着身子翻出药片，没用水，直接吞咽。

程兵知道，蔡彬今晚又胃疼得没吃饭。

程兵不知道自己能以什么姿态关心，最后只说了句片汤话："老蔡，要不去医院看看吧？"

蔡彬连连摆手："胃溃疡，老毛病。没事，顶几片药就好。"

廖健在屋里来回走了几圈，疑惑地问："小徐呢？"

程兵指了指门外："他闲不住，出去找网吧碰碰运气。"

过了一会儿，蔡彬似乎缓过来了一些，他表情舒展，喝了两口热水，翻开笔记本，示意程兵和廖健来到自己身边。

"程队，老廖，可以说，咱们基本上已经把德阳翻了个底儿朝上了，目前看，最符合王二勇特征的只有这个叫宋武的。"

"哪个？"廖健凑到蔡彬旁边，看他手中的资料。

程兵在一旁若有所思:"去了沈阳的那个?"

"对。"蔡彬点点头,刚要继续说什么,就被短信声打断了,他掏出手机,看到来信人是小徐。点开短信,蔡彬的胃仿佛一下就好了,他霍然起身,腰杆挺得笔直。

"小徐发消息,说在网吧遇到个人,很像王二勇。"

程兵也一个挺身,站起来的时候,座位上搭着的外套已经套在他身上。他从墙壁挂钩上取下另外两人的外套,扔到他们手里:"你让他别急着行动,一定确认清楚。等我们到了再说!"

小徐今晚排查的网吧并不在住处附近。

门外方圆五公里的网吧几乎都被他走过一遍,这天他花三块钱打了个摩的,去了更远处,区和区、市和市的交界。这儿的监察没有长沙严格,别说卷帘门,小徐看了半天,连普通的玻璃门都没有,只有一个门洞,大敞着对着外面,里面的烟气跟着玩家打游戏的叫骂声呼呼往外飘。

小徐走进去,一股燥热将他包裹。网吧门口没有传统的吧台,只有一个大腹便便的老板一脸杀气地坐在凳子上,玩着像素低劣的手机小游戏。听到声音,他抬起头,没看小徐,而是看了眼墙上挂着的钟,接着便从兜里掏出一个烟壳,写上时间递给小徐。

"一小时三块,烟壳别丢了,出来算钱。"

没有用任何电子系统,老板似乎做的是停车场保安的工作。

为了更融入环境,小徐也点起一支烟叼在嘴里,把黑屏的电话举在耳边,东张西望佯装找人,嘴里还大声念叨着:"我到了啊,你在哪儿呢?里面?我没找到你啊。"

他边说边往里走,高矮胖瘦,年轻年老,他尽量把每块屏幕前的脸都看清。

不知道最近又是什么游戏比较火爆,全网吧的屏幕界面都停留在这款游戏上，动感激烈的画面晃得小徐眼花，唤醒了他不好的回忆：2002年，台平有那么几天滚动播放电视新闻，跟这网吧一样，每块屏幕里都是他和三大队其他人被抓捕的画面。

毫无征兆地，小徐的脚步猛然停止。

他狠狠一咬牙，烟嘴竟然被他尝出了甜味。烟头烧了很久，烟灰直直落在衣服上，他也顾不上了。

左侧四十五度，三排机子以外，最里面的角落里，一个男人的上半张脸隐藏在遮阳帽下，无论屏幕怎么闪都照不全他的五官。网吧里无比燥热，男人们恨不得脱得只剩内衣，那人却依然执着地不将帽子摘下。那下巴的轮廓，耳朵尖利的样子，让小徐的呼吸都快停滞了。

他疾走两步，把手机揣进兜里，等他再抬眼的工夫，正好跟男人对视，没了"找人"这个由头做掩护，小徐的眼神显得有些突兀。

那帽子男迅速收回了目光，装作什么都没发生一样，继续敲击键盘。可小徐分明看到，他把椅子往后挪了挪，身体呈虾一样的佝偻状，那是为了随时能够逃脱；同时，他把帽檐压得更低了，这种程度，他根本看不清屏幕。

小徐迅速在两排外找到一个空位坐下，用看似自言自语，但对方恰好又能听到的声音说："这地方还挺火，找机器找了半天。"

小徐弯腰，装作找主机开机键，实际上把头钻到桌子下面，透过一排桌、凳、人腿，继续看向帽子男的方向，确认他的衣着特征。一双旧胶皮鞋，是防止工作时被电击的；一条膝盖已经磨白的牛仔裤，是经常爬上爬下装卸、搬运空调外机所致。

特征越来越符合王二勇。

小徐正要探出头，突然发现这帽子男的脚微微动了动，两只脚的脚尖同时朝向自己——这是普通人很少能注意到的微动作：一个人的眼神看向别处时，脚尖也会不由自主地指向那个方位。

小徐在观察帽子男的同时，帽子男也在观察着他。

这下，小徐坚定地掏出了电话。刚给蔡彬发完短信，他准备直起身，突然发现桌椅之间空隙变大了，再定睛一看，刚刚的旧胶鞋和破牛仔裤已经不在视线范围内。

小徐猛地一抬头，眼前哪还有帽子男的影子。

他急得差点叫出来，回过头，正好看到对方低着头，把手中的烟壳递给网吧老板，帽子男递出一张二十元钞票，网吧老板在小腰包里翻着零钱，帽子男却摆摆手示意自己不要，接着便缓缓走出了网吧大门。

没法等程队他们了。小徐心想，他急匆匆追出去，却被网吧老板横眉拦住，他甩出一张二十元纸钞，不等老板说话，也融入夜色。看着帽子男是朝左边的方向走的，小徐找了半天，黑暗中却没看到一个人影，他眼神往右侧一瞟，正好看到帽子男的身影消失在街道尽头。

这人还有一定的反侦查意识！小徐心里多了七八分确定。

这片城乡接合区亟待拆迁，路上没什么行人，路灯也是有气无力地工作着，昏暗的灯光下，小徐很难隐藏自己，只能尽量快速无声地跟上帽子男的步伐。心里急躁，小徐越走越快，脚下的动作控制不住，变成了小跑，刚拐过帽子男消失的街角，小徐突然一个刹车，定在原地——

帽子男就在几米外站着，遮阳帽依然挡住他大半张脸，小徐什么都没法确认。

帽子男一直把耳朵贴在墙上，似乎在听来自网吧的脚步声。小徐突然出现，打了他一个措手不及，他愣了一下，接着快步转身，迈开大步奔跑起来。

没有任何继续隐藏的必要了，小徐拿出了警校考核的速度，对帽子男穷追不舍。

五米……四米……三米……

小徐离帽子男越来越近，再近一点，他一伸手就能抓住对方的衣领，把对方放倒，可帽子男再次加了速，两条腿奔跑的速率越来越快，发白的牛仔裤甚至在他身下形成虚影。

小徐也加了速跑着,离他只有几尺之遥,眼看着帽子男就要拐出这条胡同,小徐已经准备好一个飞扑把帽子男按在身下……

突然他眼前一花。

身边一家超市的招牌不合时宜地亮起,小徐腿上一软,又被帽子男拉开几米,帽子男却不再奔跑,而是转身冲进这家刚刚亮灯的小超市。

超市门面不大,一看就是私人开的,门上还贴着打折、减价一类的标语,进门就是一个小吧台,五六排货架寥寥分散在内部。

超市里只有一个年轻的女营业员,她刚刚打开招牌的开关,回吧台的路走了一半,超市门就被撞开,帽子男用尽全力抓向女营业员,把她扯出吧台挡在胸前,接着从兜里掏出一把刀架在女营业员的脖子上。女营业员尖叫一声,但表情很冷静,并未慌乱,只是皱了皱眉,尖叫不是怕得,而是疼得。

帽子男必有前科,这让他更像王二勇了。他箍住女孩的动作非常熟练,单手环绕,用肘部扼住女孩的喉咙,单腿把女孩一条腿别住,这样女孩就没法随意动作。同时,他整个身子缩在女孩身后,小徐看不到他任何的要害部位。他持刀的手很有准头,力度恰好能划破女孩的皮肤,但仅是皮外伤,还能跟小徐周旋很久的程度。

"你别过来!"帽子男尖啸着喊了一句,显然也在崩溃的边缘。刚刚女营业员挣扎了几下,把他的遮阳帽拱掉了,明亮的灯光下,他的五官第一次明明白白地显露在小徐眼前——这是一个年轻人,明显不是王二勇。

小徐哭笑不得。不是王二勇,他跑什么?

懊悔。

自己刚刚摸排时明显放松了,在心里预设了"今天肯定也找不到王二勇"的结果,所以伪装不彻底,不细心,让这帽子男发现自己对他产生了关注。另外,真应该听程队的,做任何动作之前,先确认对方到底是不是王二勇。

内疚。

抓错了人不说，还导致无辜的女营业员受伤，受牵连。

上述情绪只在电光石火之间产生，完全没有耽误小徐的动作。他气喘吁吁，单手扶着货架，平稳呼吸，同时伸出手，手臂顺着呼吸起伏，随着呼吸平顺，手臂起伏的幅度也越来越小。这是他学过的谈判技巧，面对穷凶极恶的罪犯，双方都比较紧张，通过平息自己的呼吸，也能感染对方，使其呼吸平稳，从而缓和整个局势。

小徐给了女营业员一个坚定的眼神，接着对帽子男说："你别……别乱来。"

不知道是因为对方失去了王二勇的滤镜，还是因为他听到了小徐的话变得更加紧张，小徐觉得帽子男变成了垂死挣扎的瓮中之鳖，完全没了强悍罪犯的气息。帽子男握刀的手一直在抖，女营业员脖子上又添了几道浅浅的伤口，她吃痛一声："啧。"

这一声像是碰到了帽子男脑中之弦，他如惊弓之鸟，猛地哆嗦了一下，接着腿也控制不住地颤抖起来。

"你把人放了！我放你走！"小徐说的是真心话。不过，他不会再等帽子男做决策了，他等得起，受伤的女营业员也等不起，三十秒之内，他要想尽办法让女营业员脱身，即使让自己陷入险境也在所不辞。

帽子男目眦欲裂，豆大的汗珠不停地砸在他的手背上，他的声音已经完全扭曲变形了："放屁！我才不信你们这些警察的鬼话……"

"我不是警察，我认错人了。"小徐苦口婆心地劝说着，"真的，你把人放了，我放你走，再晚就来不及了……"他的话一直没停，吸引着帽子男的注意力，而目光却在超市内逡巡。帽子男身边有一排货架，上面都是锅碗瓢盆之类的厨房用品，小徐旁边也有一排货架，没什么能当成趁手武器的商品，卖剪刀的货架在最里面，离两个人都很远。"兄弟，你信我的，我是去网吧找人的，那人欠我钱，我以为你是他，我才追的。"小徐重复了一遍，"我认错人了。"

帽子男将信将疑，但根本没放松对小徐的戒备。颤抖似乎是一种病症，在帽子男身上蔓延，此刻，他的嘴唇已经哆嗦到说不出一个完整的句子。突然，他开始了动作，刀尖微微离开女孩的脖子，小徐刚松了口气，帽子男却箍着女营业员快速向门口移动。

放过你可以，带人出去可不行，小徐心想，那样的话，局势将完全没法控制。

小徐侧迈一步，拦在帽子男的必经之路前。帽子男已经彻底应激了，他不再箍住女营业员，而是持刀对着小徐胡乱挥砍起来。

接下来发生的一幕，让小徐张大了嘴。一直没怎么说话的女营业员刚刚解除束缚，并未迅速逃离，反而看准机会，等帽子男收刀准备再次挥砍的时候，张开嘴，准确地咬住了帽子男持刀的手！

这一口用了致死的力气。帽子男惨叫一声，刀脱了手，小徐灵巧一躲，再看帽子男——

就是现在！小徐抓起旁边放在米缸表面的几颗硬糖，用力甩向帽子男。这几颗糖直奔帽子男双目而去，帽子男躲闪不及，被打得连连后退，几乎站立不稳，女营业员也趁机彻底脱离了危险地带。

随后小徐向前冲了一步，一晃刚刚帽子男身边的货架，锅碗瓢盆噼里啪啦应声而落，把帽子男砸倒在地，小徐直接扑上去，一个警用动作，把帽子男两只手限制在身后，对方再无任何反抗能力。

"骗子，还说你不是警察！"帽子男发出了归案前最后一声呐喊。

"曾经是。"

跟在长沙的时候没什么两样，小徐用鞋带捆住了帽子男的四肢，抬头再找，却不见那个女营业员。小徐心里一惊，赶紧起身出门去寻，刚刚拉开超市大门，就看到女孩捂着脖子从对面回来，那里是一个马上就要关门的诊所。

她自己去找人把伤口处理好了。

接下来的时间，两个人一句话没说，默默地捡起地上的糖果等商品，把超市恢复原样。

程兵三人和警察陆续赶到,小徐一脸做错了事的表情。程兵安慰了几句,小声提醒着众人,接下来不要有什么抵触情绪。果然,等警察到的时候,他们几个和帽子男一起,被按入警车带到了派出所。

全国的派出所都能看到三大队办公室的影子,一扇铁门隔绝了工作区和等候区,即便已近深夜,这里还是灯火通明,电话声、键盘敲击声、哭闹声、吵架声和警官的训斥声交错响起。

铁门打开,派出所所长警服笔挺,举着电话走出来,后面跟着女营业员、小徐、程兵、廖健和蔡彬。程兵示意小徐和女营业员坐在旁边的长椅上稍作等候,他和另外两个人一起把派出所所长围在中间,跟着所长接打电话的动作来回移动,三个人脸上都是抱歉的笑容。

"哎,哎,能听见能听见。"所长终于出声了,程兵三人都眼前一亮。

"哎,是我是我,对对我们派出所是德阳的……杨局,杨局,您好,您好……好的,好的杨局,没问题……让他接电话?好。"

所长示意三个人可以散开了,接着把电话递给了程兵。廖健和蔡彬都没动,目光盯着电话。

程兵清了清嗓子,有些怯懦地说了一句:"喂……"

电话那头,杨剑涛的声音夹杂着心疼、不解和恨铁不成钢:"程兵!你们别再找了。四川我们早就全面排查过了,他肯定不在那儿!"

杨剑涛后面似乎还说了几句什么,程兵没再听,而是把电话从耳边拿开,对着收声部位说:"杨局,这次又给你添麻烦了。我心里有数。"接着,没等那边回答,程兵就把手机递给了所长。

杨剑涛又在电话里跟所长嘱咐了几句什么,所长的目光就在三个人身上来回流转,表情阴晴不定,一会儿似笑非笑,一会儿非常严肃。

等把电话揣进兜里,所长终于换上笑脸,把三个人聚在一起,挨个拍了拍肩膀:"还真是老战友,笔录记完就可以走了。"

三个点头哈腰,不断重复着:"谢谢。"

这一下搞得所长也有些不好意思,他看了一眼小徐,说:"是我应该谢谢你们，虽然不是你们要找的人，但也是个通缉犯，劫车团伙的头儿。"

小徐没感受到所长投来的目光，他的注意力此刻全在身边的女营业员身上："看不出，你胆子还挺大。"

女营业员显得有些惊魂未定，她双手交错放置，压在膝盖下面，双腿无意识地抖动着，身子也跟着晃来晃去。小徐又叫了一声，她才从自我意识中挣脱出来，表情很天真，仰着脖子，似乎在问：你刚刚说什么？

"我说，"小徐重复了一遍，"看不出，你胆子还挺大。"

女孩嫣然一笑，随着笑容露出虎牙。"当时我也不知道怎么想的，就脑子一热。"女孩似乎有点不好意思，指了指自己的虎牙，"我妈说我这虎牙，就是用来咬人的。"

小徐也笑了，出来之后，除了决定要跟程兵一起来找王二勇那天，他很少笑得这么无忧无虑。

眼见着程兵三个人走过来，小徐起身，再次抱歉地叫了一声："程队。"

另外两个人也看向程兵，三个人的目光里露出同样的疑问——接下来怎么办？

一旁的女营业员有点不知所措，只好跟着站起身，她很迷茫，这一晚上如梦似幻。

程兵轻轻地说了三个字："去沈阳。"

三大队四个人脚步铿锵地丈量着中国大地，随着维度和经度的增长，时针和分针似乎也加快了进程。等程兵穿着厚重加绒的劳保鞋，踩进厚及脚踝的积雪，时间已经来到了 2011 年 2 月 2 日。

雷锋帽的两个"耳垂"被程兵死命往下拽了拽，在下巴处系了一个紧扣，口鼻喷出的哈气就打在这扣上，很快就把布料变得湿润，又冻成冰坨，和皮肤融为一体。

"耳垂"被拽下，帽子压得很低，程兵只能低头看路，他一步三出溜，走在一条清冷的老街上。刚出门时帽子没戴好，眉毛结霜，此刻在帽子里已经焐化了，弄得程兵整个脑门都汗涔涔的。这极寒和极闷的交错让程兵禁不住打了个寒战，他缩缩脖子，把整个身子都埋进军大衣当中，双手一揣，加快了行进的脚步。

夜空中时不时亮起如彗星划过般的暗光，程兵总觉得，东北的一切都比南方暗淡一些，就连这射出的魔术弹也一样。炸开的火花点亮了张灯结彩的青年大街，点亮了奥体中心新五里河体育场，点亮了沉默不语的北陵公园和沈阳故宫，也点亮了程兵身处的老街和他眼前的一切。

身后响起不太友好的鸣笛声，那声音如自行车铃，却夹杂着电气的嘈杂。程兵没回头，侧身靠墙，等在路边。一辆挂着小发动机的"倒骑驴"噗噗喷着尾气，带着不纯的柴油味经过程兵身边，宽度刚刚好能通过。车上只有一个人，车斗空空如也，这个日子，不知道他自己要去哪儿或者要回哪儿。

最好是回哪儿。程兵心想。

路过程兵之后，车上那人回过身点了点头，又按了一下铃，似乎在对程兵道谢，程兵也点了点头，接着朝目的地走去。

"倒骑驴"在前面的路口就消失了，拐进一个大门，程兵路过的时候，偏头看了看，恰好又有烟火点亮，隐约能看见生锈的铁栏杆和破败不堪的红色五角星，白色牌子上的黑字已经斑驳不堪，无法辨认，只隐约露出"二厂"两个字。烟火明灭，厂里空旷的地界生出无数巨大的触角，变成阴影，沿着寡净洁白的雪面朝程兵蔓延，似要抓住程兵的脚踝——那是厂子角落里堆放着的无数机器的投影，这些曾经轰鸣呼啸的巨兽陷入了一场无法苏醒的冬眠。那"倒骑驴"停在一侧，依偎在这些巨兽的怀里，接着，传达室的灯亮了，整个厂区只有这一抹灯光，映出身后如山一般的巨大轮廓，孤独地守护着一个萧瑟远去的时代。

程兵看得出神，脚下迈步了也不自知，被绊了一个趔趄。刚开始，他还以为自己被什么支出来的空调外机底座、铁杆或水管绊到了，这条街上的铁疙瘩都被包上了一层厚厚的海绵，磕一下没什么感觉。程兵迈过去就要走，那底座、铁杆或水管竟然动了一下。

程兵心里一惊，蹲在一旁，手从袖子里拿出来，戴着手套开始刨。雪窝里逐渐显出一个人形，程兵一边加速，一边呼唤着让对方动一动，终于，对方的全身露出来，程兵用了全力，才把对方的上半身靠在墙上。

是一个跟程兵年龄差不多大的醉汉。

雪已经完全把他胡子拉碴的下巴糊住了，程兵摸他裸露出的皮肤却觉得烫手。程兵问是否需要送他回家，他摆摆手，手从雪裹里摸了半天，竟然掏出来半瓶没喝完的白酒。他灌了一大口，酒气扑鼻而来。程兵又想翻他的兜，看看有没有身份证、手机一类能证明个人信息的物件，又被对方制止。

程兵站起身，声音显得有些冷漠："你这样就见不到明年的太阳了，会跟其他冻死在外面的酒蒙子一起上新闻。"

"上不了，每天都有好几个，见怪不怪了。"醉汉好像突然清醒了，说了一句逻辑完整的话，他微微睁开眼，觑着打量程兵，似乎在辨认对方是谁，"还没到明年呢……见不到就见不到吧，那也没招，都是命。"

程兵遂不再和他交流，直接报了警，等警灯在街口闪烁，他才继续迈步向前。

这样一个醉汉，究竟经历了怎样的前半生？

程兵这么想着，思绪又有些游离，走了几百米，只觉得肩膀被人往后一顶，刚想回头道歉，对方的骂声就响起了。

程兵没说话，冷着脸看刚刚和自己错过身却不小心肩膀相撞的男人。他的穿着和自己无二，或者说，这个温度下的沈阳男人没有选择穿另一类衣服的空间。

而贴在男人身上的女人就有所不同，一条长款羽绒服遮住细瘦的双腿。她妩媚地甩了一下头发，推了推男人，示意对方不要惹事。

那男人没好气地说了一句："过年好啊。"

第八章 新年　　197

程兵淡淡回了一句:"新年好。"

两个男人相安无事,继续走自己的路。

走了几步,程兵回头看看,那女人几乎缠在男人身上,两个人交错着钻进楼道,楼上一扇窗亮着粉灯。

有点迟了。程兵也迈开大步,老街一头的小亮点终于缓缓变成了一个凋敝的餐馆招牌,店面很小,门可罗雀,但春联、福字和灯笼都是崭新的大红色。程兵钻进门,一股熟悉的气息瞬间把他包裹,灯光昏黄而温暖,电视播放的背景音让人感觉安心。

"程队!"三大队的声音陆续响起……好像少了一个人?程兵没在意,在门口的垫子上跺掉脚底的雪。餐馆老板走过来拉了一把:"哎呀,不用管了,店里本来也不干净,赶紧坐,等你半天了。"

程兵只好跟着老板进门,黑色雪水跟着程兵一直蔓延到座位上。

桌上摆着热气腾腾的杀猪菜和精品小炒,盘和盆都特别大。其他三人都已落座,穿着同款高领毛衣,一看就是一起买的。

程兵依次脱下手套、雷锋帽和军大衣,搭在远处的空座上。见程兵准备就绪,廖健拧开一瓶本地高度散白酒,把杯子聚在一起倒满又分开,还没开吃,四个人先一人灌了一大口。每个人都笑着,但程兵能看出来,那是强装出的喜庆和热闹,配上电视里春晚主持人发出的喜气洋洋的声音,餐桌的气氛显得扭曲且怪异。

"饺子来喽!"老板呼喊着把饺子放在桌上,接着就拉开一把椅子入席,他选择了一个安静的角落,除了一句"哥几个趁热快吃"便没再继续讲话。

程兵跟他碰了一下杯子:"谢谢你啊。大年三十还开门营业不容易。"

"嗐!"老板摆摆手,示意这都是举手之劳,"怎么过都是过,要不也就我一人。你们喝着,我再去看看菜。"不管众人怎么劝,老板还是离席了,只吃了两口饺子,似乎就是要给三大队留下独处的空间。

程兵再次把每个人的酒杯倒满:"别都苦着脸啊,大年三十辞旧迎新,走一个。"

几个人轻轻碰了碰杯，没人站起来，手腕都耷拉着，杯子碰撞的声音有气无力。

"嘶……"小徐被辣到了，终于开始动筷子，夹了一大口酸菜放进嘴里。这个最开始连香菜都不吃的人，跟着程兵东奔西跑，现在已经完全变成了百家胃。"王二勇这王八蛋，就像跟我们兜圈子一样。找了这么久，居然又要绕回广东。"

"大过年说点高兴的……"蔡彬拿筷子敲了小徐的筷子一下。他小口吃着菜，饺子刚咬了两口就放在碗里，酒下得也比其他人慢，似乎还没有从胃痛的折磨中脱身。他转头说："老廖，讲个段子。"

廖健还是没出声，从程兵身边拿起白酒，给自己倒了一杯，然后一口干掉。

程兵这才回想起来，刚刚在门口只听到了两声"程队"，廖健一直没说话。

似乎为了证明自己不是哑巴，廖健终于开口，浓稠的白酒粘连了口腔，他的声音极小："我斥巨资给你们每人买了份人身意外险，希望用不上……"廖健翻出包，把三张保单拍在桌子上，细心地避开了有汤水的区域，防止弄脏。

其他三人有点不明所以，直到廖健说出了下一句话："这保险真贵，比中华还贵。"

小徐眼睁睁看着悲戚爬上程兵的眉头，他不忍再看，只能继续倒酒，继续喝。

"你这老抠……"蔡彬深深吸了口气，用胳膊肘撑了撑廖健，"说吧，什么情况。"

"哥儿个，我找不动了。"廖健一句一顿，张嘴变成了一件艰难无比的事，只有把全身的力量集中到面部肌肉，才能勉强说下去，"晓波想报个夜大，我要回去照顾他。

跟之前马振坤的离开相比，这次，其他三人的反应都没那么大，程兵甚至夹了口菜放进嘴里，边咂嘴边点头，不知道是认可饭菜的香味，还是对廖健的说法表示理解。

"我觉得自己不能太自私。我这辈子没前途了，他也许还有。"说到一半，廖健就想拿旁边的酒瓶，但他竭力控制自己，不想让任何额外动作打断自己，"老马走的时候我还骂他半途而废，现在我也要半途而废了。我对不起你们……"

终于说完了。廖健长长地呼出一口浊气。

终于听完了。程兵、蔡彬和小徐也各自长叹一声，不知道怎么接话。

廖健拿起酒瓶，咣咣给自己倒酒，倒了一杯，洒了半杯，他仰脖把杯子一甩，又有半杯混着泪揉进他的衣领里。

"咳……"程兵轻咳一声，筷子在菜里面翻动，却没有夹起一口，他只有盯着电视里的春晚，才能把话说出来，"老廖，应该的。你说得对，咱们可能都太自私了……"

刘舒和慧慧这时候也应该在家看春晚吧，不知道她们今年的春联是怎么贴的。想到这儿，程兵颇有种"海上生明月，天涯共此时"之感，心里五味杂陈，说不上是难过还是欣慰。

接下来是一场没有声音的饭局，四个人的筷子依次放下，手里的酒杯却一直举着，他们就这么喝着，沉默着，直到窗外的噼里啪啦和咚咚的声音震得窗户直响。程兵望去，目光顺着一条火线直接向上，炸开的五颜六色的烟花映在程兵眼里，仿佛星光。

四个人互相对视，程兵笑了，泪水顺着脸颊流进他杯里，他一口干掉这苦涩，接着大喊了一声："动！"

另外三个人迅速动作，都没穿外套，仿佛回到了三大队最意气风发的年代。他们挤着追着，冲出饭店，站在烟花之下张开双臂，似要将自己完全燃烧。

第一个喊出来的，是喝得最多的廖健："啊！啊！啊……"

蔡彬和小徐紧接着跟上，也都大声喊出来，那喊声听似没有节奏，没有意义，却喊出了他们心中百转千回的思绪。

"随着新年的钟声敲响，崭新的一年到来了！新年好！"

家家户户都把电视机声调到最大，随着主持人的报幕，整个沈阳城的烟花在这一刻默契地点燃。

"哥几个，新年好！"

程兵把三大队其他人挨个拽过来，狠狠搂在怀里，那互相问好的声音最终变成了呜咽，接着演化成放声大哭，他们都哭得不能自已，哭声和烟花一样此起彼伏。闹累了，他们都靠在饭店外的墙上，烟花声渐息，冷空气裹挟着电信号，把《难忘今宵》的歌声送到每个人耳边。

"难忘今宵，难忘今宵，无论天涯与海角……"

蔡彬愣愣地望着夜空，很久都不动一下，小徐靠在蔡彬身边，泪痕已经变成了脸上的冰坨。

"神州万里同怀抱，共祝愿，祖国好，祖国好……"

多余的酒精化作泪水，刚刚无法开口的话语变成哭声，廖健卧在程兵怀里痛哭流涕。

"告别今宵，告别今宵，无论新友与故交……"

台平市一座不起眼的居民楼内，马振坤从电视机旁边离开，站在房间北向的窗边，他的目光没有停留在台平的烟火之上，而是飘向更北的北方。李春秀也走过来，靠在马振坤怀里，马振坤轻轻搂住妻子的肩膀。李春秀刚要说什么，马振坤就摇摇头。

"明年春来再相邀，青山在，人未老，人未老……"

被烟火点亮的天空中，两道相隔千里的目光在星河下相交。程兵的目光也没有停留在台平，而是飘向更南方的茂名。

他的目光比之前人生中任何一刻都要坚定。

第九章　我执

舞台，掌声，大礼堂里特有的味道。

环绕布置的射灯刺得程兵双眼干痛，他一阵恍惚，把手挡在眼前。

台下人头攒动，每把椅子上都有一张写着期待和认可的脸，程兵还看到了刘舒和慧慧，她们坐在第一排，刘舒的头发烫着卷，慧慧还没妈妈高，坐在高椅子上两腿直晃悠，碰不到地面。

这是在……表彰？

程兵一回头，看到自己身后站着三大队的兄弟们，骄傲和自豪从他们的脸上荡漾开，藏都藏不住，大家都穿着老式警服，警徽闪闪发亮，连老张都是程兵记忆中刚进三大队时那年轻的样子。

再侧头，陈局迈着标准的步伐走过来，手里捧着奖状，眼里满是对程兵的疼爱。

"别动！举起手来！我是警察！"

程兵震耳欲聋的喊声响彻礼堂，垂下的幕布上开始播放三大队实施抓捕行动的画面，可程兵无论怎么眯起眼睛看，都看不清屏幕里被他按在身下的那张脸。

是王二勇吗？

程兵甚至朝前走了两步，屏幕不但没变得更加清晰，反而飘荡起了波浪般的条纹。突然，这条纹溢出屏幕之外，老张、刘舒、慧慧、陈局，还有三大队其他的兄弟们，都被裹挟在这条纹之中。

程兵呼喊了两声，伸手去抓，却只能抓到一片虚无。

世界瞬间倾斜。

"啊！"程兵大汗淋漓地翻身而起，手依然挡在眼前。他拿开手，低纬度的光线直射他的面庞。

台平？长沙？德阳？沈阳？浑浑噩噩，程兵一时间竟然不知道自己身处哪里，眼前的世界依然没有从倾斜当中恢复，他一偏头，看到了水波，这才意识到，王二勇并没有被抓住，自己现在身处广东茂名，就是奔着王二勇来的。

这是一条最常见不过的木质渔船，表面涂了蓝绿不辨的防腐油漆，船舷上涂着"粤渔"的字样，后面是一串编号。几株海苷随意地搭在船缘，散发着腥气，船尾还散落着刚刚收起来的渔网，一只小螃蟹被渔网缠住腿，试了几次都无法脱身，最后，它竟然惨烈地自断一肢，这才一溜烟地逃回水中。

程兵不禁想到，王二勇要是有这样的魄力，自己穷极一生，是否都没有再抓住他的可能？

此刻，程兵正光着膀子坐在船尾的救生圈上，他被晒得非常黑，四肢和躯干是同样的颜色，跟渔民没什么两样。长时间的暴晒让他的后背暴了皮，一跟救生圈粗粝的表面接触就磨掉一块，可程兵已经感觉不到疼了。海上就是这样，风一吹，不热，但是浑身都像被烫伤一样狼狈。

程兵向大海深处眺望，明明是海面，远处的水域却透着内陆水域一样的碧绿，这让程兵想起湘江，想起绵远河，想起浑河。

离渔港越近，水面的颜色越深，油花和污渍污染了水面，等到了程兵所在的渔船边，如墨的蓝黑色沿着渔船行驶的方向在船尾划开。程兵回头一看，渔船密密麻麻地塞在港口里，每条都喷着柴油的臭气。

他关了发动机，单手摇晃着船尾的机桨联通式引擎，只通过摆舵控制方向，渔船带着他随波漂流，在这些停泊的渔船之间穿梭，却从未跟它们发生过擦碰——程兵控船已经很熟练了。

他的目光如探照灯，在各条渔船的甲板和船舱内搜寻，大部分渔船都空着，偶尔看到一两个人，耳朵都不是尖的，没有哪怕一样和王二勇相似的特征。

远处响起哨声，这是渔民之间特有的沟通方式，那高频的声音能在渔船和渔船之间传播得又广又远，完全不会被海风吹散。三短一长，是程兵和蔡彬约定的暗号。

程兵迅速掉转船头，如表面光滑的鱼，左突右钻。

哨声越来越近，程兵看到了蔡彬的身影，他正沿着停放的渔船之间搭着的木板，一脚深一脚浅地蹦跳过来，最后一个大跳，踩进船头。船身一晃，水花四溅，腥味更浓，程兵只觉得海水一会儿扑面而来，一会儿又转瞬远去。蔡彬大剌剌地坐在船头，露出跟年龄不符的顽皮表情，两个人都像玩闹的孩子一样，笑了。

程兵和蔡彬同时朝对方摇摇头，示意没有收获。渔港之外，海平面的视线尽头，几艘采运一体的挖沙船正轰隆隆地把海沙自海底抽到甲板上，那沙子埋葬了两个人又一天的努力。

正值盛夏，是玩水的好季节，海滨浴场传来阵阵欢笑声。浴场离渔港并不远，但是渔船开不过来，海底埋着阻拦网一样的东西，横亘中间，除了阻拦船只之外，似乎还有净化水质的作用。

两个人下了锚，把渔船停靠在港口，徒步来到海滨浴场。远处滨海公路上的行道树四季常绿，让程兵想起到达茂名的旅途，从枝杈光秃秃到枝繁叶茂，火车车窗外的绿意越发盎然，仿佛一趟车就跨过了数个季节。

浴场沙滩上热闹非凡，玩水的，开摩托的，吃东西的，看表演的，每个游人脸上都扬着无忧无虑的笑容。这份快乐似乎也感染了程兵，他和蔡彬两个人停下来，看了一会儿正在临时搭建的台子上表演的傀戏。那半人多高的木偶动作灵巧，活灵活现，画着美髯与怒目，听唱词应该是关羽。

之后，两个人去浴场的简陋浴室简单冲洗了一下，出来时都换上了背心和短裤，坐在大排档的塑料座椅上，闻着白灼怀乡鸡飘来的芬芳，他们都有点饿了，点了不少海鲜。清、鲜、香、嫩，此地海鲜的做法跟沈阳的蒜蓉不同，跟马振坤的辣炒更是有天壤之别，基本用锡纸包着，不加太多作料，慢慢蒸或者烤熟。摊位热闹喧嚷，但烟火气不重，更多地给人一种清新感。

程兵点起一支烟，又递给蔡彬一支，蔡彬摆了摆手拒绝了，指了指自己的肚子，他还是有点不舒服。之后，蔡彬看向远处的挖沙船："这些船一艘艘摸排，机会不大，但也不是没有，就怕他上了运沙船跑去了别的省。"

"试试吧。"程兵的音调不辨语气，眼神也隐藏在烟雾里，不知道态度几何。他突然话锋一转，问道："小徐呢？这两天怎么总神神秘秘的。"

"来了。"蔡彬看向程兵身后，又朝远处摆了摆手。

程兵顺着蔡彬的视线回头望去，只见小徐兴冲冲地走过来。这次，他不是一个人，还牵着一个女孩，两个人的手牵得非常紧，指节都握白了也不放手。多年的刑警直觉让程兵注意到两个人无名指上崭新的对戒。

程兵看着女孩有点眼熟，但怎么也想不起来在哪儿见过，不过，他能确定，肯定不是在茂名。要么是沈阳，要么是德阳，要么是长沙，要么是台平，哪儿都不近，女孩能追着小徐来到这儿，"真爱"两个字分量都轻了。

很短一段路，两个人走了挺长时间，似乎每一步都有内容，每一秒都有说不完的话。那女孩时而蹙眉侧耳倾听，时而展颜开怀大笑，还偶尔羞赧地捶小徐的胸口两下，小徐一直没看路，偏头看着女孩，嘴角就没放下来过。

等终于来到程兵和蔡彬身边，女孩挽着小徐的胳膊，小徐搂着女孩的腰，轻轻把她往前推了推："这就是我们程队，之前见过的，你就叫兵哥吧。"

女孩低下头，小声叫了一句："兵哥好。"

她见过自己吗？程兵还是没想起来女孩是谁。

蔡彬把椅子挪过来，小声提醒道："德阳，那个超市……"

不知道小徐又跟女孩说了什么，女孩低头莞尔，一颗小虎牙若隐若现，配上笑吟吟的嘴角，愈发可爱了。

程兵恍然大悟，直拍大腿："哦……你是那个……"

第九章 我执　　205

小徐松开了女孩的手,来到程兵身边,介绍道:"她叫陈兰。"

程兵连忙起身,他和小徐的年龄差距没那么大,但真有种儿媳妇第一次来家里的滑稽感。他双手在裤线处搓了搓,连声说着:"哦……想起来了想起来了,快坐快坐!"

蔡彬起身相迎,小徐和陈兰坐在了两个"老家伙"对面,等二人落座后,程兵就没再说话,一直盯着小徐,想等他说出自己早就预料到的那句话。小徐不发言,女孩也不知道该说什么,一直低着头,似乎身下有什么特别值得她关注的新奇物件。

眼见气氛越来越尴尬,蔡彬递给小徐一支烟,烟递在半空中,陈兰终于抬起头,没看烟,看的是小徐,似乎在等小徐的反应。

小徐摆摆手,看他的表情,似乎在说:我已经答应陈兰了,戒了。

蔡彬心领神会,把烟收回来,自己点上,刚抽了两口就开始咳嗽。

"来喽。"

小徐深吸一口气,刚想说些什么,就被上菜的大排档老板打断。一盘盘冒着蒸汽的锡纸上了桌,老板用牙签一戳,划开一条条缝隙,腥香顺着缝隙飘出来,让人忍不住想动筷子。

陈兰也不催,就静静等小徐调整好状态。终于,小徐鼓足勇气,抬起头正视程兵的眼睛,声音洪亮地说:"程队……我不找了。我和陈兰要结婚了。下午的车票,一起回她老家。"

刚进三大队的时候,小徐虽然有些锋芒毕露,但懂规矩,办事一直很稳妥,几乎不搞突然袭击,这个优良品质当然也保持到了现在,今天才说这句话,他之前一定找人参谋过,打过招呼。

程兵看向蔡彬,蔡彬淡淡一笑,那笑容中带着释然和认可,不知道是不是茂名的海风彻底抚平了他心里的躁动,本来是程兵一个人的修行,倒把蔡彬修得像佛了,他身上现在一串佛珠都没有,心境倒比2009年豁达了不止一个等级。

显然,蔡彬知道得更早。

看到程兵和蔡彬的眼神交流，小徐接着说："我之前问过蔡哥了……"

蔡彬认同地点了点头，表面上对着小徐说话，实际上话里话外都在劝程兵："我说了，这就是缘分，我支持。"

看着两个人的样子，程兵没来由地觉得有些好笑。兄弟们好像总是担心，他们的离开和退出会对程兵造成不良影响，似乎他们是理亏的一方，做了什么天大的对不起程兵的事情。殊不知，程兵一直认为，是他对不起兄弟们，把兄弟们拉进了一场本来就不属于他们的战争当中。

见程兵没说话，小徐拉着陈兰起身，推开没人坐的空椅子，来到程兵身边，两人颇为默契地朝程兵深深鞠躬。这一下可是把程兵吓到了，他赶紧伸手去扶，如长辈对晚辈道："快起来，你们这是干吗！"

小徐嗫嚅着，话里已经带着哭腔："我也半途而废了，对不起，程队。"

"傻子，你辜负了这姑娘才叫半途而废！"程兵厚重的大手把小徐的手捏在手心，又晃了两下，"办事的时候通知我们，喜酒一定要去喝。"

听到这话，陈兰确定了程兵的态度。和小徐交流时，程兵总是会出现在他们的话题里，从小徐崇拜和敬佩的口吻中，陈兰能听出来，这个老大哥对小徐的人生有多重要。现在，老大哥发了话，陈兰浑身放松，一直半紧绷的身子舒展开，她抓着小徐的手，使劲晃了几下。

小徐看了看陈兰，陈兰读懂了小徐的眼神，回到了座位上，而小徐依然在程兵身边站着。程兵也郑重地站起身。

"程队，我有个心愿……"小徐抽抽鼻子，攥紧了手才能把话继续说下去，"你一直叫老张师父，其实我在心里也一直拿你当师父，今天虽然要离队了，但我能不能喊你一声'师父'？"

小徐再次缓缓鞠了一躬，程兵看他弯下去的脊梁，仿佛在看慢动作。此刻，他的身子仿佛变成了倒转的时针，世界只剩下程兵一个人，身旁的一切都迅速后退，一年前，两年前，五年前，九年前……

"程兵队长，三大队徐一舟前来报到！"这是程兵第一次见到小徐时，小徐说的第一句话。

第九章 我执

"学校里学过一点……"这是"9·21"案案发时,小徐愣头青一样打断了法医的话,马振坤训斥他之后,他悻然站在一旁时说的话。

他还想起9月26日凌晨三点,踢出改变三大队众人命运的那一脚之前,小徐的骂声。那是程兵第一次听他骂人,也是唯一一次。

"我喜欢跟狗待在一起,不用说话,不用费脑子,比跟人待在一起自在……"这是2009年,出狱后的程兵再一次见到小徐时,他说的话。他还是年轻的面庞,但神色已经满是沧桑。出来之后,见了杨剑涛,见了刘舒,见了慧慧,见了三大队的其他兄弟,这是程兵第一次有想流泪的感觉。

"程队,我跟你去!"台平市第二公墓,老张的墓碑前,正是小徐的这一声,拉开了三大队二次追捕王二勇的序幕。程兵总觉得,把原本各奔东西的三大队兄弟再次拧成一股绳的,除了他程兵之外,还有小徐的这句话。

然而,电视剧再好,无论写多少续集,总有剧终的一天。三大队的其他兄弟已经尽量把这个美好的故事延长了,程兵心里没有别的,只有感激。

程兵上前一步,缓缓扶起小徐,时光正向加速,从过去奔涌而来,他在脑子里又过了一遍和小徐相处的细节,小徐的脸从沧桑变得青涩,又恢复到沧桑。等小徐最终直起身,程兵身边的景象也恢复了正常,没有三大队,没有监狱,只有小徐、蔡彬和陈兰。

程兵都不知道自己的眼眶什么时候湿润了,他不想让眼泪掉下来,只能微微点点头。

小徐咳嗽了两声,抹了抹眼,站了个笔直的立正姿势,敬了个标准的军礼,眼神亮晶晶地大喊了一声——

"师父!"

两个人紧紧拥抱在一起。蔡彬也凑过来,揽住两个人的肩膀。

程兵亲昵地拍了拍小徐的脸:"你小子……一定要幸福!"

陈兰也流下泪来,泣不成声。

有一种综艺游戏，随机性很高，摸不到结果，挺折磨人的：找一个飞镖，再找一个大地球仪，地球仪飞速转动，飞镖落上去，扎到哪儿嘉宾就要去哪儿接受生存考验。命运就把程兵安插在了这样一个游戏当中，玩弄于股掌之间，两年多了，程兵深陷其中，无法自拔。

这次，飞镖扎到了西双版纳。

几声陌生的鸟叫让程兵抬头，天高地远，一排说不清是灰是白的禽类从他头顶划过，飞得很高，站在那个高度，一定能洞察西双版纳的一切。

已经是冬天了，西双版纳依然如春。两年多来的奔波使程兵的身子瘦削坚实，对季节和温度的变化完全不敏感，从极寒的沈阳到极热的茂名，从温带季风气候到亚热带季风气候，再到热带，程兵甚至连喷嚏都没打过。

西双版纳的禽类，程兵只略略知道白天鹅，那是一种标准的候鸟，天冷了就来到西双版纳越冬，但天上这些明显不是，小巧的样子没法支持长途跋涉，根本不像候鸟，但它们为什么也按照一个方向飞行，朝着一个目标努力呢？在西双版纳，程兵了解到，有一类人群被称为"候鸟老人"，他们春夏在北方生活，秋冬就来到南方颐养天年。类比过来，他们就是白天鹅，而程兵就是没有规律的灰白鸟。

那些鸟叽叽喳喳地叫了几声，兴奋于发现了新落脚点。顺着鸟群降落的方向，程兵看到河中间有一片不小的浅滩，阔叶植物和地被植物把那里装点得郁郁葱葱。一轮落日映照河面，河水缓缓远去，静谧悠长。

又是一个适合告别的场景。

程兵看了看身旁和他一起坐在河边的蔡彬，两个人都没说话。过了一会儿，蔡彬起身，捡起一块圆润趁手的石头，俯下身甩出去，石头在水面弹起几次才落下，激起了阵阵水花，鸟群再次飞起。

说点什么吧，程兵心想，但又不能直接说。纠结当中，程兵只能继续跟蔡彬探讨案情："现在的年轻人都是网上买货，催生出一个新职业，快递员。说是在大量招聘，我想去碰碰运气……"

"这几年啊。"蔡彬坐回程兵旁边，说话似乎要消耗他很大体力，字和字之间的空隙很长,"这几年咱们运气,好像一般。"

蔡彬递给程兵一张纸,抬头是"影像学报告检查单"。

程兵没细看报告的内容,从蔡彬惨笑的脸上他就读出了一切。

这一刻,那病症隔着空气传染到程兵身上,他一下觉得天旋地转。河滩平坦,他却怎么也找不到着力点。程兵晃悠了两下,强撑着站住。他的身体里郁结着什么完全无法消散的秽物,他俯身、弯腰、蹦跳,却怎么都无法将那秽物剥离。最后,他痛苦地把手指伸进嗓子眼,想要把那秽物抠出来,但依然没效果,他蹲在地上干呕,涕泗横流。

程兵的干呕完全无法停止,他知道那不是生理上的,而是源自心理,他强迫自己转移注意力,可只是扫了一眼,程兵就记住了那张报告单上的每一个字,他给了自己的脑袋两拳,让思维避过最后一行的诊断,集中在其他的细枝末节。他注意到,抬头之上,是广东茂名一家三甲医院的标志——

大半年之前,蔡彬就已经查出来了绝症。

程兵知道,蔡彬也知道,这次来到河边,就是为了告别,可这告别未免太惨烈了一些。马振坤、廖健、小徐……大家陆续离开,虽然之后没见过面,也几乎没有过交流,但程兵知道,总有一天他们会再见。人在潜意识里认为自己和身边人都是永生的,可这意识遇到了蔡彬这个坎,再也迈不过去。

"还好,没到晚期。做个胃切除就没事了。"蔡彬在一旁拍了拍程兵的后背,故作轻松地说道。

屈指可数。程兵脑子里突然冒出了这个成语,用来形容他和蔡彬在余生中见面的次数。

"你赶快回去治病,别再陪我找了!"程兵沙哑着嗓子吼出这句话,身体终于舒服了一些,可喊完他就后悔了。巨大的纠结将他吞没,理性告诉他,必须让蔡彬回到台平,回归那个虽然已经支离破碎,但永远是依靠和港湾的家庭;但感性又拉扯着他:在长沙的时候,蔡彬的身体就已经呈现出异样，胃癌的病程进展很快，癌细胞两三个月内就能扩散到全身各个脏器，这一别，很可能是永别。

也不一定。

如果程兵不再执拗的话，如果程兵不再寻找王二勇的话，如果程兵能回到台平的话，他可以在保安队长的岗位上混日子，没准还能享受到来自杨剑涛的庇护，喝了小徐的喜酒之后，每天晚上都能和兄弟们一起去马振坤的夜宵摊，这次，李春秀一定会笑脸相迎，他又能看到廖健蹭马振坤的烟了，廖健肯定还会抠门地让马振坤把中华的钱还给他，几个人白天还可以轮流去医院陪护蔡彬，陪他走完人生最后一段路……

天朗气清，程兵的耳朵里却呼呼灌着风，那风还带来了一句话，是蔡彬在老张墓前说的：佛法说，"我执"是一切痛苦的根源。

似乎看出了程兵内心的纷争，蔡彬要做最后的努力，把程兵从自我的世界中拽出来。他伸了个懒腰，随意地说道："程队，咱俩比一比，看谁先游到对岸。"

程兵终于从思维里钻出来，有点担心地看着蔡彬，脑子里冒出了一个不合时宜的想法：脏器脑病，病程进入晚期时，巨大的痛苦会让患者的脑子变得糊涂。

蔡彬斜了程兵一眼："别拿我当病人，不一定谁输呢。"

程兵不置可否。

蔡彬小声问："比一比？"

程兵不说话，这两年经历的离别太多，他不想每次分开时都走马灯一样播放三大队的兄弟们相聚又离散的场景，但那些景象总是控制不住地往他脑子里钻，各个年龄，穿着便服、警服、囚服、袍子的蔡彬一起站在程兵面前，每个人都呢喃着问道："比一比？"

程兵瞪大眼睛，让自己记住蔡彬现在的样子，他这才发现，蔡彬已经被病症折磨到瘦瘦小小。这种变化是从什么时候开始的？长沙？德阳？沈阳？茂名？程兵甩着脑袋回忆，但每个阶段的蔡彬都是大腹便便，满脸横肉的样子。

"比一比？"蔡彬的声音稍大了一些。

程兵小声回应："比一比。"

蔡彬似乎没听清，又好像要让程兵从心里确定自己的答案："比一比？"

程兵说："比一比。"

蔡彬几乎在吼："比一比？"

"比！比！比！"

程兵连衣服都没脱，开始朝水面奔跑，水漫过了他的脚踝，膝盖，腰部，最后他一个猛子扎进去，奋力向对岸游去。

"程队，抢跑，玩赖是吧！"蔡彬哈哈大笑，似乎了却了一桩心愿，紧跟着程兵划开的水痕，也入水奋力游了起来。

两个人都是标准的军警渡河姿势，说不上是什么游泳门类，脑袋一直露在水面上换气，速度却一点不慢。

渐渐地，蔡彬有一些体力不支，他落后了，便趁机在河中心的浅滩上歇了歇。在他的目光中，程兵已经变成了远处的一个小点，他又踩了踩水准备去追，等水即将漫过他的胸口时，他轻轻摇了摇头，返回浅滩。

这给他两年来的跟随做了个总结。

程兵还是只露出一个脑袋，奋力向前的身影倔强而孤独。

"兵哥！"

蔡彬是第一个换称呼的人，也是坚持到最后才换回称呼的人。

"人要往前看，不能总活在过去。我们找了这么久，还是找不到王二勇，你想没想过有可能是因为他不再作恶了，他想变成好人，老天给了他一次重新开始的机会？"

程兵好像没听到，连头都没回，向前扎了一个猛子，消失在河面之下。

等蔡彬再看到他的时候，他已经登上了河岸，湿淋淋地朝主路上走，并没有回头。

"你要不要也给自己一个机会重新开始啊？！"蔡彬喊得声嘶力竭，"咱们都给自己个机会好不好？"

程兵还是没有回头，只是伸出手，像举着一把需要细心呵护、躲避风吹雨打，才不会熄灭的火炬，他轻轻摆了摆手，算是最后的回应和告别。

蔡彬确定，刚才那句话，程兵听到了。

蔡彬跌坐在浅滩之上，惊起鸟群无数。

他号啕大哭。

佛陀往往以身殉法，但他们从不哭自己，而是哭世人。

从西双版纳傣族自治州到广西梧州，一千五百一十公里，昼夜不停地开车，经过昆磨高速和广昆高速，大概需要十七个小时，而程兵却走了整整两年，度过了两轮春夏秋冬。他当然没有徒步，但他的修行比那痛苦得多，他不停地寻找、折返，跑着一场看不到终点的马拉松，每座城市都只是他的驿站。

他不用再翻动日历了，他把自己变成了日历。

春意盎然之时，树叶随着微风摆动，阳光把树影打进公交车内，乘客寥寥无几的早班车上，程兵用鹰一样锐利的双眼盯着每一个来往的乘客，甚至有些病态，大多乘客都被他盯得浑身发毛，坐在离他很远的位置，没有警服加身，他的气场依然在。这样的搜寻，他经历过成千上万次，每次都是一样的无功而返。他终于收回目光，继续翻看他那泛黄的笔记本，笔记本早都写满了，在原本行与行、字与字之间的空隙，又增添了不少有用的信息。钢笔、中性笔、圆珠笔，2002年第一次用来记录的那支钢笔的生产厂家已经倒闭了，程兵却还在赴一场自始至终看不到宾客的宴会。笔记本的质量远不如程兵内心那样坚挺，不少纸张都飘零掉落了，程兵重新进行了装订，还把封皮换成了防水的。

一辆公交车，不少乘客，全是完全陌生的脸，程兵再也找不到和过去相关的一切——除了"9·21"，除了王二勇。

南方盛夏，刚刚铺设的沥青散发着难闻的味道，蒸腾的热气把一切变成看不出形状的海市蜃楼。程兵对此已经见怪不怪，南方北方，东边西边，沿海内陆，经历过太多的夏天，这让程兵的内心失去了对燥热的抱怨，也让程兵的身体忽略了对温度的感知。程兵身着红色的环卫工人服装，戴着黄色的遮阳帽，和一众环卫工人在高架桥下稍显阴冷、臭味扑鼻的桥洞里乘凉。环卫工人全都解开了衣领，摘下帽子，用各种各样五花八门的物件扇着风，程兵却穿戴整齐，全副武装，连一滴汗都没流。一个刚才被程兵拦住的老大爷非常热心，一边挥动着草帽扇着风，一边指着对面的几个老旧小区，跟程兵介绍着入住人员的情况。

忽而一阵喧嚣，一名举着小旗子的老师引着一群小学生来到桥洞下，那旗子上印着某个公益活动的标志，小学生们穿着相同的服装，把冰凉的矿泉水挨个送给环卫工人，不停说着，叔叔阿姨，爷爷奶奶，辛苦了。一名小女孩来到了程兵面前，看着程兵的脸，愣了一下，似乎在斟酌称呼，等看到程兵已经完全花白的鬓角，她迅速递过来一瓶水，敬了一个少先队员礼，说了一句，爷爷，您辛苦啦。

程兵一愣，接着突然站直，回应了一个警礼。

这下，轮到小女孩发愣了。

秋天，无论在什么地方的秋天，总是好的。这是《故都的秋》的开头。程兵跋涉到一座陌生的城，离台平非常近，但他从没有回"故都"看过一眼，或者说，那地方已经不再被他认为是家了。此刻的他，正穿着保安制服在小区里巡逻，比起2009年，一切都发生了翻天覆地的变化，各类智能系统纷纷上马，连栏杆都不用人工操作，保安似乎只剩下了挨骂这一件事可做，可程兵依然一丝不苟，特别严格地登记着来往每一个陌生访客的姓名和身份证号。在城管依法驱除小摊小贩时，他给这些为生活挣扎的人指明了正确的营业地点；他被趾高气扬、酒气冲天的驾驶员痛骂过，但最后还是帮他停好了车；也被大爷大妈抱怨过帮理不帮亲，给正常人员出入增加了很多负担；还为了给小区居民办一张小小的狗证而跑前跑后；甚至还帮着保安队长抓过入室盗窃的劫匪。他完全不知道，这些都是那些陪伴过他，但因各式各样原因退出的三大队兄弟们经历过的。程兵不仅仅为自己一个人而活，他还活成了马振坤，活成了廖健，活成了蔡彬，活成了小徐，他一个人活成了一个市局刑侦支队三大队。

可这队伍里，似乎少了他自己。

他再也没为自己而活。

除了极冷的几天，南方冬天的温度并不会低到让人难以忍受的程度，程兵的生活一直在做减法，他暂住过越来越多的城市，行李却越来越少。在人来人往的车站，身着短袖帮着旅客搬运包裹的他，偶尔觉得非常幻灭，穿着高领毛衣和军大衣踩雪仿佛是上一世的他经历的生活。"怎么这么慢啊，车都要开了！""你注意点，给我家老爷子碰到，你赔得起吗！"顶着骂声，程兵闷着头把归乡旅客的行李送到洁白的车厢内。一切都变了，时速两百五十公里以上的动车呼啸着越过车站月台，程兵这辆老绿皮车，被时代越落越远。车站大屏上显示着春运的加开班次，车站内的大红灯笼终于让程兵有了一点时间观念，又是一个春节……

春又暖，花再开，程兵终于跟着线索抵达广西梧州。时代等不了任何一个原地踯躅的老古董，即使是这座五线城市，也被LED屏装点得色彩斑斓，这世界似乎不再需要电视了，每座高层建筑的玻璃幕墙都是触达用户的最直观屏幕。程兵听说现在个人都能完成手机定位，那个外国手机厂商新出的手机，如果丢了，只要用户登录同一个账户，就能通过电脑找到手机在哪儿。"现在监控都全国联网了。"距离杨剑涛说出这句话，又过去了四年，信息技术已经武装到牙齿，为什么还是找不到王二勇？

程兵不明白。

梧州的地标建筑外墙播放着本地晚间新闻。

"8月2日，我省梧州市月亮湾社区发生一起恶性杀人案件。据省公安厅和梧州市公安局专案组透露，市民秦哲见义勇为，主动举报犯罪嫌疑人王某某，但过程中不幸被王某某杀害。据悉，王某某是公安部 A 级通缉犯，目前本案正在进一步审理中……"

程兵明明已经拐过街角，但看到关键词之后又退了回来，找了个视线最好的地方，把新闻完完整整看了一遍。玻璃幕墙的反光，加上中央商务区彻夜不灭的霓虹，映亮了程兵遍布尘灰、苍老疲倦的脸。

阿哲，号子里的好朋友，掐指算算，那已经是十一年前的事了。

他曾经说过："兵哥，我要出去了，一定帮你抓到王二勇。"

是的，他姓秦。

"不是跟你说了，等我回来再给他们开门吗？"

有的人不用任何身外之物装点，也能被人一眼看出从事什么样的职业。这个边挂电话边下车的男人正是如此，他语气有些焦急，但仍能看出气质儒雅，一看就是从事教师、培训之类的工作。

他正是曾经跟程兵一起蹲过号子的阿哲，十多年过去，那段不堪的经历没有在他身上留下任何痕迹，他完全成为推动社会飞速向前的一个坚实齿轮。

他急匆匆走近一座居民楼，楼体跟正常的住宅差不多，不过屋顶做了特殊的处理，类似六角形的塔身建筑，那是致敬梧州本地的古近代特色建筑群。到楼下的时候，阿哲抬头，看了看挂在外墙的一排排整齐的空调外机，没有任何异样。他心里想着，当初兵哥都是怎么看出各种角落不合逻辑的细微之处的？

他多次按动电梯按钮，电梯姗姗来迟，没等门完全打开，阿哲就钻进去，再一出电梯，就看见家门敞开。他心里一沉，不过那种微妙的不祥预感很快就被打消了，他几乎是小跑着往家里冲，还没进门，就听见了妻子小吴的声音。他长长呼出一口气。

看到阿哲回来，小吴迎上来，跟两位空调维修工人介绍："这是我老公，电器方面的事儿我可能不太明白，你们跟他讲。"

说着，小吴凑到阿哲身边，小声说："怎么了？为什么不让我给他们开门？"

阿哲说："没什么，提升防范意识，你自己在家多不安全。"

小吴笑阿哲草木皆兵："这都什么社会了，有什么不安全的？"

阿哲摇摇头，没再解释什么，上前去和空调师傅们交流。

来到空调外机旁边，阿哲的眼神一下就定住了——

一直站在阿哲旁边跟他介绍情况的，是一个高大的老师傅，他操着本地口音，没什么问题，而另一个师傅一直背对着阿哲，鼓捣空调外机，从后面看过去，能看到耳后的口罩固定绳——他全程戴着口罩，这有点奇怪。

更让阿哲心里打鼓的是，他的耳朵尖尖的。

阿哲不动声色，从厨房取出两瓶矿泉水，递给两位师傅。那师傅只回头看了一眼，示意阿哲把水放在一边，这一对视，阿哲便感到头皮一麻。

眼神，是那种眼神。

他曾每天都被这种眼神包围，这眼神后来又多次出现在他的噩梦中。

谨小慎微但蔑视一切，人畜无害却穷凶极恶。这是重刑犯的眼神。

阿哲上前一步，把水拧开递上去："现在就喝吧师傅，看你捂得这么严实，别再中暑了。"

"谢谢。"对方下意识地回应了一句，把矿泉水接过来，又拧上了盖子，放在一边。

四川口音！

太像了。阿哲的心脏狂跳起来，难道自己当年一语成谶，真能帮兵哥抓到王二勇？

在之后的空调维修过程中，无论阿哲怎么旁敲侧击，那个戴着口罩的师傅再没说过一句话。阿哲不敢逼得太紧，如果他真的是王二勇……被一个仍在潜逃的重刑犯知道家庭住址，是一件非常危险的事，他倒是无所谓，

第九章 我执

主要是小吴还在家里跟他一起生活……

送走两位师傅之后，阿哲晚饭都没吃好，随便扒拉两口后就钻进书房，打开电脑，疯狂查阅"9·21"案的相关资料。

王二勇果然在逃。

阿哲越查越细，甚至点开了台平当地论坛，仔细检索带相关关键词的帖子，他不再关注王二勇，而是想知道他的兵哥现在怎么样了。算起来，他应该也出来好几年了，是否还在坚持对王二勇的追捕呢？

阿哲无法确定，但他总觉得，自己必须做点什么。

第二天天一亮，阿哲就出门了。

送走了他，小吴总觉得心里空落落的，似乎有什么大事要发生。她想起刚刚跟阿哲确定关系时，对方坦白了那段不太光彩的历史，不过，说到激动之处，他有些眉飞色舞。

"当时我在里面总被欺负，是前刑警兵哥一直在帮我。兵哥是好人，我一直记着他那句话，他让我出来之后，从头好好活，否则他肯定饶不了我——我能有今天，跟这句话的关系非常大！"

还真挺想见见阿哲口中的兵哥的，小吴心想，这会是一个什么样的人呢？

果然，这就见到了。

这是梧州市街边随处可见的茶楼，桌上的糕点都放凉了，硬撅撅躺在盘子里。程兵和小吴对坐有一段时间了，两个人连餐具的包装都没拆。气压很低，小吴一身黑，眼睛肿得不行，时时刻刻透着"明明已经活不下去了，但必须行尸走肉般活着"的观感。

"那天……"小吴刚说了两个字，纸巾就攥在手里，不停往眼角抹，"家里空调外机坏了，我打电话找人来修。来了两个师傅，其中一个全程戴口罩，阿哲跟他聊了几句，听他口音是四川的，再想聊，那人就不搭话了。等他们走了，阿哲对我说，这人很像兵哥你要找的人，太像了。"

嗒。程兵的身子猛地向下一伏，似乎突然失去了着力点。他眼睛一瞪，把手中的中性笔翻过来,笔头的笔珠竟然被他按掉了。他愣了几秒钟,就那么看着笔油从笔芯里漏出来,滴滴点点落在笔记本上。

"哎,兵哥,这怎么了?"小吴起身,递过纸来。

"没事没事,我用太大力了。"程兵慌忙地接过纸,在笔记本上胡乱擦了擦,越擦痕迹越多,最后他索性不管了,新拿出一支笔,翻出一页新纸。他像个沉默的机器,从小吴的话里挑出关键词,唰唰记好,全程根本没敢抬头看小吴一眼。

小吴接着说下去:"那天晚上他一夜没睡,一直上网查你那个案子的资料,第二天天没亮就走了。这一走,就再没回来。后来我听他们说,他一直跟着那人到了郊区路上,在那儿出的事。"

程兵的眼皮开始控制不住地狂跳。他完全无法想象,在他从事各个职业、在全国大范围摸排的同时,还有一个人也在做同样的事。这个人不是三大队的,跟"9·21"案唯一的关系就是,跟程兵一起蹲过几天号子。

程兵盯着每一个修空调的师傅,阿哲也盯着每一个修空调的师傅。程兵潜伏,阿哲也潜伏;程兵跟踪,阿哲也跟踪;程兵活到了现在,并会接着活下去,而阿哲……

这一切,就是因为号子里的那一面之缘。

是我害了你啊,阿哲。程兵悲哀地想,我们要是从来都没见过,该多好。

小吴将一张字条递给程兵:"这是公安局马警官的电话,你打给他,确认下,是不是你要找的那个人,我也算帮阿哲了了桩心愿。"

"谢谢。"

程兵不愿再跟小吴有过多交流,他心中有千万句对不起要说,但好像每句都不符合现在这场合。程兵只想逃离,逃离一切他自认为的自己造成的恶果。

"兵哥。"小吴喊住了程兵,"我和阿哲是在司考补习班认识的,他是代班老师,我是他学生。他一直跟我说,没有你就没有他的今天。"说完这句话,小吴抽了抽鼻子,简短道别之后,起身离开。

程兵呆坐，百感交集。

我们要是从来都没见过，该多好。这是程兵想的。

没有兵哥就没有我的今天。这是阿哲说的。

没来由地，程兵想起自己刚进号子那天晚上，红中……是叫红中吧，还有一个叫虎子的，在程兵脑海中，他们的模样已经模糊了，不过，程兵还记得，他们几个欺负阿哲，是为了给自己一个下马威。当时，阿哲突然爆发，喊了一句："要么你们今天把我打死，要么我就一个一个把你们咬死，除非你们不睡觉，你们等着！"

这个犟种。

程兵不知道该哭还是该笑。

真是好样的。

程兵突然想跟阿哲喝顿大酒，他们明明已经十多年没见过面，但程兵总觉得，阿哲一直都在自己身边。

程兵动作很快，他收拾好东西，马上按照字条上的线索，给马警官打了电话，说明自己的身份和来意。天下警官是一家，听说是前同事，也了解到"9·21"案的严重性，马警官非常上心，当天就安排了一次指认。

看守所基本在郊区，梧州的也不例外。打车去看守所时，看着窗外的景色逐渐荒芜，程兵有点坐立难安。他一直被卷在"9·21"案和"9·26"案的旋涡之中，这是他自己选的，不过，要再度直面当初"9·26"刑讯逼供案给他带来的直接惩罚，并不是一件容易的事。

看到看守所大门的时候，程兵莫名有种病态的欣慰。这么多年，外面的世界日新月异，似乎只有看守所还停留在2009年，那门，那砖，那瓦，那守在门口的狱警，一切都跟十一年前一样，还有人、事、物和程兵一起被困在过去，他竟产生了某种找到同类的快感。

十一年了，程兵再一次回到看守所。

好好改造，重新做人。

在一名民警的陪同下，程兵又穿过贴着这八个字的长廊。

好好改造，程兵做到了。

重新做人？程兵笑了，过去的羁绊在每个夜晚攀上他的床铺，折磨着他，让他无法入眠。不抓到王二勇，他根本无法重新做人。

程兵和刑警一道进入幽暗的指认室，里面很简陋，只有一张桌子、两把椅子和一面单向玻璃，对面的犯人看不到程兵，而程兵能看到对面的构造，那头更加空阔，只有一把椅子。

程兵本以为自己会紧张，会激动，会担心再一次扑空。然而，等真坐在这里，这些复杂的情绪完全被对阿哲的愧疚压了过去，他只想赶紧确认，如果是王二勇，也算是给了阿哲一个交代。

琅琅，琅琅，琅琅，琅琅。

来了。

刺耳的拖拽声越来越大，对面的门突然打开。

犯人穿着监服，吊儿郎当地坐在铁椅上，头几乎要埋在裆下。

"你把头抬起来！"陪同犯人进来的狱警厉声呵斥。

犯人缓缓抬起脸。

这一秒，程兵的呼吸停止了，隔着单向玻璃，他朝里探看……

又是一张完全陌生的脸。

程兵和这张脸对视了很久很久，但嫌犯并不知道，他的眼神一直很飘忽，带着对人生的无所谓和自暴自弃。民警以为程兵一直在仔细辨认，其实程兵也不知道自己在干什么，他的眼睛里已经完全没有犯人了，他好像在脑中内视自己，审视着自己这段不知道用何种形容词才能概括的人生。

"谢谢啊，不是。"程兵转身离开。

他坐着公交回到市区，这是这么多年来第一次，他没有打量上下车的乘客，而是把笔记本收在内怀，陷入了一场深沉的睡眠当中。他是被司机叫醒的，醒来时到了终点站，市中心的街心公园。时间恰是黄昏，他茫然地走下车，不知道该往何处去，干脆漫无目的地行走。他缓缓坐在街心公园的长椅上，突然意识到自己已经很久没有不带目的地看向人群了。

粉色的气球缓缓向上飞升，挡住了程兵的视线，他看到的不是白发苍苍的老大爷的年龄、身份和家庭条件，而是他带着孙子放气球的天伦之乐。

一对年轻的夫妻推着婴儿车，停在草坪外，两个人笑呵呵地把婴儿抱入草坪，他看到的不是夫妻的工作性质，而是一个幸福的三口之家。

几名刚放学的中学生骑着单车飞驰而过，他们没有在公园中做过多停留，从这个门进来，又从另一个门出去，他看到的不是中学生的来处和目的地，也不管他们是要抄近路去打球，还是要躲开接送他们的家长钻进网吧，他看到的是无忧无虑的少年生活。

一阵喧闹的音响声传来，播放着程兵根本没怎么听过的流行歌曲。顺着声音看过去，公园广场之上，一群大爷大妈搭伴跳交谊舞，程兵看到的不是他们的组合关系，夫妻也好，舞伴也好，重组家庭也好……程兵不在乎了，他只看到一段段享受夕阳的人生。

累，好累啊。程兵被一记无形的拳头击中了胃部，他弯下腰，像个身形佝偻、行将就木的老人，生命力肉眼可见地从他身上流逝。

这一刻，他被彻底击溃了。

他掏出手机，艰难地编辑着什么，短短五个字，加一个标点，他竟然编辑了好几分钟。

"我找不动了。"

程兵仰头苦笑一声，点击发送，屏幕自动跳转——请选择收信人。手机通讯录是人们一生的侧面记录，那里面有同事，有亲朋好友，有过命的兄弟和闺蜜，有仅一面之缘的普通人……程兵划着，找着，突然完全崩溃了，他觉得每个汉字都无比陌生。

陌生的又何止汉字？

通讯录划到 L 一栏，那无数个名字中，程兵一眼就看到了刘舒。拿着手机的手颤抖了一下，似乎代替程兵摇了摇头。程兵自始至终没有勾选刘舒，而是接着划动起来。

依照字母排序，他依次勾选了蔡彬、廖健、马振坤和徐一舟，手指颤颤巍巍地伸向确定键，却始终没有点下去。他没动弹，就像雕塑一样定在座位上，直到夕阳坠入地平线，他才又一点一点地把每个勾选都取消了。

程兵继续向下划找，一直划，一直划，直到屏幕产生了触底的交互效果，程兵依然没有停止动作，那屏幕底部不断跳动，就像有什么东西要冲破而出。

程兵把手机轻轻放在旁边，双手痛苦地插进杂乱的头发里。他嘴角一沉，泪腺还没开始工作，鼻子就抢先一步堵上了。

出来之后四年多，他终于生病了。

恰逢盛夏，这所金融专业高校门口的学生比校园里的还多，大家大多拎着行李箱，甩掉期末考试和绩点的压力，或打车，或坐公交，或等待父母来接，奔向一个燥热但悠长美好的假期。

程兵很早就到了，整个校门口的人群中，只有他不急不躁——他真的没什么事情要做。来之前，他仔细选了半天，找了一身自认为最正式的衣服，可落到人群之中，还是显得简陋无比，那并非因为衣服破旧或肮脏，而是因为款式——还是四年前的，早就该被淘汰了。程兵一早就刮了胡子，但因为这些年总不刮，胡子长得非常快，半天不到，他又显得胡子拉碴，不修边幅了。多年追捕王二勇的流浪生涯真的把他变成了逃犯一样的老鼠，这变化几乎不可逆，将跟随程兵接下来的很长一段人生。他不自觉地站在墙角隐蔽处，把自己融入一团阴影。

学生们排着队离开，程兵的目光一下就锁定了那个身形靓丽的女孩。

跟在号子里见到慧慧那次，和在刘舒家见到慧慧那次都不同。第一次，是命运把这对父女分开；第二次，是慧慧把程兵推开；而这一次之前长时间的不相见，完全是程兵的原因，他觉得自己不配表达什么感慨和思念，心里只剩下怯懦。

他穿成这样，怎么跟这个时尚的大姑娘站在一起？

他正在阴影里纠结踌躇，完全没意识到慧慧已经来到了他面前。程兵离校门口有一段距离，这次相见不会是巧合，一定是慧慧看到了程兵，主动走过来的。

两个人对视，程兵依然在被想逃离的冲动折磨，他太久没把自己放到父亲的角色当中了，这身份让他觉得陌生，甚至有些新奇和不适应。

他们都愣了好一会儿，最后还是慧慧先开头，她试探性地叫了一声："爸？"

"慧慧。"程兵低声叫道。

慧慧展颜一笑，接着大呼小叫，夸张地喊道："爸……你回来啦？真好，我可想你呢！"

又是四年没见，程兵在慧慧的成长中完全缺位，这不是慧慧应该表现出的热情。不过，慧慧确实思念程兵，她是在用这种夸张的热情掩盖自己不知道如何释放的情绪。

身后响了两声喇叭，程兵一激灵，慧慧则没什么反应。

"一听就是我妈，市区里按喇叭，真没素质。"慧慧幸福地抱怨着。

果然，一辆黑色小轿车停在两个人面前的路边，刘舒降下窗户："快上车，这儿不让停，电子眼拍照扣钱！"

这就是生活吗？程兵心想。琐碎，重复，没什么真正有意义的突破，但无比幸福。

打灯，变道，加速，超车，并回，动作一气呵成。刘舒重复着这样的操作，车辆在拥堵的车流里钻来钻去。程兵注意到，她开的是手动挡，非常熟练，感觉技术不输蔡彬。

车辆内饰透着一股女性气息，加装的坐垫很舒服，挡杆和方向盘上都贴着一些水钻装饰，副驾驶显然是慧慧的地盘，她在这里贴了好多亚文化风格的贴纸。

程兵坐在后座，慧慧坐在副驾驶，刚开始，她一直通过车内后视镜，跟程兵进行眼神交流，后来，她索性直接偏头回来，一会儿递水，一会儿递小零食,似乎她才是长辈和家长,程兵则是需要被照顾的那个。慧慧显然有点过于热情了,她依然在掩饰着什么,不过,这一切只说明了一件事——这对父女之间的距离太遥远了,需要漫长的时间和持久的努力,才能把这距离消除。

慧慧突然举起手机晃了晃:"爸,你有微信吗?咱俩加个微信呗。"

程兵有些局促地搓了搓手,完全没有跟三大队兄弟们在一起时意气风发的模样,他不好意思地掏出了自己的廉价手机——边缘都磕碰磨损了,屏幕反应很慢,等了好一会儿,微信二维码的界面才打开。

"你这用的什么破手机啊?"慧慧晃了晃自己新潮的手机壳,"也不戴个壳保护一下,都摔成什么样了?回头我给你换个新的。"

嘴上嫌弃,手上的动作却一点没停,慧慧熟练地扫码,把手机递回来,程兵探身上去接,却被慧慧按住了肩膀。

慧慧盯着程兵看,不过没有直视程兵的眼睛,而是扫了一圈他的五官:"爸,你脸上的皱纹可真够多的,沟沟坎坎,我给你买点护肤品吧,你随身带着,记得每天擦……"

"就你话多!"坐在驾驶座的刘舒没好气地按了两下喇叭,但这并没有打断慧慧的絮絮叨叨。

慧慧手上放过了程兵,但嘴上依然没闲着,她把身子缩回副驾驶座,一边翻看着程兵的朋友圈,一边说:"你这朋友圈怎么什么都没有啊,真没劲。"

"你怎么跟你爸说话的?注意点。"刘舒终于开始了实际意义上的阻拦,这其实也是对程兵的一种拯救,后座上的程兵早就如坐针毡了。

"别老教训我行吗?"慧慧声音比刘舒还大。眼看这对母女又要陷入日常性的争吵中,程兵赶紧说:"好了好了,没关系。"

这句话说完,程兵更像个外人了。

慧慧冲刘舒瘪瘪嘴,扭头继续跟程兵说话,刚说了两句,像忽然想起什么似的,又侧过头,举起手机:"爸,咱俩合张影吧。"

第九章 我执　225

"啊……"程兵不置可否，但是往后缩了缩，满身写的都是拒绝，他也不知道自己在拒绝什么，可能太久没有给这个世界留下影像了，闪光灯令他感到恐惧。

"放心吧，我有美颜功能。"慧慧其实非常贴心，她知道程兵在犹豫，但这犹豫不是程兵主观上的，而是脱离社会太久，他对什么都很瑟缩。于是，慧慧找了个看似幼稚的理由，主动帮着程兵融入。

慧慧轻轻把靠背往后放了放，头离程兵近了一些，程兵也努力将身子往前凑。两个"陌生人"挤出熟悉的笑容看着镜头。

咔嚓。

程兵没找住处，没订宾馆，也没住刘舒四年前就给自己留出来的客房，他让刘舒把自己送到第二公墓，接着便独自下车了。

四年没来，那位置程兵还是很熟悉，他闷着头向上，不一会儿就到了半山腰，胡大姐到得早一些，已经在祭拜了。

上次来，是三大队五个人，这次只有程兵一个。他再次回头，望向之前打量过的绿水青山，大地不语，天空沉静，老张依然定格在2002年。程兵苦笑着想，似乎只有通过这种方式，才能永远留在过去，不被时代推着往前走。

简单和胡大姐打了招呼之后，两个人说了说生活上的琐事，基本就是胡大姐说，程兵听，因为程兵没什么琐事，也没有生活。

沉默的时间超过了对话的时间，两个人静静看着一炷香烧完，胡大姐把程兵的肩膀扳过来，怜惜地摇了摇头，程兵很少被长辈这么关注了，命运的苦化作水，似乎就要从眼眶里喷出来。

"兵啊，这么多年了，有件事我一直想跟你说。"

程兵连连点头，下意识就要从怀里掏笔记本，接着，他苦笑几声，生生把这个习惯扳回来，用眼神示意胡大姐，自己一定会记得。

"你师父走前告诉我，当年他在向阳巷碰到王二勇，他追上去，没追多久就追不动了，后来他跟你们说他是被王二勇撞倒的，其实只是不想承认自己老了……"

程兵猛地摇晃一下，时间仿佛回到了那个雨夜，他从没亲眼见过这个画面，但脑中的一切仿佛就在他身边发生。他就站在狭窄逼仄的向阳巷之中，左边是沉着冷静的老张，右边是穿着雨衣的王二勇。雨滴砸落的声音越来越大，不知道其中哪一声被王二勇听成了发令枪，他转身就开始跑，老张奋起直追，却还是被越落越远，很快，王二勇就变成了视线中的黑点，消失在雨幕中，老张脚下一绊，彻底追不动了，他大口喘气，扶着墙慢慢坐了下去……

程兵只是微微愣了一下，接着便释然地笑了。

刚进去的时候，程兵无数次复盘过，所谓的"9·26"刑讯逼供案到底是怎么走到了不可逆转的那步。他分析，其实主要有三个导火索，分别是五天的时间压力，争取到王大勇去过向阳巷的口供以换取老张的公伤证明的执念，以及王大勇看到慧慧照片时的那一抹邪笑。

诚然，如果当时胡大姐就跟三大队同步了这个消息，导火索少一个，小徐很可能不会踹出那一脚。不过，这些信息现在已经不会再对程兵造成什么困扰。命运开出的玩笑已经够多，程兵完全习惯了。

"还有啊，你师父临终前，我问他……"

跟随着胡大姐情绪略有起伏的讲述，程兵仿佛站到了病房里，回到了老张临终前的一刻。他看到老张浑身都插着管子，口鼻还戴着氧气面罩。之前医生问胡大姐，是否要给老张做气切，以方便氧气更加快速地输送，这会对身体造成一定伤害，还有可能是不可逆的。胡大姐拒绝了，这给了老张最后的表达机会。

老张强撑着微睁双目，脸部抽搐，胡大姐将老张抱住："好，你说，你说，我听着呢。"

含混不清的声音自氧气面罩内闷闷地传出："我……警察……不后悔……"老张呜咽着，两行泪水从他眼里夺眶而出。

听完这些，程兵百感交集。这么多年，胡大姐的泪早都流干了，因此，她没继续哭泣,而是语重心长地说:"你和你师父一个脾气,但人真没几个十年可以后悔。别找下去了,重新开始,好好过日子吧……"

程兵苦笑一下,微微点头:"嗯,不找了。"

送走胡大姐后,程兵又陪老张待了好久。他自顾自地跟师父聊起天,本来想讲讲这些年来的经历,不过没什么结果,王二勇依然逍遥法外,可汇报的进展寥寥,他打住了话头,换了个话题。

"师父啊,真不知道你当时是什么情况,我怎么总觉得师母是在劝我呢。"

"她可能是找了个借口,把你的离开和王大勇王二勇两兄弟完全分开,好让我能彻底放下。"

"后面那句话……我见到你的时候,你已经是完全意识不清的状态了,你真的还有力气说话吗,师父?"

"希望你有吧,也希望你真的如师母所说,不后悔当警察。"

"我们都不后悔。"

回到台平市区时,又是一个黄昏。

程兵重新走在这座叫作"故乡"的城市,像一个不合时宜的人,与周遭日新月异的繁华景象格格不入。他路过一家酒店外破裂的玻璃墙,墙上的玻璃碎面映出他的身影,无数个支离破碎的程兵和独立的程兵对视。

两鬓斑白,面目苍老,沟壑密布,程兵愣了好一会儿,像在打量一个陌生人。不仅这个世界不认识程兵了,连他自己都不认识自己了。

突然,那无数个支离破碎的自己后面,出现了无数个鬼鬼祟祟的身影。

程兵猛地一回头,目光锁定树后——那里什么都没有。程兵往前疾走两步,前面恰好有一个巷子,他钻进去,偏头一看,这下可以确定,自己真的被跟踪了。

凶案罪犯?激情杀人?王二勇?之前办过的犯人来寻仇?程兵脑子里闪现出无数种可能的情况,可每种都不太真实。

听脚步声,跟踪者已经越来越近,程兵一个侧身躲在栅栏后,待对方跟自己并排，他用出了多年来藏在大脑深处的、一直想对王二勇使用的擒拿术，反手将跟踪者按倒在地。

还行，动作要领还记得，身体也没生锈。

事件的发展没给程兵自豪的时间，他听到哗啦一声，这声音也从程兵的记忆深处传来，他猛然一抖，就看到了对方腰间碰撞的手铐。

程兵迅速松手，把对方扶起来："对不起……我不知道你是警察。"

"别动，警察！"巷子各个角落突然冲出几名便衣，配合默契，程兵来不及解释，就被压倒在地。

"咔嗒。"

他听到了子弹上膛的声音，摸了这么多年枪，这是他第一次被黑洞洞的枪口指着。

威严，冷酷，无情，武器象征着法律和国家力量，即便心硬如程兵，也被彻底震慑到了。

"是不是他？我觉得很像。"

"先带回局里再说！"

"你们认错人了……我不是逃犯，我叫程兵。"程兵回过神来，小声辩驳道，"我……我认识你们市局杨剑涛局长。"

听到杨剑涛的名字，便衣们都愣住了，大家大眼瞪小眼，刚刚被程兵按倒又爬起来的那个便衣小声嘀咕："还真没准，这擒拿术挺标准的……"

杨剑涛开着私家车，在夜宵摊前停下，他让程兵先下车，接着把车规规矩矩停到车位里，这是做了不醉不归的打算。等程兵再看到他的时候，他拎着瓶不错的白酒。

杨剑涛举着白酒亮了亮，程兵努力想做出正常的反应，点了点头。

"都变了，也有没变的。"说着，杨剑涛指了指周围。夜宵摊发生了很大变化，更显整洁，霓虹灯也多了些，要不是位置还在市局旁边，程兵根

第九章 我执　　229

本认不出来。

"杨局"的叫声此起彼伏,看到杨剑涛到来,那些年轻警察就像当年看到程兵的人们一样,纷纷站起身打着招呼。杨剑涛颇有风度地回应着下属们,而警官们都没坐下,他们对跟在杨剑涛身后小老头般形容佝偻的程兵感到好奇,这里没人再认识他。

如果没有"9·26"案的话,现在享受下属们招呼的是否会是程兵自己?外人可能会这么想,但程兵从来没想过。十一年前,那一声声此起彼伏的"程队"已经完全能够满足程兵了。他再次坚定地对自己说:我不后悔。

两个人找了个角落的位置坐下,杨剑涛把白酒放在桌面上,依然在跟程兵介绍:"大家对这里有感情的,就和市政的打了声招呼,这店算留了下来……"

刚坐下,铜锤老板就一颠一颠,一路小跑过来:"杨局,过来了怎么也不提前打个招呼,我好给你留位置……"

话说到一半,铜锤像是被人突然当头浇了一盆水,愣在原地。他打了个哆嗦,一边仔细辨认,一边小声确定:"你……你是……程队?真是你?"

程兵露出了一个内容很丰富的笑容:"铜锤,是不是我老了太多,认不出来了……"

铜锤有些不好意思地挠挠头:"没没……都挺好吧?"

"等会儿再叙旧,一起来喝点。"杨剑涛轻轻一摆手,"铜锤,先给我们上点吃的。"

铜锤一拍脑袋,接着连忙点头,嘴里感慨着什么,转身去忙活菜品了。

"这酒可是我藏了好几年的,"杨剑涛拧开瓶盖,一股酒香飘出来,程兵想伸手,却被杨剑涛拒绝了,杨剑涛自己把两个人的酒杯斟满,"咱俩今天把它干了。"

第一杯,二人一饮而尽。

杨剑涛抹了一把嘴:"王二勇我们还在找。现在摄像头全国联网了,他跑不了多久了。我们一直没放弃抓他!"

程兵点点头，他现在不太在乎了，回归社会，人情世故对他来说是更重要的事。

"今天又给你添麻烦了。"

杨剑涛没接话，而是自顾自喝了一口，另起话题："老程，我杨剑涛很少服人，你是一个，无论是出事前，还是现在。我很高兴，你终于放下了。说实话，今天也不怪那几个后生认错你，你看看你现在这样子，说句不好听的，谁还认得出你是当年鼎鼎大名的程兵？"

程兵干笑了一下，做了个"我会改"的表情。

气氛一下有点尴尬，两个人都望向铜锤的方向，等着他上菜，只见他身边跑出来一个小男孩。程兵感慨道："转眼铜锤孩子都这么大了。"

"娶了个寡妇，当了现成的爹……"杨剑涛摇摇头，小声解释了情况，继续着刚才的话题，"一个刑警队长被认成了逃犯，逃犯却不知道在哪儿逍遥快活……"

"等会儿！"程兵突然按住了杨剑涛给自己倒酒的手，"你刚才说什么？"

杨剑涛愣愣地看着程兵："我说逃犯不知道……"

"不是这句！"程兵急促地说道，"上一句。"

"我说，娶了个寡妇，当了现成的爹……"

这句话如一颗子弹击穿了程兵的大脑。

"你想没想过有可能是因为他不再作恶了，他想变成好人……"

这是蔡彬说的。

"没有谁能活在真空里。"

这是程兵自己说的。

"娶了个寡妇，当了现成的爹……"

这是刚才杨剑涛说的。

三句话不停地在程兵的脑海里碰撞，纠缠，融合，最终炸成了2011年春节沈阳大街那样的烟火。程兵的四肢被震到无法控制地抖动，他哆哆

第九章 我执　231

嗦嗦地掏出随身带的破旧笔记本，查找起来。

杨剑涛拉了一把程兵："你干吗？"

程兵的注意力完全集中在笔记本上，说话都断断续续的："忽然想到点什么，你等我会儿……"

"糊弄鬼呢！"杨剑涛突然破口大骂，"还随身带着这个笔记本，当初我是二大队队长的时候它就不离你身，你还说你放下，就是糊弄鬼呢！"骂到最后，杨剑涛居然笑了起来，那笑里是对程兵的倔强的无可奈何，也是对程兵的坚持的无比佩服。最后，杨剑涛叹了口气，朝程兵比了个大拇指："我去走个肾。"

杨剑涛起身上厕所，程兵在自己密密麻麻的记录中查找。

一个记录让他屏住了呼吸。

那是曾被他重点标注过但又划掉的一个地址。

德阳，空调公司。

"这有点像在我们这里干过的一个……"

"是叫王凯吗？"

"不是，姓赵的。他的邮寄地址我倒有，给他寄过东西。"

"他现在人还在你这儿吗？"

"不在了，他在我们这儿干了没多久，就去贵州了。"

"知道他为什么去贵州吗？"

"他媳妇是贵州人。"

"他结婚了？"

"对啊，还有个五六岁的孩子……"

"那应该不是，谢谢你啊。"

……

杨剑涛解手回来，一愣。

餐桌上空无一人。

程兵不见了。

第十章 落网

台平市长途汽车站。

仍在三大队时,这儿几乎是程兵的第二办公室。这里是防止嫌犯越出台平的墙,也是逃犯返回时收紧的网,撒网、布控、围追堵截……程兵和当年的车站工作人员配合,让一个又一个凶犯认罪伏法。

萧瑟秋风今又是,换了人间。当初的工作人员都换了一茬,程兵的身份也发生了掀天揭地的变化。除此之外,车站本身也逐渐式微。车站是三层建筑,原本一层被候车室占满,剩下两层全是工作人员的办公室;现在,一层一半是候车室,另一半是商区,而二三层大部分空间也外租给了小型公司。四通八达的交通网被呼啸而过的高速铁路折断四肢,2002年,这里甚至有直达北京的长途大巴,而现在,车票上的目的地大多是最近拥有高铁站的城市和一些铁路无法触达的角落。

时代成了筛子,留下了那些原地踯躅的人,他们蜷缩在车站过道、售票处和候车大厅,和车站一起迎接注定消亡的命运。

坐车的人少了,但车站的可用面积也小了,所以站内还是显得人头攒动。那些席地搭摊卖各种零碎纪念品的商贩都被归拢到正规的摊位内,但煮玉米、烤红薯和茶叶蛋的味道跟之前没什么区别。从检票口出来,上车前,程兵在角落里看到了一辆正等待被拆解的卧铺大巴车。

出于安全等多方面因素考虑,国家在去年下发政策,全面禁止卧铺大巴生产。这辆车车身落满了灰,车内挡风玻璃顶部拉着一条横幅,写明了始发站和终点站,这红布竟然还透亮透亮的。铁疙瘩感受不到人的意识,整辆车似乎还是蓄势待发,随时准备向前冲锋的姿态。

程兵掏出他的旧手机,艰难地给这辆卧铺大巴拍下一张照片,像是纪念一位老朋友。

没什么人送站,车站里也没什么离愁别绪。程兵跟着人群一道,在工作人员不耐烦的大声催促下,把行李和包裹依次放到大巴侧面打开的行李厢内。

"程兵!"一个陌生又熟悉的声音突然从身后传来。

程兵猛地一回头,就看到了慧慧,她脚上踩着凉拖,披头散发的,一看就是急匆匆跑出来的。

检票员和工作人员拦着她,双方显然起了争执。

"为什么不让我进,为什么不让我进!"慧慧摆动着双手,旁边的台子被拍得咣咣作响。她不相信自己的父亲能忍住不过来。

可程兵就是没过来。

他知道,自己这一刻如果不狠心,今后就再也狠不下心了。

"我买票行吧!买票,让我进去!"

"这辆车的车票已经卖完了,小姐,您可以等下一班。"

"下一班?下一班车上又没有他,我坐下一班干什么!"

"程兵!程兵!"眼看着程兵就要上车,慧慧叫了两声,突然抓狂地转过身,向车站外奔去。

程兵踮脚眺望,看到慧慧消失在人流里,程兵有些担心,真怕她再做出什么过激的举动。之前,三大队其他人离开时,他都没有这么纠结过。

上车,还是追出去?

要王二勇,还是要家庭?

要为某种执念而活,还是为自己而活?

程兵的脑中又出现了那几个围绕着他几十年人生的名字:慧慧、刘舒、马振坤、蔡彬、廖健、小徐、杨剑涛、胡大姐……对于他们来说,这答案显而易见,每个人都选择了后者。但对于程兵而言,正是因为他这么多年来一直都选择了前者,他的身体,他的思维,他的全部,都产生了某种惯性,让他不得不继续选择前者。

经济学家说,消灭沉没成本最好的方法就是不再产生沉没成本。

可程兵不是经济学家。

他只是一位前刑警,或者说,他只是一个正义的人。

没等程兵踌躇多久,一辆满载着乘客的大巴进站,司机好像受到了什么干扰,在程兵即将乘坐的大巴旁边踩了刹车。大巴发出尖啸声,一个点头,停在程兵面前,车上的乘客准备下车,正纷纷站起来拿行李,这一下都往前来了个趔趄。

车门刚打开一条缝,司机的痛骂声就传出来:"哪儿来的疯姑娘!在大马路中间拦车,非要买全票,非要进站!"

伴随着抱怨,慧慧第一个冲下车。程兵马上明白了,为了能过来,慧慧刚才出站拦住了这辆准备进站的大巴。

慧慧来到程兵面前,二话不说,拽着程兵的衣领就往外扯。程兵如山一样纹丝不动。

"慧慧,别闹。"

"程兵,你别闹!"慧慧不看程兵的脸,"我妈就在车站门口等着呢,走,回去吃饭。"

程兵猛地一使劲,慧慧就脱手了。

"程兵,你说话是放屁吗?你能不能别发疯了,这么多年你还没疯够吗?"

两个人的争吵引起了不少人围观,甚至还有人拿出了手机拍视频,但没有一个人认出来,人群中心就是当年威风凛凛的市局刑侦支队三大队队长。

没人知道程兵为这座城市做了什么,也没人知道作为程兵的家人,慧慧这些年来经历过多少孤独难熬的时刻。

程兵不想多说话,每多说一句,他就会离大巴远一点,可他总觉得,

第十章 落网

这么多年来差慧慧一个交代。

"慧慧,"程兵的声音带着无尽的愧疚,"爸爸就算找到死也不后悔。唯一后悔的就是,你长大的过程中爸爸没能陪在你身边,对不起,是爸爸这辈子欠你的……对不起。"

程兵还要接着说些什么,就被慧慧打断了,她摆摆手,哑着嗓子问:"一定要去吗?"

程兵不假思索地,执拗地,决绝地点了点头。

"手机给我。"慧慧伸手。

"慧慧,我……"

"给我!"

程兵刚掏出手机,就被慧慧一把抢过去。"密码多少?!"慧慧几乎是在吼。

"你生日。"

慧慧一愣,接着爆发出一阵大笑,那笑声让程兵听得无比心碎:"程兵,你以为这样就能弥补什么吗?"

慧慧飞快操作着手机,屏幕上不停跳过各种操作界面,看得程兵眼花缭乱。操作完,慧慧把手机往程兵手里一塞,一句话也没留,就这么干巴巴地走了。

"慧……"程兵拿手机的手微微抬了抬,整个身子都做出挽留的姿势,但终究没有追出去。眼见着慧慧消失在车水马龙的大街上,程兵感觉自己身体的一部分也随着她永久地离开了。

程兵脑海中想象着自己期待的场景:车开了,他拉开窗帘,正好看到慧慧站在路边,朝着自己挥手,身边还跟着刘舒、老张、马振坤、蔡彬、廖健和小徐,每个人都流泪了,但眼神里满是祝福。

回到现实中,大巴里散发着难闻的味道,程兵掏出一颗已经发冷的茶叶蛋,就着壶里的温水咽下。

旅途漫长,程兵有很长的时间放空和回味,他发现,自己从来没有像对案情那样认真地对待自己的家庭,哪怕一次。那就这次吧,程兵心想,虽然没什么用,但起码也算是为家里动了动脑子。

他想起慧慧刚出生没几天的时候,队里紧急集合出行动,他把襁褓中的慧慧扔给了尚在月子里的刘舒。他和刘舒的双亲都不在身边,也没请月嫂,还是胡大姐仗义地来到家里,帮着程兵照顾母女俩。当时,刚出了一首风靡全国的歌曲,叫作《失恋阵线联盟》,老张笑称,这些警嫂真是"三大队贤内助阵线联盟",而马振坤则说,这歌的第一句词就好像在形容三大队对家庭的贡献:"他总是,只留下电话号码……"

慧慧三岁的时候,他在台平繁华的商业街上蹲守几名吸毒人员,收队时才发现传呼机都快被刘舒呼爆了。他正要找个电话打回去,突然发现人流中一个小女孩正蹲在地上,女孩没哭,只是无助地观察着陌生的世界。来到她身边,程兵才发现,竟然是慧慧!给刘舒回了电话才知道,慧慧走丢了……

慧慧五岁的时候,程兵深夜归家,轻手轻脚地放水洗澡,从卫生间出来,发现慧慧不知道什么时候醒了,正好奇地摆弄着他带回家的电棍。程兵大惊,一把夺回,大声呵斥慧慧,慧慧的哭声惊醒了刘舒,两个人大吵一架。

慧慧七岁的时候,刘舒出差,他不会绑头发,差点给慧慧剪成秃瓢。

慧慧九岁的时候,程兵看到慧慧跟一个男孩形影不离地回家,他上前把男孩痛骂一通,还跟对方的家长发生了口角,从此,慧慧失去了她童年时代最好的朋友。

慧慧十一岁的时候,"9·21"案发。

慧慧十三岁,十五岁,十七岁……程兵完全处于缺位的状态,他只能不停地想象,如果没有王大勇和王二勇,他会怎么陪慧慧长大。想来想去,那种愧疚非但没被弥补,反而形成一个巨大的黑洞,几乎要把程兵吞没。

程兵不知道,慧慧此时坐在刘舒的车里,烦躁地刷着手机,却什么也看不进去,什么也玩不进去。忽而她脑海清明,也开始回忆自己跟父亲相处的点点滴滴。

第一次对程兵有印象,不是影像,而是气味和触感。她一度以为,父亲就是混合的气味和尖锐的刺痛,等稍微能分辨世界,她才知道,那是茶叶、烟草、酒精、枪油、皮革的混合味和未刮干净的胡楂。

四岁的时候,她渺渺记事,生活中除了刘舒之外,还总多出一个女人,她叫她胡阿姨,她听说,张叔叔是父亲非常好的朋友,每次胡阿姨提起两个人,都是满脸自豪。

六岁的时候,她不知道第多少次跟着程兵来到三大队办公室,不忙的时候,程兵就跟她讲天南,讲海北,她才知道,原来程兵去过这么多地方,抓过这么多坏人,她把这些复述给幼儿园的朋友,每个人都对她无比羡慕。

八岁的时候,有一天晚上睡前,程兵接了个电话,表情严肃地穿着衣服准备出门,他跟刘舒说了几句隐晦的话,似乎在交代什么,年幼的慧慧也感受到了某种气氛,哭着抱住程兵不让他离开。那天,卧室的灯一直没关,她没有刘舒能熬,等了一会儿就睡着了,等天亮,她跑出屋,看到程兵风尘仆仆地回来,衣服都没脱就在沙发上睡着了。她学会了一个成语,那是"虚惊一场"。

十岁的时候,她被带到程兵和三大队其他叔叔们喝酒的酒桌上,吃着吃着,她看到这些男人眼睛里闪着光,一起吼着什么,后来她知道,那是一首歌,叫作《少年壮志不言愁》。

十一岁的时候,"9·21"案发……

她那时已经懂事了,她也曾无数次想过,如果程兵成功抓住了王大勇和王二勇,自己的学生时代会发生什么变化。她绞尽脑汁,也想象不出来一个有父亲存在的初中和高中时期。

令人感怀的是,这对最终也没有和解的父女,在想到对方的时候,并不是把对方推得更远,而是拽得更近。父亲回想起的,都是对女儿的愧疚,而女儿想到的,都是父亲对自己的好。

程兵打开手机。出来这么多年,他终于习惯了用这个小小方方的东西上网查阅相关的资料，不过，他还是会把资料誊在那个比他老得还快的笔记本上。翻着翻着，他突然发现微信界面上多了一个小红点。

对话框空空如也，那提示来自朋友圈。

他倍感陌生地点开，发现朋友圈里多了一张自己和慧慧的合照。这东西的逻辑在他看来比案情复杂多了，鼓捣了好久他才明白，那合照是自己的账号发出来的。他一下明白了刚才慧慧拿他的手机操作了什么。点开那个小红点，他发现自己的评论区出现了一个代表点赞的红色爱心，是慧慧点的。

她的微信名是"小雨点"。

程兵一下回到了 2002 年。

"听众'小雨点'为自己当警察的父亲点播一首《少年壮志不言愁》。她说父亲工作非常繁忙，自己已经三天没见到他了，她很想他……"

响起的前奏，击中了这一车"猛男"柔软的内心。

蔡彬拍了拍前座："程队，这不会是慧慧给你点的吧？"

廖健撑了他一下："你没听人家听众叫'小雨点'吗？你以为全世界就咱们几个警察啊？"

这话其实说得人五味杂陈，但是所有人都笑了。

马振坤在手上啐了两下，拍了拍手："这时候听这歌，给劲！"

程兵脑子嗡嗡作响，那白噪声一样的杂音竟被程兵听出了旋律，他跟着脑海中的歌声无声哼唱了一会儿，突然浑身一紧，吼出一句音调难听的歌词："历尽苦难痴心不改，少年壮志不言愁！"

大巴已经驶上高速，车上的乘客大多陷入深沉的睡眠，只有不断向后掠过的行道树作为程兵的观众，那呼呼的风噪似是它们的掌声。

程兵瘫坐在座位里，骂了一句。

司机车开得不好，这大巴也太晃了。

"到了师傅。"随着出租车司机的一声提醒，程兵睁开眼，下意识摸摸全身，检查一下。

身份证，是他不再给杨剑涛惹麻烦的基础。身份证一丢，他这个刑满释放人员去户籍窗口，难免触动全国联网机制，电话一打回台平，他相信杨剑涛能亲自带队杀过来把他绑回去。

手机，是他和这个世界交流的重要方式。

那个笔记本，是他的一切。

还好，都在。

程兵睡得不太实，一直处于半梦半醒的状态，所以司机一边开车一边通过对讲机跟其他同行进行的交流，他都模糊地听到了。同属西南官话片区，贵州方言跟四川方言相近，但因为在德阳待了不短的时间，程兵也能分辨出其中细微的差别。

正因为相似的口音，他相信王二勇选择在这里结婚生子，有他必需的理由——在这儿，他能更轻松地装作本地人。

程兵下了车。

这里是贵州铜仁，程兵眯起眼，打量着这座陌生的城市；城市仿佛也有生命，随着人头攒动、车水马龙，一呼一吸之间，它也在打量程兵这个陌生人。

眼前这座小区叫作双果树，说是小区，有点委屈它了。它比全国知名的天通苑和回龙观加在一起还大，据称，这座小区拆迁时，影响了十万余回迁户，目前有四十多万人在这里工作和居住。四十多万人，一座小区，比台平市四分之一的人口还要多。

程兵以为自己是在平地下了车，走了两步，却发现自己身处一座人行天桥之上，往下看，高架桥竟然建在他的脚下，城铁和公交的站牌如蚁穴洞口，吞吐着密密麻麻的人群，川流不息的车辆在他眼里跟麻将牌一样小。抬头看，城市的纵向空间被无限扩张，程兵无法判断自己到底处在哪一层，眼中那些三四十层的建筑鳞次栉比，遮天蔽日。行走在这名副其实的钢筋丛林中，程兵有些迷茫，他明明是猎人，此刻却感觉自己像是时代的猎物。

程兵做了一个简单的加减乘除，这里基本是两居室，三扇窗户就是一户人家，一面一层有十二扇窗子，三十五层就是一百四十户，四面就是接近六百户，这还只是一栋楼的数量。他相信王二勇的反侦查能力跟他这个前刑警队长的摸排能力不相上下，他肯定无法直接根据地址找到这个十一年都藏在黑暗中的凶犯。他以为，自己拿到了地址，就锁定了王二勇，到了这儿之后才发现，这里情况复杂，摸排难度不亚于三大队全员出动的长沙。

过去，他有几乎无限可调动的资源，后来，杨剑涛守着全国联网的探头，那相当于在九百六十万平方公里的土地上摆放了无数个不需要休息的程兵……

现在，只有他一个人了。或者说，一直以来，都是只有他一个人……

也不是。

程兵的手机突然响了。

这颗哑炮居然还能发出声音，着实给程兵吓了一个激灵。他颇为笨拙地翻出手机看了看，那声音是微信发出来的，他被莫名拉进了一个群里，群名是"三大队，动！"，成员就是熟悉的老几位。

这群似乎已经建起很久了，只是一直没有程兵。他看到的第一句话来自马振坤："兵哥终于进群了，欢迎兵哥！"

紧接着，一个个欢迎和鼓掌的表情发出来，程兵耳边好像真的响起了噼里啪啦的掌声。他的微信界面不停蹦出小红点，点开一看，如当时兄弟们依次来三大队报到一样，每个人都弹给程兵好友请求。

程兵依次通过了，随手点开他们的朋友圈，大家都是回归生活的模样。小徐的朋友圈里全是跟陈兰的合影。廖健发了一张廖晓波埋头撸串的照片，配文是："近期学习成果不错！带儿子吃顿大餐。"蔡彬每天都在朋友圈里分享着日常生活，没有一条与医院相关。马振坤的头像是他的夜宵摊的标志，朋友圈里尽是各种减价打折的信息。

程兵翻着看着，嘴角扬起弧度。他发现，兄弟们当下的生活各不相同，但朋友圈背景却出奇地一致——三大队那唯一一张合影。

程兵把朋友圈刷了好几遍，最后，在群里说了一句话："兄弟们，办完事回去喝酒。"

他点开右上角的菜单，毫不犹豫地点击了那排红色的字。

退出群聊。

没做什么心理建设，程兵马上就回到了追逃工作当中。世上的一切都无法再在他心里掀起波澜，除了王二勇。

他只有一个地址，那地址还是三年前排查出来的，来自四川德阳一个不起眼的空调公司老板。他就像拿着一张早就过期的船票，拼了命想挤上那艘能把自己送到人生彼岸的渡船。

他按图索骥，边走边问，还看了看每栋楼的号牌，这才意识到地址上那个英文字母意味着什么。所有高耸的楼房都是集住宅、商业、教育和医疗为一体的综合体，每座楼房都归在小区之下，二十六个英文字母差点不够用，而且，这英文字母代表的是片区，后面的数字才是具体的楼牌号。

明明是白天，那一扇扇窄窗和外墙上贴着的LED灯牌都争奇斗艳地亮起，有汉字，有英文，有图标，在盲人按摩、舞蹈教室、搏击俱乐部和一个个看名字根本分辨不出其主营业务的小公司面前，程兵只感到一阵晕眩。

即便强悍如程兵，人眼也无法从如此海量的庞杂信息中筛选出有用的部分。不管程兵这些年来经历的跟正常人有什么不同，有一样东西还是会准时找上门来——"服老"。在这个方面，程兵不再执拗，开始承认自己一定需要帮助，即使这帮助不是来自三大队，仅是一部手机。他终于开始用手机拍照，记录下他认为的关键信息，之后细细排查。

还没掏出手机，程兵就迎面撞上一位在小区执勤的巡警，接受起他的盘问。说是巡警，但看到程兵的时候，对方根本没有巡逻的姿态，而是直冲着程兵而来。

像在台平一样，程兵又打量起映在建筑物玻璃幕墙上的自己，他有些懊悔，悔的并不是自己怎么变成了今天这副样子，而是悔自己没有听从杨剑涛的那句话："说实话，今天也不怪那几个后生认错你，你看看你现在这样子，说句不好听的，谁还认得出你是当年鼎鼎大名的程兵？"

明明已经经历过一次被便衣按住的情形，程兵还是没在这方面有所反思，个人的仪容仪表没有任何改进。程兵不在乎自己到底是什么样子，他现在分析所有事物的第一要义就是——这件事对我抓王二勇有没有影响。

衣着打扮显然是有影响的，但他之前没有重视，这一刻，他重新审视玻璃幕墙上的自己，忍不住笑出声。别说当年，就是放在当下，程兵遇到一个打扮成自己这样的人，也会忍不住上前盘问。

不过，有一点值得欣慰，或者说，值得怜悯——他真的和王二勇这类逃犯越来越像了。

有了之前的经验，程兵已经知晓，现在的警察都随身带着某种电子设备，叫什么PDA，那东西一扫身份证，眼前人所有的信息就会暴露在警察面前，一览无余，当然也包括程兵刑满释放人员的身份。

果然，巡警没说别的，张口就是："身份证拿出来。"

程兵内心一阵纠结，杨剑涛恨铁不成钢的痛骂就回响在他耳边。

"等我一下。"程兵佯装翻找身份证，突然急中生智，想出了办法——他点亮手机屏幕，随便点开三大队一位兄弟的朋友圈，他太着急了，甚至都没看清点开的人是谁，他把背景图放大，亮给巡警看。

"还能看出来这是我吧？"

巡警狐疑地看了看程兵的手机，仔细观察一番后，又放大照片背景建筑物中正悬挂在程兵头上的警徽，突然后退一步，敬了一个标准的礼。

"师兄！"

程兵夸张地比了一个噤声的手势："嘘……我正在卧底进行摸排工作。"

巡警也压低声音："需要支援吗？"

第十章 落网　　243

程兵一瞬间就融入人情世故当中，变得市井起来："暂时不需要，有需要的话你们所长肯定通知到你了。"

"凯旋。"巡警只说了两个字，对程兵留下一个佩服的眼神。恰好人行天桥旁边的路口有车辆追尾，司机似乎起了争执，巡警急匆匆跑了过去。

程兵缓了口气，盯着三大队的合影看了一会儿。

是的，自始至终，他都不是一个人在战斗。

他再次回到摸排工作当中，用手机记录双果树小区的一切。没想到，刚拍了两张，程兵就被两个身着保安制服的人按住了手。

"出去。"

出哪儿去？程兵哑然失笑，面积虽然变大了，但小区保安依然尽职尽责，真要离开双果树小区，程兵可能得打车或者坐公交。

"怎么了？"程兵语调里带着卑微。他不想引起任何纠纷，而且，他希望能通过低姿态跟这些保安处好关系，打听到一些有用信息。

"你们公司来几个人了？还在这儿拍，都说了，不让拍！自己家没有小区吗？回自己家拍去！"

又跟保安沟通了几句，程兵终于明白了，不是他的问题，而是双果树小区知名度太高。现在有个新兴词汇，叫"自媒体"，就是说，每个人都是媒体，都是记者，都能用手机拍摄视频，在平台上发布具有时效性的信息。双果树这种人口密度和社区制式，全国罕见，无数自媒体把这里当成了宝藏，在这儿拍视频，再配上一些添油加醋的介绍，能换得超出程兵想象的浏览量和评论数。这种拍摄显然影响到了社区居民的正常生活，谁也不想莫名其妙入了镜，被全国网民评头论足，因此，双果树小区的保安最主要的工作不是抬停车场的杆，而是驱逐这些沽名钓誉的自媒体人。

程兵马上就坡下驴："误会了，误会了，两位小兄弟，我是来找工作的，眼神不太好，用手机拍拍看这儿有几家公司。"说完，还夸张地揉了揉眼睛。

空调维修工人、小区保安、环卫工人……程兵声情并茂地讲述起他过往的工作经历,两名保安听得入神,那不是因为程兵的讲述技巧有多高明,而是因为他确实经历过这些。讲到最后,加上分别发出的两支烟,程兵已经和保安称兄道弟。

程兵恰到好处地发问:"两位小兄弟,咱小区这么大,保安肯定还缺人吧?能不能帮我引荐引荐主管,让我也入个职?你们肯定包吃包住,不说给家里寄钱了,起码给大哥我暂时找到一个落脚的地方。"

其中一个保安拍拍程兵的肩膀,做出同病相怜的表情,有些惋惜地说:"大哥,真是不好意思,这小区这么大,物业第一个招的就是保安,我们人早满了……"

另一个保安忽然想起什么似的,急忙说:"哎,大哥,我听说小区送水站还缺人,看你身体也没啥问题,要不去那儿试试?"

程兵的眼睛一下就亮了。送水工,能直接入户,对于他的终极目标来说,这份职业不知道能让他少走多少弯路。不是家家户户的空调都会损坏,但家家户户都需要喝水,这简直是比空调维修工人更适合"卧底"的职业!

程兵一拍脑袋,比起发现新途径的欣喜,更多是对过去的惋惜。如果当时发现这个捷径,让三大队其他兄弟们都和他一起送水,那么在长沙、在德阳……没准他们早就按住了王二勇。

转瞬间,程兵调整好心态,想起自己说过的话。是的,没有谁能活在真空里,也没有任何一次追逃存在捷径。

之前所有的苦难和磨炼都为了这一刻,程兵的心脏灼灼发烫,甚至点燃了他的目光,他忽而生出一种奇妙的感觉,似乎突然得到了上天的授意。他觉得,这十一年来跟王大勇王二勇的纠葛,即将在这座城市、这片社区了结。

不过,从感觉到了结,还有一段漫长的路要走。

跟程兵之前的摸排不太一样的是,正因为双果树小区城市综合体的特性,即便是工作日的白天,这里也几乎人满为患。地面上画着白线,用油漆写着"游乐区",除了随处可见的健身器材外,还有充气式的儿童游乐城堡，城堡门前摆放着无数双花花绿绿的小鞋，小孩子们就在其中或跑或跳，或在蹦蹦床上哈哈大笑，或从充气滑梯上一跃而下，或乐此不疲地跌入海洋球，他们的家长就在旁边看着、聊着，跟程兵一样，他们此刻的任务就是观察和看守，总有小孩子玩闹过头，家长们就凑过去，都先训斥自己家的儿女，一团和气；与孩童相对的，是一群年过花甲但精神矍铄的老人，广场舞不再是晚饭后消食的专属，而是全天候的盛大宴会，老人们自动分成了十几拨人群，有跳流行歌曲的，有跳健身操的，还有跳交谊舞的，以音响为圆心，形成了一个个社群，比起强身健体，跳舞的社交属性显得更加重要；更多的是来来往往、正值壮年的闲适男女，他们大多没什么目的，只是在各个综合商场与个人商铺之间穿梭，完成或满足物质需要，或满足精神需求的消费行为。人流最大的坏处就是遮挡视线，回忆着刚才保安的介绍，程兵在人海之中奔突，无处不在的平和的生活气息，成了挡在他和王二勇之间的千军万马。

事还是要一步一步干，越接近终点，越不能想着一口吃成个胖子。程兵冷静下来，费了一些周折，还是找到了保安所说的水站所在的那栋楼。

人流量太大，小区外来人口太多，电子门禁系统形同虚设，程兵轻松地进了单元门，坐上电梯。可能是因为需要装修的铺面太多，电梯没有客梯货梯之分。每台电梯都显得简陋异常，大多没进行精细的修缮，没贴那种不锈钢质地的反光装饰，而是用木板简单地围起上下左右，电线丑陋地支出来，上面连着的广告屏仍在兢兢业业地工作着。

电梯显示屏上的数字一点一点增加，程兵看了看广告屏，上面正在播放一个登山品牌的广告——

"为什么我们要不停攀登？因为山就在那里。"一句近乎颠扑不破的真理，放在程兵身上也适用。

为什么程兵还在顽固地坚持？因为王二勇还逍遥法外。

水站的规模着实比程兵想象的还要大一些，直接打通了三个连在一起的房子，形成了一片类似门面房的空间。空桶和满桶像在流水线上一样进出，整个屋子都被那种水桶专属的淡蓝色布满，角落里还堆放着各式各样的压力取水器，桌子上堆放着骨牌一样的蓝色文件夹，每个文件夹里都是一栋楼的用水信息。程兵看了看，有些眩晕。

水站老板仿佛要生出三头六臂，电话一直没停过，手上还操作着电脑，偶尔还要给搬水离开的工人搭把手。程兵等了有二十分钟，水站老板才终于有空对他进行"面试"。

程兵站着，老板坐着。

"干过吗？"

程兵诚实地回答："没干过。"

"会干吗？"

程兵讲述起了自己过往的工作经历，表示入户上门是他的人生常态。

"每桶水提成一块五，底薪一千五，包吃住。"老板点了点头，表示认可，但很快又俯下身，捏了捏程兵的小腿，有点担心的样子，"你腿脚没问题吧？"

"我好着呢，您放心。"接着，程兵问到自己最关心的那个问题，"老板，您这水可以覆盖整个双果树是吧？"

"咱这个饮用水品牌，是跟双果树谈过商业合作的，有独家性质，除了我们一家，别家什么纯净水矿泉水根本进不来，要不敢开这么大的店吗？您就放心大胆喝……"老板被上了发条，这个问题直接让他陷入某种思维惯性里，进入了和客户大吹特吹的节奏，说到一半才反应过来，他狐疑地看了看程兵，问道，"你问这个做啥？"

"提成啊。"程兵伸出右手，拇指、食指和中指捏在一起搓了搓，做了个数钱的手势，"客户多，才好赚钱。"

老板的手朝窗户的方向挥了挥："南区就我一家。"

接着，他又指向门的方向："北区的水站，是我弟弟开的，嘿嘿。你要是肯吃苦，挣的肯定比当什么空调维修工人多——对了，忘了提醒你，之前遇到过，往水桶里扔垃圾的，扔烟头的，拿水桶装什么菜籽油和其他液体的……一概不行,这种桶我们坚决不回收!"

程兵用心记下。

员工宿舍就在同一层楼,拥挤,杂乱,充斥着用电安全隐患,不是上下铺,而是火车一样的上中下三铺,气味非常浑浊,不过,程兵完全不在乎,这环境怎么说也比号子里好一些。他把行李往床上一扔,换了身适合干活的衣服,紧接着套上送水站的红色马甲,戴上红色帽子,回到水站,夹着文件夹,扛起水就走。

程兵工作的第一天,老板就从电话里收获了不少好评。检查似有漏点的燃气管道,给生涩的门锁上了油,还通了马桶……除了送水之外,程兵还干了不少事,简直成了双果树小区住户们的生活助理。

上午的时候,老板还盯了一会儿程兵,到了下午,他已经完全放心,自己离开,把座机和手机的控制权都交给程兵。

等手头上的活儿做完后,程兵擦了擦汗,饭都没吃几口,就来到那一排排文件夹前,目光逡巡一番,锁定了一个上面写着"81栋"的文件夹。这就是当初德阳的空调公司给程兵留下的、那个姓赵的维修工人的地址。

程兵翻开文件夹,找到了1单元401户,上面留了一个电话,联系人一栏里写着"赵波"。

心跳如鼓点,重重地敲响。

这是最后的斗争。

没有任何犹豫,程兵扛了桶水,来到81栋1单元401门口,这是一户最最普通的人家,但也显出一种微妙的不同。门外摆着的鞋柜是封闭式的,这让程兵看不到里面鞋子的款式,他相信,这再次佐证了住户的反侦查意识。门上的春联有点旧,不过内容跟今年的生肖匹配,这证明里面住着的不是租户,而是业主。程兵又观察起了门上的猫眼,是最新款的绝对单向猫眼,里面能看到外面,但外面不管用什么技巧和设备都看不到里面。

程兵把水放在地上,轻轻敲了敲门。

"谁啊?"里面响起一个中年女人的声音,口音就是本地的。

程兵不动声色，坦然地站立，让自己完全暴露在猫眼之下。他相信，这样会让里面的人放松警惕，认为他就是一名单纯的送水工人。他也相信，时隔多年，他现在这副样子，王二勇即便有猫一样的嗅觉，也认不出来他是那位前刑警。

门隔音不好，程兵能清楚地听见里面的声音。

女人似乎正在客厅，朝里屋问着什么："你叫水了吗？"

里面的人回答了，可惜，这下离得远，程兵听不清，连对方是男是女都没法分辨。

"没啊。"女人的声音大了一些，"水还有呢。"

"哎，不对啊，没打电话吗？"程兵的疑问伪装得非常真实，他翻了翻手里的文件夹，接着一拍脑袋，"哦，看错了，五楼的，对不起。"

程兵扛起水就朝水站走去。

回去的时候，不知道因为停电还是什么，电梯居然坏了，程兵只得从步梯往上爬，他双股颤颤，几乎站不住，但很快就恢复了。在这场漫长的修行当中，比起精神上的折磨，肉体上的痛苦真的算不上什么。

晚饭后，程兵回到宿舍躺着，听着工友们聊天，待会儿要去什么地方放松一下，他们热情地叫上程兵，程兵摆摆手，表示今天第一天，自己太累了。工友们离开后，程兵简单休息了一会儿，发现十一点多大家还没回来，他放下心，起码自己不会因为半夜的动作引起老板注意。

他换了一身黑色套装，走出门。

81栋401户的门打开，一个女人走出来，手里拎着带松紧拉环的青色垃圾袋，她按了几下电梯，显示屏漆黑一片。女人骂了一句，四下看看，似乎想把垃圾袋放在楼道里就转身回去。她的目光停留在一张物业告示上，估计上面有什么关于清理楼道垃圾的条例，她叹了口气，打开楼梯间的门，顺着步行梯下楼。

随着女人的动作，三楼、二楼、一楼……楼梯间被依次点亮，单元门打开，像之前做过的千百次一样，女人走了两步，远远地把垃圾丢进垃圾桶，咣当一声，女人走回 81 栋。

楼梯间的灯突然亮起好几层，又依次灭掉，又按照二、三、四层的顺序亮起。等到四层楼梯间的光亮彻底熄灭，垃圾桶的树后闪出一个鬼魅般的人影。程兵来了。

在这次动作之前，他做了很多准备。比如说，他尽量佝偻着身子，让监控中的自己看上去比实际更年长一些；从水站过来时，他顺路翻找了好几个垃圾箱，这样，从监控里看，他完全就是一个可怜的拾荒者。即便有负责任的保安通过监控一路追踪，发现他是从水站出来的，也只会认为他是想赚些外快，完全不会想到程兵的目标其实只有 81 栋 1 单元 401 户。

程兵手里握着一根不知道从哪儿捡到的树杈，一端带钩。他掀开垃圾箱，把钩子伸进去，不停翻找、扯拽，那熟练的样子让人完全想象不出他曾经是个警察。

他连口罩都没戴，显得完全不在乎恶臭的气味。他先翻出了一个比较完整干净的麻袋，倒掉里面没用的杂物，拎在手里，又把几个纸箱叠好，把塑料瓶和易拉罐踩瘪，扔进麻袋里。他忙活了十多分钟，终于勾出了他想要的东西。

带松紧拉环的青色垃圾袋。他挖到了宝藏。

程兵急忙把垃圾袋撕开。最上面一层是散发着气味的厨余垃圾，菜肉都有，辣椒偏多，这是西南地区的共性。再下面是一层生活垃圾，各种无用的包装袋、用过的纸张，还有快递盒，快递盒上的地址和姓名信息程兵早就知道了，男主人姓赵。

程兵还发现了一些卷起来的报纸，打开后，里面只有烟灰，没有烟头。

他几乎窒息了，思绪一下就回到了 2009 年，长沙市南郊，那座名为阳光的小区。

"我估计这个房子里一个有用的指纹都提取不到。"当时的情形就近在眼前，程兵还记得，这句话是马振坤在检查客厅茶几的抽屉时说的，"这孙子太小心了，我怀疑他每次剪指甲，都把指甲崩在这抽屉里，然后用报纸一卷，直接扔掉。"

是他吗？

王二勇，为了反侦查，这个习惯还一直保留着。

程兵似乎获得了透视的能力，他抬头，能直接看见401户里面的场景。他看见王二勇抽完烟，把烟掐进烟灰缸里，但每次倒垃圾，他都会把里面的烟头挑出来，扔进马桶冲走，再倒烟灰。有一次，401户的女主人忘了这么操作，被王二勇一通臭骂……

他已经足够小心了。

然而，程兵也足够细心。终于，在包装袋最下面，程兵找到了他最想要的东西——一支深绿色的空啤酒瓶。

程兵没有轻举妄动，而是从兜里翻出一副新手套，换好之后，小心翼翼地托起瓶身最厚的瓶底，对着头顶的路灯，举着看。

从监控里看过去，这完全就是一名拾荒者在判断垃圾的价值。

但是，程兵从酒瓶的颈处，发现了一些错乱的指纹！

没有时间为阶段性的胜利庆贺，程兵此生最不需要的就是鼓励和嘉奖。他平心静气，手上很稳，迅速从兜里翻出透明胶，粘贴下指纹并固定，回到宿舍，他找了一个非常坚固可靠的四方盒子，把这段透明胶带稳稳地摆在里面，又把盒子放在枕头下面。接着，他没洗漱，一翻身，额头挨上枕头，发出了疲惫的鼾声。

第二天，他来到快递点，把盒子寄回了台平，接着给杨剑涛发了一条短信："杨局，寄给你一套指纹，查查是不是王二勇。"

随后几天，程兵陷入了完全的静默状态，就像战时潜入敌军后方核心的特殊小队，不跟任何人联络，只等待进一步消息，或敌方主将的暴露。

二者总有一个会先来。杨剑涛还没回复，水站的电话就先响起了，程兵顺手接起来："您好，水站。"

第十章 落网　251

对面的声音让程兵浑身一个激灵。是那个他忘不掉的本地女声。

"你好，81栋1单元401送桶水。"

"好……"程兵突然怎么也说不出后半句话来，他扶住水站的桌子，从头顶到下巴，抹了好几把脸，似乎这样才能把涌到脑门的血推回身体里。他竭力维持着语调的平稳，不过连他自己都能听出来，他的声音是抖的。

"马上到。"说完他就挂了电话，生怕对面发现什么异常。

这一路他走得无比漫长。第一次，到了电梯后，他可笑地发现，自己居然忘了拿水；第二次，他已经出了门，又发现随身的蓝色文件夹落在了水站。

坐电梯上楼的时候，他语重心长地对自己说："程兵，你要稳住，稳了十一年，不差这一会儿了。"

突然他就心如止水。很快，他就在熟悉的地方就位，眼前就是让他魂牵梦绕的81栋1单元401户。

不知道是有人刚回来，还是准备出门，这次，门口的封闭式鞋柜没有关门。程兵一眼就看到了，里面摆着很多双男士皮鞋和旅游鞋——

还有一双防止触电的胶鞋。这种款式，程兵再熟悉不过，在那些从事空调维修工作的日子里，他每天都穿着这种鞋丈量城市的宽度。

门开了。

程兵看到了穿着家居服的女主人，女主人看到了程兵以及地上的水桶。

程兵开始了他的拉扯。

他把文件夹递出去："签个字吧。"

女主人一脸疑惑："你不把水送进来吗？"

程兵好像一下掌握了控制身体内能的神奇魔力，几秒钟的时间，汗珠就顺着他的脸往下掉。

"正常是送的，"他竟然做出了一副扭捏的表情，"今天有点急。您家男人不在？"

女主人回头看了看，透过半开的门，顺着女主人的目光，程兵瞥见卧室露出一条门缝。

"他要出门了,你还是送进来吧。"

目的达成,他被女主人主动邀请进屋。

程兵装作不情愿的样子,扛着水桶,刚进屋就往客厅深处走。

女主人赶紧拦住:"哎哎,饮水机在厨房。"

程兵抱歉地笑了一下,又朝厨房走去。就这么一个转身的工夫,他已经完全掌握了屋内的结构,如果发生意外情况,哪里适合躲避,哪里应该封堵防止王二勇逃跑,万一激怒了王二勇,他以女主人为人质,哪里又是最好的谈判、拯救地点……程兵脑子里已经完全有数了。

另外,他还发现了一个令人啼笑皆非的事实。

进门,玄关跟客厅连着,旁边是个小厨房,远处是主卧和次卧,主卧次卧中间有一段空间,可以摆放置物柜……81栋1单元401户的户型和十一年前"9·21"案案发的31栋住宅楼的那个房间一模一样。

哪里开始,哪里结束,估计王二勇都没有发现这个事实,自从来到贵州,住进这里开始,他就已经掉入了命运的瓮城之中。

走到厨房,趁着把新桶放下的工夫,程兵一抬眼,正好能平视着主卧。

主卧开了一道门缝,里面的情形隐约可见,能看到卧室墙上挂着一张结婚合影,但男女主人的脸都看不真切。那合影下面,程兵还能看到一个男人的后背,他坐在床上,正在穿衣服。从后背的维度来说,跟程兵想象中的王二勇还是有一定差别——他有点胖。

程兵的目光又扫向主卧旁边的卫生间,卫生间虚掩着门,用的是磨砂玻璃,里面的情形依然看不清晰。

程兵直起腰,但没有将新桶扛上饮水机,反而来到客厅,面对着正在嗑瓜子看电视的女主人,露出非常无奈又抱歉的表情。他双腿夹紧,伪装得无比真实。

女主人抬头,脸上的疑惑更加明显,她开始产生抵触情绪了。

程兵马上开口:"不好意思,能借个厕所吗?实在憋不住了。"

接着,他又小声嘀咕道:"说了不想送不想送,让你家男人自己出来取,非让我进来……"

声音很小,但女主人也听到了,她虽然一脸不快,但还是指了指厕所的方向。

"那边。"声音里尽是不耐烦。

程兵连点头带哈腰,口中"谢谢"二字如连珠炮一样,女主人摆摆手,示意程兵赶紧去。程兵匆忙走进洗手间,锁上门。他的目的非常明确,只看一个位置——马桶周围一圈能放东西的地方。可惜,他什么都没看到。

沮丧在程兵脸上蔓延,可这并不能完全否认他的判断和猜测。他一转身,手刚触到卫生间门把手,突然听到一阵似有若无的旋律。

什么声音?程兵一下有些迷惑,他仔细想了想,还是没什么头绪,只能确定那旋律十年前比较常见,但近些年很久没听过。

鬼使神差,程兵探求起旋律的来处,他站在盥洗台前,打开了玻璃质地的储物格——一台用了很多年的蓝色掌上游戏机稳稳当当地躺在里面,旋律正是它发出的。屏幕里播放着俄罗斯方块的过场动画,那颜色各异的像素小点透过玻璃,映入程兵的瞳孔。

"每次上厕所,他都会玩他那个掌上游戏机,最老土的那种,俄罗斯方块,傻得很。"四年前,长沙,小莫,一名风尘女子,她的声音突然出现,如子弹撞进程兵的耳蜗。

程兵不动声色,找了一个水盆,把水龙头开到最小,近乎无声地接了一盆水,接着又细水长流、节奏清晰地倒进马桶里,模仿着上厕所的声音。冲水之后,他再也绷不住,回到洗漱台前,把帽子甩到一边,把水流开到最大,直接把脑袋放到水龙头下面冲洗,才勉强稳定住自己的情绪。

两分钟后,他走出洗手间,除了略微有些湿润的帽子之外,看不出任何异常。

"不好意思,不好意思哈。"

程兵麻利地将水桶换上,女主人把水票递给程兵,程兵提着空桶出门。

他第一次冒险地在门口站了一会儿，没有走远，门里的声音断断续续传出来。

"谁啊？"

程兵以为，他起码会听到一个略显熟悉的声音，没想到，这声音听起来完全陌生，竟然连四川口音都少了很多。找错了人，还是王二勇已经生生地把自己活成了另一个普通人？

此刻的程兵，只能选择相信自己的判断——他大概率就是王二勇。程兵轻轻地把空桶放在地上，就这么一个三岁小孩都能拿起来把玩的桶，他此刻竟觉得自己根本拿不住。

"送水的。真讨厌，还上了个厕所。"

听到男人换鞋的声音，程兵拿起空桶，加快步伐，从楼梯离开。

楼下环境复杂，程兵很轻松地就找到了一个能全面观察单元门又不暴露自己的位置。

单元门屡次开合，出来的不是老人就是小孩。程兵一点也不心急，他这头豹子静静地藏在人间的树丛里，只露出一双发亮的眼睛，紧紧跟随着那唯一一只猎物。他已经蛰伏了十一年，不在乎再多这一分一秒。

终于，终于，单元门迅速弹开，程兵敏锐地感受到了那推门的力度，是一个身强力壮的中年男人。程兵先看到了男人的鞋，又看到了男人的外套，无一不是在401户出现过的，它们或挂在墙上，或摆在地上，此刻终于拼凑成了一条完整的线索。

男人的身形渐渐清晰，程兵的目光一厘一厘地向上盘查，就要看到男人面庞的那一秒，他闭上了眼。

如果不是王二勇，该怎么办？

下一刻，程兵根本没发力，他的眼皮被一股强大的力量推动着，双目生生瞪得溜圆。那力量来自一个前刑警的嫉恶如仇，来自一个普通人朴素的正义感，来自十一年来每个辗转反侧难以入眠的深夜，来自号子里一方气窗外周而复始的日升月落，来自三大队，来自刘舒和慧慧，来自杨剑涛和胡大姐,来自被"9·21"案扳动命运走向的众生。

他看到了一对尖尖的耳朵。他看到了!

程兵的目光如一束精准的激光,直接击穿了对方妄图伪装善良、融入社会、逍遥法外的面具。

他胖了,他胡子长了,他戴上了文质彬彬的眼镜,他只是一名工作在贵州铜仁、生活在双果树小区、受到中年危机困扰的普通市民。

但他正是王二勇。

这张脸让程兵生出了无数不好的回忆:2002年9月26日王大勇只有进气没有出气的抽搐;浑身插满管子、躺在医院里失去意识的老张;法院内审判之锤砸在他心里的震颤;慧慧每次看到程兵时会不自觉露出的、看陌生人的表情;监狱里的粗茶淡饭和管教的厉声呵斥;小徐那句"跟狗打交道比跟人打交道简单",马振坤离开时的痛哭流涕,廖健在冬日沈阳大街上放肆无助的呐喊,蔡彬那张至今让程兵不愿回忆起的影像学报告单……

这十一年来折磨着程兵的一切幻化成千斤重担,直接把程兵压倒。程兵真的跌坐在地,他慌忙站起来,只觉得口干舌燥。生理驱使着他看向手中的空桶,还晃了晃,他相信,如果里面有水,他能一口气喝掉一大半。

程兵先掏出手机,按下了"110"——三个与他纠缠了大半辈子的数字。简单说明情况后,他挂了电话,眼看着王二勇越走越远,只留下一个背影。程兵迅速跟了上去,两个人的距离越来越近,几步路的工夫,程兵开始了他的计划。

"401的!"程兵高喊一声,王二勇做出了无比正常的、在路上听到陌生声音叫自己名字时的反应,他下意识地回头,程兵三步并作两步追上来,怒气冲冲地拦住王二勇,"你家是不是拿我们水桶装菜油了?"

十年又一载,这两个被命运捆绑的男人终于第一次面对面。左边的程兵打扮如鼠,生活在城市昏暗的沟壑与水道中,不过,他竟爆发出了一股凛然的气场,逼向王二勇;右边的王二勇生活如猫,眼神中却毫无戾气,面对逼近的程兵,他竟往后退了两步。

王二勇一脸迷茫地说道:"不可能啊……"

迷茫就对了,程兵心想,不过,他嘴上依然不饶人:"就是你们家,废了我的桶子,快赔钱!"

王二勇更听不懂了:"赔什么钱?"

程兵根本没给他思考和辩解的机会。"你不赔是吧?"程兵上前一步,动作流畅,右手甩起空桶就砸向王二勇。这一下根本不疼,也造不成什么伤害,但声音极大,空桶砸在王二勇身上,落在地上,又弹起来好几次,这连续不断的声音吸引了不少人围观。

王二勇连连后退,程兵直接抓住他的衣领,同时控制着自己不采用任何刻在基因里的擒拿动作,就像街头斗殴一样出拳,嘴里还不干不净。王二勇几乎要转身逃跑,妄图挣脱程兵,但程兵不依不饶。

"你赔不赔,赔不赔?"程兵边骂边打,王二勇愈发慌乱,不过,他还是躲闪为主,连手都没伸。

周围看热闹的人越来越多,有人已经打电话报警。

程兵丝毫没有收手的意思,出手越来越重,王二勇出于本能地开始反抗。程兵抡圆了右拳,一击命中王二勇的脸颊,这一下,把王二勇的眼镜打飞了。王二勇吐出一口血水,抹了抹嘴,失去眼镜这最后的屏障,他终于露出了程兵期待的眼神。

原始而凶狠,冷漠而疏离,反社会人格。

王二勇用四川话大骂了一句,用同样的招式,一拳击中程兵的右脸。

程兵顿时嘴角渗血,整个身子微微一颤,但没有后退一步。

程兵也大骂一句,再挥一拳,王二勇同样不躲,两个男人像是草原上争夺地盘的雄狮,用最原始、最血腥、最兽性、最没有技巧的方式,攻击着彼此。伴随着骂声,王二勇越打越冲动,不受控制地挥动着拳头,完全变成了另外一个生性残暴的人。最后,程兵一把上前,箍住了王二勇的脖子,而王二勇也用同样的招式对付程兵,两个人一副你死我活的架势。

第十章 落网

程兵的效果达到了——邻居们纷纷上前拉架。

"别打了,再打出人命了!"

"至于吗?至于吗?不就拿个桶装点别的东西嘛。"

"你别拦,再给你打了,警察马上来了!"

跟在职时相比,程兵确实变得孱弱了一些,这番打斗已经消耗了他所有的精力,渐渐地他只剩下招架之力。

被彻底点燃兽性后,王二勇不可能善罢甘休,见程兵力道逐渐减小,他一把抱起程兵,轻松将他摔进小区的花圃内,紧接着冲上来,直接跨在程兵身上。暴风骤雨般的拳头砸在程兵的脑袋上,他的眼角一下就开了。

刚刚,那一拳一拳发泄了程兵这些年来对命运、对王二勇的愤恨;现在,命运借着王二勇之手开始反击了。程兵慢慢失去了意识,他的双手只在头部护了几秒钟,便无力地瘫软在两侧,呈现出一种悲哀的投降姿态。

命运就这么把他砸进了泥土中。就在这时,警笛响了。

派出所内。

"警察同志……要不,要不算了?这事我不追究了,我还有重要工作呢。"调解室内,在不停接打电话的间隙,王二勇不时向警官抱怨道,好像他真的变成了一个成功的生意人,手头有几千万的大单子要忙。

那件不堪回首、每天都在折磨着程兵的事,王二勇似乎完全忘记了。但程兵还是发现了一些端倪——王二勇的双腿微不可察地夹紧了,就像急着上厕所。程兵相信,王二勇正在承受着极大的煎熬。可程兵不动声色。

"可以不追究,但是该走的流程还是要走完。"

"嘶……"王二勇吃痛一声,一个年轻的小警察用采血器分别扎破了程兵和王二勇的手指,采血之后,固定采血板作为证据入库。

"警察同志,我是老实人,平时从不跟人吵架,更别说动手了。是他不讲理,先动手打的我……不过我大人有大量,这次真的不追究了。"接下来几分钟，程兵仿佛变成了看客，误入了一个全是陌生人的包间，无声地观望着包厢内的吵嚷。所有对话都来自王二勇和小警察。

接过小警察递来的谅解书，王二勇举起笔，狡黠地看了看程兵："下回注意点，脾气这么大呢。"

程兵还是不说话，犹如提线木偶，静静地跟随着小警察的指示，一会儿按按那个，一会儿签签这个。他一直没和王二勇对视过，像是打算就这么放王二勇离开。

"那么……警官，我现在可以走了吗？"王二勇语速极快，但吐字非常清晰，确认这对他来说无比重要的事。

小警官点点头，王二勇推开椅子站起来，直奔调解室大门而去。

程兵还是没动，他面色如水，仿佛置身空无一人的赌场中，正进行着一场事关一生的豪赌，十一年来的酸甜苦辣成了筹码，被他一股脑推上赌桌。

而赌桌对面，只有一个对手。他不是王二勇，他整个身子都隐藏在灯光产生的阴影下，程兵跟他打过交道，但从未看清过他的面庞，不过，每时每刻，程兵都能感受到他喷出的鼻息，那气流就萦绕在程兵身边，带着一股说不上来的复杂味道。

他——是命运。

是的，程兵在赌，他在赌杨剑涛口中的"高精尖科技"。他不信和王二勇一起进了派出所之后，警察还会把他放走，他不信这场漫长修行会无疾而终。

可是，王二勇已经拉开调解室的大门。他走了出去。临了，他回头，透过调解室大门中央的气窗，缓缓地望了程兵一眼。

程兵终于对上他的目光。气窗是双层玻璃，程兵看到自己的面庞几乎和王二勇的脸重叠，而王二勇眼中亦是如此。

两个纠缠十一年的灵魂从未如此相近。王二勇刚收回目光，程兵终于动了。

第十章 落网　　259

程兵突然怒目圆睁，中气十足地大喊了一声："王二勇！"

王二勇本能地朝程兵侧过头来，侧到一半的时候，他似乎发现有什么不对，浑身的力量都集中在脖子上，这让他青筋暴起。

程兵起身，站在气窗这一侧，目光彻底和王二勇平视。

玻璃上映着程兵的脸，此刻看起来却不那么像程兵，反而变成了众生之相。一天都没顾得上喝口水，他的嘴唇像脾气火暴的马振坤一样起了皮；光线发生微微折射，映在玻璃边缘的脑门看起来跟廖健一样大；因被击打而肿胀的眼角耷拉下来，像极了蔡彬；而多年的劳苦奔波，让他本就瘦削的下颌变得与小徐的一样棱角分明。

他就这么盯着王二勇，眼神是从未有过的平静。

而王二勇的目光迅速黯淡，瞳孔不聚焦，他显得疲惫异常，像是被什么东西夺了舍，几乎无意识地喃喃道："我，不是我。"

下一刻，原本属于王二勇的灵魂回到他身上，审讯室的大门关上了，王二勇转身离开。

滴，答。

屋里突然传来如空调冷凝水坠地般的提示音，程兵站起身，寻找声音来源。

滴答，滴答。

小警官的目光突然锁定了电脑，他马上站起来，扬着脖子，看向门外，王二勇还未走远。

滴答，滴答，滴答，滴答。

伴随着提示音，小警察面前的屏幕突然冒出红光，接着，这红光充斥整个调解室，随着提示音有节奏地打在程兵脸上。

滴答滴答！滴答滴答！滴答滴答！滴答滴答！

那声音愈发急促尖锐，仿佛在提醒所有人即将有大事发生。程兵终于意识到，那是电脑传来的警报！调解室的门被一把推开，所长带头，大半个派出所的值班民警鱼贯而入，围拢在电脑前。

所长只扫了一眼，就掏出了腰间的手铐，亲自追出门去，来到王二勇身后，他声嘶力竭地喊着："把他关起来！"

两名警官马上把王二勇按在墙上！

"联系省厅，联系省厅。"

"2002年9月21日，台平市……是广东的案子！"

"马上联系他们的刑侦支队确认信息！"

眼前混乱，耳边嘈杂，程兵跌坐在椅子上，忽略了禁烟标志，近乎无意识地点起一支烟，旁若无人地抽起来。

尘归尘，土归土。

"把这个签了，你就可以走了。"

程兵跟着小警察坐在办公室里，小警察打印出一份保证书，在程兵面前晃了两下，程兵才回过神来。

他一直在想，刚刚王二勇被带走的时候，留给自己的那个眼神。

佩服？憎恶？恐惧？好像都没有。回忆了半天，程兵终于读出来了，那眼神中只有一种情绪——怜悯。

程兵明白王二勇为什么这么看自己，但细细讲来又说不出口。如果真要说，可能得把十一年来的每分每秒都掰开揉碎。

程兵拿起笔，没签字，而是问道："王二勇交代了没有？"

小警察细致且自豪地讲解起来："他一句话都没说，但是通过DNA技术，已经确定了他就是2002年'9·21'案的嫌疑人王二勇。上午电脑发出的那声警报就是DNA匹配的信息。不管他认不认，都会被公诉，比对结果我们已经递交给检察院了。"

程兵手上的笔掉落桌面，他头脑发蒙地问："他一句话不说也能定罪？"

"只要犯罪事实确凿，DNA比对清楚，法院现在零口供也能定罪。"

程兵苦笑了一下，心中百感交集。

这一切，都因对王大勇口供的需求而起。

而现在，我们不再对口供百分百需要了。

程兵捡起笔，轻轻写上自己的名字，缓缓起身而去。

他曾无数次想过，抓到王二勇之后，自己会做出什么出格的举动，大喝一顿是肯定的，很可能还要叫上三大队的兄弟们大宴三天，偏激的时候，他甚至还想过，自己有可能在大街上旁若无人地兴奋狂奔。

可当这一刻真正来临，他却没什么特别的情绪，就像是度过了普通的一天。

有的皮筋拽得时间太长，便缩不回原来的样子，有的面具戴久了，用刀剥都卸不下来。

小警察送程兵到门口，阳光照到警帽上的警徽，闪出十一年如一日的光芒。小警察一敬礼，说了一句："谢谢你啊，再见。"

程兵突然郑重其事、声如洪钟地说："台平市公安局刑侦三大队，程兵、蔡彬、廖健、徐一舟、马振坤、张青良报告：'9·21'大案嫌疑人归案，三大队，任务完成。"言罢，程兵回了个礼，姿势非常标准，他腰杆挺直，气场比小警察还强。

他转身离开，只留下原地不知所云的小警察。

还接着送水吗？程兵不知道，但总要回去跟老板打个招呼。

走在派出所回双果树的巷道里，阳光透过旁边建筑的外墙楼梯直射他的眼，他一眯眼，竟看见眼前出现了一个熟悉的身影。

是老张，明明天气晴朗，老张却打着伞，铆足了劲，似乎正在追捕什么要犯。看到程兵后，老张眉头舒展，伸手打了个招呼："你辛苦啦。"

程兵愣了一下，随即也释然地笑了，回了个礼："师父。"

两个人错过后，都没回头。

电瓶启动的声音响起，程兵一抬头，看见了一辆三轮电动车，马振坤和廖健分别坐在主副驾驶，廖健从马振坤那儿掏了支烟，而马振坤则从廖健手里接过打火机，两个人身后坐着一个小孩子，似乎是年少时的晓波。

"程队！"两个人笑着跟程兵打招呼，马振坤还伸手递给程兵一支烟。

程兵笑得开怀，但摆摆手拒绝了。

紧跟着两个人身后跑过来的，是蔡彬和小徐。

蔡彬似乎没再受到病痛的折磨，他身姿矫健，跟程兵击了个掌。

"程队！"

小徐也是刚刚进入三大队时朝气蓬勃的样子。

"师父！"

他们陆续和程兵擦肩而过，都如当年一般年轻、帅气、意气风发……程兵没有回首，泪痕分割了他苍老的脸，他的嘴角却挂着微笑。

巷道上明明只有他一个人，他一开口，却唱出了合唱的气势。

"几度风雨几度春秋，风霜雪雨搏激流。"

程兵的双手不受控制，胡乱甩动，他眼前似乎有一支乐队，这让他越甩越有力，声音也越来越铿锵。

"历经苦难痴心不改，少年壮志不言愁！"

程兵的动作越来越大，他送水时戴的小红帽被甩掉了，但他根本没去捡。

"金色盾牌热血铸就，危难之处显身手，显身手，为了母亲的微笑，为了大地的丰收！"

程兵越来越疯狂，像是在一家空无一人的舞厅内尽情地舞蹈。

"峥嵘岁月，何惧风流！"

音乐、歌声、阳光、三大队、程兵脸上的微笑，一切都消弭了。

程兵疲惫地来到车水马龙的路口。

奔波的人们行色匆匆，并没有谁注意到他。

可程兵突然觉得阳光很好，想在街上多走一会儿。

尾声

空调外机藏在楼体的阴影中。

又是一个酷热难耐的夏夜，窗户开着，热风呼呼灌进来，程兵在窗口伫立，竟然闻到了一股潮湿的水汽，在北京这座常年干燥的城市中，这属实不太常见。

程兵看了看固定在窗外的空调外机，冷凝水由水管汇集于一个专门用于循环再利用的储水系统中，没有一滴漏出来。

"多谢了。"空调维修工人从窗外翻进来，慧慧适时递上一瓶水。

维修工人显得有些惊讶，下意识推托，慧慧劝了好几次："哎呀，您就收下吧，大热天多不容易，我可太能体谅您了。"说完，慧慧直接把水拧开，递到维修工人手边，看着他接过去喝了一大口，才转过身，对着程兵会心一笑。

听到维修工人离开的关门声，刘舒从里间走出来，甩了甩烫卷的中长发，略带抱怨地说："你们父女俩在那儿傻乐什么，过来帮忙啊！说要开培训班的是你俩，到这时候什么都不管的也是你俩，装潢都是我一个人在忙活！"

程兵和慧慧哈哈大笑。慧慧搂住程兵的腰，就像她从来没长大过，程兵也从未变老，两个人跟在刘舒后面，检查起了这个空间的每个角落。

"你！招生简章写完了吗？"

"还有你！物业打点好关系没有！"

听着刘舒没好气的声音，程兵从未觉得如此安宁幸福过。

新城市，新生活，望着装修一新的培训班场地，程兵刚要开口说什么，手机突然响了。程兵熟练地拿出触屏手机解了锁，看到信息，表情忽而一变："坏了，记错时间了，他们几个马上就要到了！"

"你还能干明白一件事不？"刘舒掐腰骂了两句，抄起车钥匙，拽着程兵和慧慧下了楼。商务车启动，飞速向北京西站驶去。

排排路灯装点着五光十色的夜，环路上车水马龙，但没怎么堵。程兵坐在副驾驶，手机给刘舒开着导航，他驾轻就熟，提醒着刘舒即将拐弯的岔路口。忽而语音提示音打断了导航播报，程兵接起来，四个脑袋挤在小小的屏幕中。

"师父，到哪儿了？"小徐欢快地喊道，"我们都在车厢连接处，马上就要下车了！"

程兵笑着把屏幕对准刘舒，刘舒目不斜视地看着路况，嘴上解释道："少安毋躁，少安毋躁，都怪你们程队，又把时间记错了。"

程兵又把屏幕对准坐在后座刷视频的慧慧。

"呦，这不是小雨点嘛！"马振坤粗声大嗓的声音传出来，"快给你叔叔们唱几句《少年壮志不言愁》！"

"蔡叔好，廖叔好，徐哥好！"慧慧热情地打了招呼，接着一瘪嘴，嫌弃地说，"马叔，你太油腻了，我不爱跟你说话！"

屏幕那头传来一阵哄笑。

"别挑我啊，我人老了记性确实不好。"程兵挠了挠头，"跟你们嫂子商量完了，接上你们咱下馆子去，今天不醉不归。"

"别啊，我们都看过了，家里厨房够大，买点东西让老马露一手。"屏幕最远端，蔡彬突然说话了，"在家喝，方便，今天不醉不归！"

"对对对，在家喝，减少出行，现在这叫低碳环保！我斥巨资从台平背过来一瓶散白，兵哥肯定想念这一口了吧？"说着，廖健捶了蔡彬一下，"你就别想了，来时医生没告诉你吗？我可帮你记着呢。只能喝二两。"

蔡彬举了举手中的CT袋子："二两也得喝。等这次来北京复查完，没事儿的话,咱再大整一顿,过了这村没这店了,回了台平,媳妇儿都管着,小徐他媳妇儿管得最严,一口酒都不让喝。"

就这么笑着、闹着,商务车稳稳停在北京西站的停车场。

走在这栋仿古建筑下,程兵激动得腿肚子有些转筋,不过还是门儿清地找到了出站口,迎面便看见四个熟悉的身影。

"师父!"

"兵哥!"

"程队!"

叫什么的都有,程兵不在乎。

他张开双臂,飞奔过去。他从来没跑这么快过。